Le Songe du guerrier

Clément Weill-Raynal

Le Songe du guerrier

ROMAN

Albin Michel

A Deborah et Olivier Kaufmann

Première partie

1

Il est arrivé à Marseille en fin d'après-midi par le moyen de transport qu'il préfère, le plus pratique et le plus discret : le train. Des années de clandestinité lui ont appris à se méfier des contrôles de gendarmerie sur les routes, des caméras vidéo placées aux péages et dans les stations-service. A Mâcon, il a acheté son billet de TGV au dernier moment et réglé en liquide. Son obsession : ne jamais laisser de traces derrière lui. Il voyage sous un faux nom : Claude Dominique. C'est l'une des identités qu'il utilise souvent, notamment lorsqu'il se déplace. Banale, discrète et difficilement repérable. S'il venait à être recherché, ce qui n'est guère probable, les enquêteurs ne sauraient pas immédiatement s'ils ont affaire à un homme ou à une femme. Il connaît toutes les techniques, tous les trucs de la police. Deux prénoms mixtes accolés, c'est ce qui est le plus fastidieux à vérifier dans un fichier. Lorsqu'on ne trouve pas, on tâtonne, on s'interroge. Quel est le nom de famille ? Dominique, Claude ? Voilà le genre de détail qui permet de gagner des heures dans une traque, le temps nécessaire pour disparaître et se faire oublier.

Une chaleur moite règne sur les quais de la gare Saint-Charles. Il avance d'un pas décidé, noyé dans la foule des supporters du PSG. Vêtu d'un costume de coton beige bon marché, il n'est qu'un voyageur anonyme parmi les autres. Avec sa sacoche d'ordinateur portable en bandoulière, il ressemble à un cadre d'entreprise ou à un représentant de commerce comme on en rencontre tant sur la ligne Paris-Marseille. Une fine moustache grisonnante achève de lui donner un air de père tranquille. Il y a des physionomies, peut-être parce qu'elles transpirent une forme d'indifférence totale à autrui, qui ne retiennent jamais l'attention de quiconque. Ni dans son regard, ni dans aucune de ses attitudes, on ne peut déceler la manifestation d'un désir, d'un projet ou d'une idée. Il semble n'être animé d'aucun des sentiments – convoitise, jalousie, passion, haine, colère, dépit, honte, peur – que les policiers savent d'expérience déceler en quelques instants sur le visage d'un suspect.

S'il fallait donner son signalement, un témoin décrirait un quinquagénaire rondouillard. Georges Voiron – c'est son vrai nom – est trapu et dissimule une carrure impressionnante. Il a tout juste passé la cinquantaine mais a appris à se vieillir pour ne pas attirer l'attention. On ne se méfie pas des vieux. Seuls signes particuliers qu'un œil attentif aurait pu relever : une peau parcheminée et un teint blafard qui lui viennent de son existence souterraine. Il ne compte plus les jours et les nuits qu'il a passés caché dans l'une de ces caves ou l'un de ces boxes de parking dont il est le seul à connaître l'emplacement. De toute façon, nul n'a jamais eu à donner son signalement. Qui s'intéresse à

Georges Voiron ? Personne. Excepté ses employeurs, comme il les appelle. C'est d'ailleurs pour cette raison qu'ils l'ont tant apprécié durant des années. Sa discrétion, son professionnalisme, sa maîtrise absolue des techniques de la clandestinité lui ont permis de réussir bien des missions. Bien sûr, des articles de presse ont parfois évoqué l'hypothèse d'un chef d'orchestre clandestin chargé d'attiser la révolte des jeunes des cités, de provoquer des troubles dans les banlieues et quartiers difficiles. Mais cette piste a été jugée hautement fantaisiste, de l'avis même du ministre socialiste de l'Intérieur, interpellé sur ce thème à l'Assemblée nationale.

En cette fin de samedi après-midi, sur les quais bondés de la gare Saint-Charles, les CRS ont de quoi s'occuper. Descendus de Paris pour la demi-finale de la coupe de France, les supporters du PSG se dirigent par centaines vers la sortie. Il leur reste encore quelques heures avant l'ouverture des portes du stade-vélodrome pour aller se promener sur la Canebière et s'imbiber dans les bars du Vieux-Port. Certains sont déjà sévèrement éméchés. Une bouteille de bière lancée depuis le grand escalier vient se briser avec fracas aux pieds d'un cordon des forces de l'ordre. Les CRS demeurent impassibles mais l'atmosphère est surchauffée. Georges Voiron s'engouffre dans le couloir du métro. Il lui reste quelques heures pour parfaire son dispositif avant la rencontre OM-PSG. Ce soir, il sera de la partie. Et il compte bien jouer un grand match.

Dans quelques minutes il fera nuit. Le soleil a disparu depuis longtemps derrière le péristyle néoclassique en béton qui donne à l'édifice un petit air de monument mussolinien. Le ciel est chargé, orageux. On distingue à peine les silhouettes des collines surplombant la rade d'Endoume et l'avenue du Prado. Dans la lumière des projecteurs, elles évoquent de grosses taches sombres d'encre violette. Les premières mesures de *La Marseillaise* vont résonner dans le stade. L'arbitre sifflera le coup d'envoi de la rencontre. Bientôt, une clameur s'élèvera au-dessus du stade-vélodrome et de ses soixante mille spectateurs. Mais il s'agira d'un immense cri de colère.

Ils sont descendus des hauteurs des quartiers nord de Marseille, de la Bricarde, de la Castellane et de la cité du Plan d'Aou. Ils ont envahi les gradins des tribunes Ray-Grassi et Chevalier-Roze. La mairie, qui a consenti un effort à la mesure de l'événement, a acheté et distribué des milliers de places aux jeunes des cités. Ce soir, ils sont venus de la Renaude, de la Valbarelle, de la Rouguière pour acclamer l'Olympique de Marseille, chanter en chœur et tenir la dragée haute aux supporters parisiens. La fête commence à peine. La soirée sera longue.

Dans quelques minutes, il fera nuit. Le noir absolu. Depuis les gradins, les spectateurs entendront sans doute la déflagration. Cela ressemblera à un coup de tonnerre, à un sourd grondement qui descend de la montagne pour s'abattre sur la ville. Alors, tout s'arrêtera, la fête sera terminée. Les supporters ne le savent pas encore, mais ils seront bientôt des milliers à laisser éclater leur fureur. La violence de leur réaction sera à la mesure de leur désarroi.

Plus de match, plus de foot. Les chômeurs, les fils de chômeurs, les RMIstes, les zonards et les glandus, les voyous et les caïds, et tous les autres n'auront plus qu'à se débrouiller pour regagner leurs cités merdiques. Lâchés en plein cœur de Marseille paralysée par une gigantesque panne d'électricité, ils se vengeront par les destructions et le pillage. La ville leur sera livrée.

Voiron est sûr de son scénario : des hordes de beurs, de blacks et de blancs dégénérés vont s'attaquer aux forces de l'ordre prises de court. Ceux qui voudront se diriger vers les stations de métro ne trouveront que des grilles fermées. Tout le quartier du Prado sera plongé dans le noir. L'obscurité profite toujours à la racaille. Ceux qui sont restés dans les banlieues auront suivi l'annulation de la demi-finale devant leur poste de télévision. Ils seront vite informés que des affrontements ont éclaté autour du stade-vélodrome. Toute l'agglomération marseillaise va s'embraser.

A la lueur d'une lampe de poche, il vérifie une dernière fois le pain de plastic collé contre le transformateur électrique. Le détonateur est en place. La minuterie réglée sur 21 h 15. Du sommet de la colline, il perçoit les clameurs des dizaines de milliers de spectateurs qui se déchaînent dans les tribunes. Le reste de la ville semble étrangement calme. Les avenues sont désertes. Les gens regardent le match chez eux ou dans les bars du Vieux-Port. La nuit est douce. Dans la garrigue, flottent des parfums de lavande et de romarin. On entend le chant nocturne des criquets. L'explosion va se produire dans dix minutes. C'est plus qu'il n'en faut pour s'éloigner et regagner les abords du stade.

Voiron range ses outils dans sa sacoche. Surtout, ne laisser aucun indice sur place. Ni le surplus de fil électrique utilisé pour le détonateur, ni la pince avec laquelle il a cisaillé la clôture métallique. Le moindre objet, même le plus insignifiant, peut permettre au laboratoire de la police judiciaire d'identifier l'auteur d'un attentat. D'autres ont fini par se faire prendre. Lui, non. Depuis des années, il n'a jamais rien négligé lors d'une opération. Les enquêteurs ne retrouveront ni empreinte digitale ni trace de pas.

Il enfourche la moto Voxan qu'il a récupérée en fin d'après-midi dans un box privé d'un parking situé en haut de la Canebière. Tous feux éteints, il se laisse descendre en silence sur le chemin caillouteux qui relie le transformateur à la route nationale. Le travail n'est pas terminé.

Cette opération, cela fait des semaines que Voiron la prépare. Il a passé des soirées entières à réfléchir à sa mise au point dans le moindre détail. Il a tout prévu. Voiron est un soldat, un soldat solitaire. Les autres ont déserté, lui non. Loin de l'affaiblir, cette solitude fortifie sa détermination. Depuis des années il rumine et ressasse ses obsessions : c'est une guerre qu'il mène contre les ennemis de la France : contre l'abaissement du pays, contre la décadence des mœurs, la crétinisation des esprits, l'avilissement des valeurs et le métissage ethnique ; depuis des décennies, la France n'est plus qu'une gigantesque entreprise de négrification des Français sous commandement juif. Les Juifs eux ne se mélangent pas. Ils sont malins ! Ils préservent leur prétendue supériorité raciale, mais incitent les autres à s'unir. Voilà le complot : réduire un peuple en esclavage, le dissoudre, lui faire perdre son âme, sa substance. Voilà le poison mortel : la religion des droits de l'homme, le dogme de la démocratie. Voilà les traîtres : les bataillons d'intellectuels, d'instituteurs, de profs, de patrons de presse, de syndicalistes, de francs-maçons payés pour distiller leur infâme venin. C'est tout un peuple qu'on veut détruire, toute une nation qu'on cherche à pourrir en forçant les Blancs à se mélanger aux Arabes. La guerre a déjà éclaté. Une guerre non déclarée mais qui se déroule chaque jour sous les yeux des Français tétanisés. L'ennemi est redoutable. Il mène ce combat de manière souterraine. Il impose le silence aux populations par la peur et le terrorisme intellectuel. Il interdit de penser, de protester, de parler de cette guerre qui ne veut pas dire son nom. C'est pour cela qu'il faut la faire éclater au grand jour. Dans les cités, dans les banlieues et jusque dans le cœur des villes. Ce sera une guerre civile – une vraie – libératrice et purificatrice. Réveille-toi France, n'aie pas peur ! Ouvre les yeux et défends-toi ! Dehors les crouilles, et dehors les youpins !

Le phare blanc de la Voxan trace un long pinceau lumineux sur la route de la corniche qui longe la mer. Voiron roule à vive allure. Dans quelques minutes il sera sur l'avenue du Prado. Il garera la moto sur le bord de mer avant de se rendre à pied aux abords du stade-vélodrome pour mener la seconde phase de son plan. Cette nuit d'émeutes à Marseille sera la bataille décisive, le début de la libération. Depuis des mois, Voiron sillonne la France. Amiens, Toulouse, Strasbourg, Creil et tant d'autres villes où il a testé ses techniques de guérilla urbaine. Il les a affinées, en fonction du terrain et de la réaction des populations. Les trente-cinq voitures incendiées en décembre à Vandoeuvre-lès-Nancy, c'était lui. Les tracts : FRANÇAIS, AUJOURD'HUI JE BRÛLE TA CAISSE, DEMAIN JE NIQUE TA FILLE c'était encore lui. Imprimés au fond d'une cave de la cité des Bleuets et distribués avant la levée du jour dans toutes les boîtes aux lettres. Les flics étaient devenus fous et s'étaient arraché les cheveux pour tenter de trouver l'enfant de salaud qui avait bien pu faire le coup. Malgré les appels au calme des élus, des incidents s'étaient succédé pendant plusieurs semaines. Certains habitants s'étaient organisés en milice armée pour patrouiller dans les rues dès la nuit tombée. A Mantes-la-Jolie, au Val Fourré, c'est Voiron qui avait profané la mosquée quelques jours avant le Ramadan. Au matin, l'imam avait retrouvé les corans déchirés, maculés, les tapis lacérés, des insultes taguées sur les murs. Les jeunes de la cité s'étaient vengés en vandalisant la maternelle et en caillassant les bus. Le préfet avait dû dépêcher les CRS pour rétablir le calme. Mais ce soir à Marseille, ce sera une autre paire de manches.

L'avenue est déserte. Il gare sa moto sur le trottoir et consulte sa montre. 21 h 10. C'est pour bientôt. Il allume une Marlboro et commence à remonter à pied l'avenue du Prado en direction du stade-vélodrome. Tout en tirant sur sa cigarette, Voiron ne peut s'empêcher d'esquisser un sourire. A Saint-Cloud, les apparatchiks de la Fraternité Nationale vont commencer à s'inquiéter, vraiment. Voiron ne doute pas un seul instant que les dirigeants du parti mettront tout en œuvre pour le retrouver et l'intercepter. Ils ont activé le réseau d'informateurs dont ils disposent dans toute l'Europe. Ils ont prévenu leurs amis bien placés aux

Renseignements généraux et à la DST. Ils ont certainement commencé à passer au crible les archives de la Fraternité Nationale pour tenter de localiser ses planques, de découvrir ses fausses identités, ses comptes bancaires et ses moyens de subsistance. Il connaît la chanson. Ils vont lui faire parvenir des messages rassurants pour qu'il regagne Paris et reprenne contact avec eux.

Mais Voiron ne répondra pas. Voiron ne répond plus. Silence radio. Les temps ont changé. La Fraternité Nationale est en passe de devenir une organisation respectable, un parti « comme les autres ». La mort d'Abel Gamelin a ouvert la voie à une nouvelle stratégie. Dès le lendemain des obsèques du fondateur et chef incontesté de la Fraternité Nationale, des négociations se sont ouvertes. De discrètes tractations ont eu lieu avec des émissaires des partis de droite pour faire entrer le parti d'extrême droite dans une coalition élargie. A condition qu'il s'assagisse.

Désormais, la Fraternité Nationale peut caresser le rêve d'avoir des ministres dans un prochain gouvernement. Les abrutis et les petites frappes qui constituaient la garde rapprochée du clan Gamelin vont déguerpir. Les nouveaux dirigeants du parti affichent un visage résolument moderne. Ben voyons ! Ils sont surtout las des années de galère. Ils veulent leur part du gâteau, voilà tout. Ils veulent leurs ministères, leurs chargés de missions, leurs voitures de fonction et toutes les prébendes que la République accorde à ses serviteurs. Ils veulent goûter aux délices du pouvoir, serrer des pognes, toucher des enveloppes, passer à la télé pour dire des banalités, pour abrutir le peuple.

Voiron fulmine.

Et que fait-on des beurs, des Noirs ? Il serre les mâchoires de colère. Il sait bien ce qu'on va en faire : on va les accueillir à bras ouverts. Ces chères petites têtes brunes sont finalement de bons Français et d'excellents électeurs. Pour se maintenir au pouvoir, la Fraternité Nationale reniera tous ses engagements et trahira tous ses idéaux. Elle va gouverner comme tout le monde. Comme la droite, comme la gauche. Se soumettre aux Juifs et pactiser avec les Arabes. On va arroser les banlieues de subventions pour éviter l'explosion. On va se coucher devant les voyous maghrébins, capituler face aux dealers arabes et aux chômeurs polygames. Envoyez les allocs, les plans anti-été chaud, les éducateurs de rue, les médiateurs de zone, les sociologues de mes couilles. Donnez-leur des imams, construisez-leur des mosquées, fermez les yeux sur les tournantes, la drogue, les excisions, les trafics en tout genre. Laissez les RMIstes rouler dans des BMW rutilantes achetées en liquide, laissez-les niquer les Français ! Pourquoi s'en faire ? On est au pouvoir. Autant en profiter. Vive la démocratie !

Et moi, Georges Voiron, qu'est-ce que je deviens dans ce paysage politique rénové ? Les apparatchiks de la Fraternité Nationale m'ont-ils réservé un bureau à Saint-Cloud, au siège du parti ? Vont-ils m'aménager un nouveau plan de carrière, un cursus de reconversion ?

Il sait qu'il est devenu gênant. Encombrant. Il a participé à trop d'opérations illégales, trop de coups tordus. Mais il n'a pas l'intention de rendre les armes. Lui ne trahira pas. Il ne reniera pas son serment de lutter – jusqu'à la mort, s'il le faut – pour instaurer un nouvel ordre national et social en France. Il se vengera. Il châtiera les traîtres, les bureaucrates de Saint-Cloud, les politicards en blazer-cravate qui grenouillent auprès des fédérations pour obtenir un strapontin de sous-ministre. La Fraternité Nationale est bien devenue un parti comme les autres.

Il remontera à Paris. Dès demain. Mais pas pour faire acte d'allégeance auprès des nouveaux maîtres du parti. Il continuera le combat. Seul. Il a assez de cartes en main pour bouleverser la donne et faire capoter l'alliance électorale qui est en train de se nouer dans la capitale.

Il s'assied sur un banc public, le long du parc Borely, consulte à nouveau sa montre. Tout est prêt. Le quartier est calme et désert. Les autocars des supporters stationnent allée Ray-Grassi, sagement alignés en épis. Les CRS sont dans les leurs, au rond-point du Prado.

Devant lui, sur le terre-plein qui borde l'avenue, une baraque de chantier désaffectée. Il fouille la poche de son blouson et palpe un petit trousseau de clés. Plus qu'une minute. C'est le moment. Il sort une oreillette reliée à un scanner miniaturisé qu'il porte à la ceinture. L'appareil est branché sur les fréquences des forces de l'ordre.

Au début tout se passe en silence. En une fraction de seconde. La lumière blanche des réverbères vacille, semble se rallumer, puis tout s'arrête. Le quartier est soudainement plongé dans le noir. Le bruit sourd de la détonation ne parvient qu'ensuite. Comme un orage. Puis un grondement qui va grandissant. On dirait une plainte, un gigantesque gémissement qui se change en cri poussé par des dizaines de milliers de personnes et qui monte dans la nuit.

C'est le moment d'agir. Il faut profiter de l'effet de surprise. Les CRS mettront plusieurs minutes à s'extraire de leurs cars et à se mettre en position. Le stade ne va pas être évacué avant une bonne demi-heure. Sur le scanner, il entend les gradés qui s'énervent et attendent les ordres.

Voiron est maître du terrain, pour un court laps de temps. Mais c'est suffisant.

Dans l'obscurité, il se dirige vers la cabane de chantier. Introduit la clé dans le cadenas et déverrouille la porte. A l'intérieur, il aperçoit la cantine métallique, dans un coin. Le matériel qu'il a entreposé est toujours là. Oh, pas grand-chose ! Juste ce qu'il faut pour paralyser le secteur et semer la panique. Un sac de clous à trois têtes, deux bidons d'huile de moteur, un brise-vitre. Il enfourne le tout dans un sac à dos et quitte la baraque. Marseille est plongée dans l'obscurité. Un bruit assourdissant de sirènes se fait entendre au loin. La panne a déclenché les systèmes d'alarme autonomes de nombreux magasins.

Tout d'abord, les autocars. Il fonce vers l'allée Ray-Grassi. Les chauffeurs ont allumé leurs phares, font tourner les moteurs, et se tiennent à l'avant de leurs mastodontes. Voiron se glisse sur le trottoir entre le mur et l'arrière des véhicules. Il s'accroupit, avance sans bruit, rampe, se relève et recommence l'opération. Par petites poignées, il dépose les clous sous les pneus. Lorsqu'ils démarreront, ils ne rouleront guère plus que quelques dizaines de mètres et iront paralyser tous les abords du stade-vélodrome. Une voix grésillante annonce sur le scanner que les premiers incidents ont éclaté dans les tribunes. Certains spectateurs refusent d'évacuer. D'autres, à la sortie, se livrent déjà à des déprédations. Un abribus et une cabine téléphonique ont volé en éclats.

– Envoyez-nous des renforts ! hurle un officier sur la fréquence.

Une ombre furtive se glisse aux abords du rond-point. Sans perdre de temps, Voiron extrait les deux bidons de son sac à dos. Il renverse l'huile sur la chaussée, dans le virage. C'est un truc des voyous des cités qui a fait ses preuves. Les flics arrivent à tombeau ouvert et partent dans le décor. Souvent, les jeunes se planquent sur le côté et les caillassent après qu'ils se sont plantés.

A une centaine de mètres, en direction du stade, on entend les premiers cris. Les supporters se répandent dans les rues adjacentes. Ils sont lâchés, désœuvrés. C'est presque un réflexe chez eux. S'ils n'ont rien d'autre à faire, ils cassent. Ce soir, en plus, ils se sentent en bandes et en colère. La rue est à eux. Un craquement de planches se fait entendre, accompagné de cris de victoire. Les gars ont fait sauter la palissade d'un chantier. Les premiers projectiles volent en direction des forces de l'ordre. Ça commence toujours comme ça une émeute, le bruit sec des pierres qui viennent taper contre des boucliers en plexiglas.

– Restez en ligne, bloquez la rue, tenez vos positions ! lance un officier à ses hommes.

Les CRS sont descendus des fourgons. Alignés par rangées de trois. Ils ont revêtu leurs casques et leurs tenues de protection. L'avenue du Prado est remplie de jeunes prêts à en découdre. Les flics, stoïques, ne bougent pas. Ils espèrent encore éviter les affrontements. Voiron réajuste son oreillette. Le PC de la préfecture tente de se faire une idée claire de la situation. Toutes les fréquences sont encombrées. Les gradés appellent de partout. La foule grossit sans cesse.

Il s'est glissé au milieu d'une bande de jeunes excités, mais sans meneurs. Un petit groupe d'une vingtaine de gars qui attendent le moment propice pour partager la curée. Ils veulent en être mais espèrent que d'autres plus courageux se lanceront en première ligne. Il faut les chauffer un peu. De la poche de son blouson, Voiron sort un poing américain équipé d'un pic en acier trempé. D'un coup sec, il fracasse la vitre d'une Mercedes garée dans la contre-allée. Il ouvre la portière, fouille la boîte à gants, en extrait une carte routière et la déplie sur la banquette arrière. Il allume un coin de la carte avec son briquet. Le papier s'enflamme doucement. Au début, les flammes lèchent le velours et les résines synthétiques de l'habitacle. Puis tout s'embrase. Le feu dévore la mousse de polyuréthane qui rembourre les sièges, la Mercedes n'est plus qu'un gigantesque brasier. Un hurlement collectif retentit autour de la voiture. Une caisse qui brûle, ça les met en joie, ça les rend hystériques. En un quart d'heure, de lourdes colonnes de fumée noire s'élèvent dans la lueur des incendies au-dessus de l'avenue du Prado.

Des sirènes couvrent les clameurs. Les renforts arrivent à la hauteur du carrefour. Voiron s'approche. Une masse sombre s'engage dans le rond-point. Un crissement de pneus accompagne la course folle du car qui monte sur un trottoir avant d'aller s'encastrer dans la vitrine d'une supérette. Lancé à toute allure il a dérapé sur la flaque d'huile. Le convoi qui suit tente de stopper, mais trop tard pour éviter le carambolage. Bruits de tôles froissées, de verre brisé, puis un hurlement. Sur le bitume, une beurette, le visage en sang, appelle au secours. Sa copine gît inconsciente sous les roues du véhicule.

Comme un essaim, des centaines d'émeutiers se ruent vers le lieu de l'accident. Une pluie de pierres et de canettes de bière s'abat sur les CRS. Encore sonnés par le choc, les flics quittent le véhicule en courant. Deux d'entre eux soutiennent un collègue blessé. Voiron observe la scène à distance. Il y a encore des policiers coincés dans le fourgon. Sur le scanner ils avertissent leurs supérieurs que si on ne les dégage pas, ils vont être obligés de faire usage de leurs armes. Trois cents mètres plus haut, une brigade tire une première salve de grenades lacrymogènes pour disperser les manifestants. Un nuage âcre et suffocant envahit l'avenue. Les gars détalent et se fondent dans l'obscurité. Tout se déroule comme prévu.

A en juger par le dialogue qu'il capte sur le scanner, les flics sont dépassés.

– 212, faites-nous un point de la situation !

– Ça casse un peu partout. Au Prado, sur le Vieux-Port. On nous signale des petits groupes qui remontent la Canebière.

Les voix sont tendues. Le débit saccadé.

– 213, pouvez-vous reprendre le contrôle sur l'axe du Prado ?

– Négatif. Les manifestants sont trop nombreux. Il faut attendre.

– Vous avez essayé de contourner le stade ?

– Affirmatif. Mais c'est impossible. Les autocars ne bougent plus et empêchent toute progression. Une quinzaine sont en flammes.

– Alors, bordel ! Dégagez par le rond-point ! On vous a envoyé des renforts !

– Ça ne passe plus ! La chaussée n'est plus praticable.

– Chargez, faites dégager !

– Négatif.

– Comment ça négatif ?

– Im-po-ssible ! On n'y voit rien. La visibilité est nulle. Ça va être le carnage !

– 215, tâchez d'identifier les meneurs, procédez à des interpellations.

– Putain, on vous a dit qu'on était dans noir ! Ils sont où les meneurs ?

– Avancez doucement, établissez un premier périmètre...

– Impossible ! Les gars sont déchaînés. Vous voulez quoi ? Des morts à Marseille ? Vous vous croyez en Tchétchénie ?

– 216, donnez-nous une estimation. Combien de temps vous faut-il pour reprendre le contrôle de la situation ?

– Tant que l'électricité n'est pas rétablie, nous ne bougeons pas. Nous limitons la casse.

Voiron a déjà repéré sa proie. Une seule suffira. Ce soir, il n'a besoin que d'une victime. Elle paiera pour les autres. Il aime cette atmosphère de révolution où l'on pressent que la cité est sur le point de s'effondrer, où tout chavire, où un ordre ancien se désagrège pour donner naissance à un ordre nouveau. L'émeute, la guerre civile, dans ce qu'elle a de désorganisé, révèle chacun à lui-même y compris ses plus bas instincts. Dans certaines périodes troublées, il faut savoir repasser par l'instant zéro de la civilisation pour fonder une nouvelle société. Il faut accepter la loi de la jungle, afin que le fort élimine le faible, qu'il régénère l'espèce et purge le genre humain de ses scories. Comme dans la savane, celui qui court moins vite que les autres, celui qui traîne est condamné à disparaître.

Courbé en deux, se protégeant les yeux et la bouche du gaz lacrymogène, le jeune Black essaye de rejoindre ses potes. A travers les lunettes de son masque à gaz, il le voit approcher. Ses copains sont déjà loin. L'avenue est presque déserte et plongée dans le noir. Les CRS se sont contentés de dégager le terrain, sans l'investir, pour éviter les affrontements corps à corps. Pistolet au poing, il se précipite sur le gamin, le saisit au collet et lui assène un coup de crosse sur le front. Il lui fait une clé au bras et le pousse sans ménagement vers la baraque de chantier, en retrait sur le terre-plein. Le pistolet sur la tempe, il le fait entrer, le jette au sol et referme la porte derrière lui.

Voiron retire son masque.

L'adolescent est pétrifié de terreur. Il a manifestement compris que l'homme qui le tient en respect sous la menace de son arme n'est pas un policier en civil et qu'il ne s'agit pas d'une simple interpellation. Le souffle saccadé, il porte ses mains tremblantes à son front tuméfié. Le sang colle ses cheveux crépus, dégouline le long de ses joues, sur son cou, dans sa chemise. Il tente de se relever tout en fixant Voiron d'un regard désespéré.

– File-moi tes papiers !

Voiron s'est exprimé sur un ton autoritaire, mais sans agressivité superflue. D'un geste hésitant, le jeune Africain met la main dans la poche intérieure de son blouson et en sort un portefeuille défraîchi. Sur un signe de la main, Voiron lui ordonne de le jeter sur le plancher en tôle. Tout en maintenant le pistolet braqué sur sa victime, il saisit le portefeuille et en extrait une carte d'identité. Il dévisage l'adolescent avant de lui lancer :

– Boubacar Dambakate, c'est bien toi ? T'as pas piqué les papiers d'un autre ?

Tétanisé, le gamin répond par un hochement de tête à

peine perceptible. Voiron visse un petit silencieux sur le canon de son arme et le braque à nouveau dans sa direction.

– J'ai pas bien entendu. Boubacar Dambakate, c'est bien toi ?

– Oui. Mais j'ai rien fait, m'sieur. J'vous jure.

Voiron tend le bras, le pistolet serré dans sa main. Il toise l'Africain d'un air indifférent.

– Vous allez pas faire ça, m'sieur. J'ai rien fait de mal. J'vous en supplie.

Il entrouvre la porte de la baraque. L'avenue, plongée dans le noir, est toujours déserte. Des carcasses de voitures fumantes jonchent la chaussée. Une odeur de brûlé et de gaz lacrymogène flotte dans l'air. On dirait un champ de bataille. Dans les rues adjacentes, on entend des cris, des détonations de tir de grenades. Un officier annonce sur le scanner que seuls les alentours du stade et quelques grands axes sont dégagés. De nouveaux foyers se déclarent sans cesse sur le Vieux-Port, dans le quartier du Panier, en haut de la Canebière. Une radio locale a annoncé la mort de la beurette que les autorités avaient essayé de cacher jusqu'au matin. L'émeute gagne les quartiers nord et les cités de la périphérie.

Avant de sortir, Voiron jette un dernier regard derrière lui. Le corps du jeune Noir gît dans une mare de sang. Voiron dévisse le bouchon d'un jerrycan d'essence et le renverse sur le sol. Le liquide se répand rapidement et progresse vers le cadavre recroquevillé contre la cloison. Il ne faut plus traîner. Il saisit le jerrican et sort à reculons en déversant ce qui reste d'essence sur le trottoir. Une seconde plus tard, la carcasse métallique se consume et se tord sous l'effet de la chaleur. Voiron s'éloigne rapidement dans le noir.

Lorsqu'ils trouveront le cadavre calciné, les enquêteurs songeront d'abord à un accident. Mais ils trouveront rapidement la balle à l'autopsie. Et puis il y aura le tract de revendication, posté dans la nuit au *Provençal* : « BOUBAKAR DAMBAKATE A PAYÉ POUR SES CRIMES ET POUR SA RACE. FRANCE PURE ET ÉTERNELLE, RÉVEILLE-TOI TANT QU'IL EST ENCORE TEMPS ! TOUT ACTE DE PILLAGE OU DE VIOLENCE SERA DÉSORMAIS PUNI PAR L'EXÉCUTION D'UN ÉTRANGER OISIF ISSU DE L'UN DES GROUPES ETHNIQUES RESPONSABLES DES DÉSORDRES. LES LISTES SONT PRÊTES. HONNEUR ET FRANCITÉ. »

Le nom de la victime écrit sur la lettre de revendication accréditera la thèse de la préméditation et sèmera la panique à Marseille.

Il se plaît à imaginer la mine livide du ministre de l'Intérieur lorsqu'on lui annoncera les premiers résultats du laboratoire de la police scientifique. L'arme utilisée par « Honneur et Francité » provient d'un stand d'entraînement des commandos du Raid, le groupe d'élite de la police nationale. Un stand situé dans les sous-sols du ministère de l'Intérieur, place Beauvau, à Paris. Il n'est utilisé que par un nombre restreint de policiers attachés à la protection du ministre. De quoi donner quelques migraines au premier flic de France et rendre insomniaques tous les autres.

Quant aux salopards et aux traîtres de la Fraternité Nationale, ils ont encore du souci à se faire.

2

Pistolet-mitrailleur en bandoulière, le jeune soldat israélien se tient sous un soleil de plomb devant les deux voitures immobiles. La route qui mène à Ramallah est fermée. Un check-point constitué de parpaings de béton en interdit l'accès. Malgré les plaques diplomatiques, le petit convoi ne passe pas.

– Que se passe-t-il ? Cela fait deux heures que nous attendons, intervenez Marcourt ! s'emporte Bertrand Fabert malgré la climatisation et la hi-fi qui distille une sonate de Bach.

Assis à l'avant, Pierre Marcourt, le vice-consul de France à Jérusalem, se retourne.

– Monsieur le ministre délégué aux Droits de l'homme et à la Citoyenneté, je crains fort qu'il n'y ait pas grand-chose à faire. Les tanks israéliens encerclent Ramallah, ça tire dans tous les coins. Personne ne passe. Je vous avais prévenu.

– Ça, c'est le comble ! Et les Palestiniens qui m'attendent ? Cela fait quinze jours que la réunion a été fixée. Tout a été préparé depuis Paris. Tout de même, je représente la France !

– Ici, le poids de la France est très relatif et sa voix n'est pas toujours entendue, marmonne le diplomate sans se donner la peine de se retourner à nouveau.

Il consulte sa montre :

– Vous risquez d'être très en retard, en espérant que nos amis palestiniens vous aient attendu. Je suis dans l'obligation de vous signaler que nous ne pourrons rester ici indéfiniment. Je dois être rentré à Jérusalem à 16 heures. C'est impératif.

Fabert devient cassant :

– Monsieur le vice-consul, je ne vous félicite pas de l'aide que vous m'apportez. On ne peut pas dire que le consulat de Jérusalem se soit démené pour me faciliter cette visite de travail.

L'ambiance est détestable. Marcourt proteste mollement, avec un accent de dédain à l'adresse du ministre.

– Ce n'est tout de même pas la faute de la diplomatie française si les Israéliens se conduisent comme bon leur semble dans les territoires autonomes palestiniens.

Les deux hommes qui se connaissent depuis qu'ils se sont croisés à l'École Nationale d'Administration ne s'apprécient guère. Tout les oppose. Leur caractère, leur vision du monde, leur carrière et leurs manières. Marcourt est entré dans le moule du Quai d'Orsay et n'en n'est jamais sorti.

Engoncé dans son costume bleu marine, sa cravate rouge qui lui serre le cou et ses chaussures de ville, le vice-consul transpire abondamment malgré la climatisation. La sueur décolle la mèche châtain qu'il cultive afin de dissimuler une calvitie qui lui dégage le haut du front. D'un petit geste sec, il la remet en place et ne peut dissimuler un rictus d'irritation. Cette mission d'accompagnement est pour lui une corvée et il entend bien le faire comprendre à Fabert.

Un garde du corps français descend de la voiture. Il va parlementer une ultime fois avec le soldat israélien qui fait un signe négatif de la tête.

Excédé, Fabert sort à son tour sur la chaussée.

– Il commence à me les casser ce troufion de Tsahal. J'en ai vu d'autres. J'ai été à Sarajevo. S'il croit que je me suis laissé impressionner par les barrages serbes ! *Eh, please. Shalom ! I'm a French minister. What's going on ? Euh... Why don't we have the right to pass ?*

– Bertrand, attends, reviens. Ça ne sert à rien d'insister.

Ilana Mizrahi est descendue de sa petite Toyota qui accompagne la voiture du consulat. La journaliste s'approche de Fabert.

– Ne t'énerve pas, dit-elle. Les soldats ne font qu'exécuter les consignes. Rentrons. Tu iras voir les Palestiniens une autre fois. Tu sais, ils ont d'autres soucis en ce moment.

Le jeune ministre essaye de se contenir. Il tente de faire bonne figure devant Ilana, mais il est furieux. Il n'en veut pas tant aux Israéliens qu'aux Français. La mauvaise volonté du vice-consul depuis le départ de Jérusalem ne lui a pas échappé. Ce matin, la conférence de presse fut un fiasco. Même le correspondant de l'AFP ne s'est pas déplacé, c'est un signe qui ne trompe pas. Fabert a la conviction que le Quai d'Orsay a tout fait pour saboter sa visite. Le consulat a communiqué au dernier moment le programme de son séjour aux médias et a envoyé avec un jour de retard les invitations à la conférence de presse. Technique imparable pour s'assurer une salle vide. Ilana, elle, a fait de son mieux. Elle a annoncé dans un court article du *Ha'aretz* la venue du ministre français en Israël. Mais en termes de battage médiatique, c'est un peu faible. Au fond de lui-même, Fabert est forcé d'admettre que sa tournée proche-orientale ne se passe pas comme prévu.

D'un ton affectueux, la journaliste israélienne s'efforce de le réconforter.

– Bertrand tu ne dis rien ? Monsieur le ministre fait la gueule ?

– Non, Ilana, je suis juste énervé par ce con de Marcourt et son staff. Ils sont en train de me planter. Je serai la risée du gouvernement à mon retour à Paris. *Le Canard Enchaîné* va m'allumer.

Il la regarde. Les longs cheveux noirs d'Ilana volent au vent. En ce moment, il aimerait être seul avec elle, libre de tout programme, sans contraintes protocolaires, sans le vice-consul Marcourt, pouvoir se promener avec elle dans une rue de Jérusalem ou paresser à l'hôtel sur le bord de la piscine, la prendre dans ses bras.

– Mais ce n'est tout de même pas sa faute si l'armée a bouclé Ramallah ?

– Il exploite la situation. Je suis sûr qu'il était au courant du bouclage. Il ne m'a pas prévenu. Il fait tout pour me mettre en difficulté. Crois-moi, je ne suis pas parano ! Et ça ne date pas d'hier. Je connais Marcourt depuis vingt ans, il n'en rate pas une.

– Il t'en veut ?

Fabert baisse le ton. A une dizaine de mètres, sur le bas-côté, on distingue le visage de Marcourt à travers les vitres fumées de la Safrane diplomatique. Impassible, le vice-consul fait mine de lire un dossier et de se désintéresser des déboires du ministre.

– Plus que ça. Lui et ses amis n'ont pas digéré mon entrée au gouvernement. Et je les connais. Ils sont capables des pires saloperies pour me faire chuter. Mais ne t'en fais pas, j'ai le cuir endurci.

Ilana adresse un sourire à Fabert. Elle le trouve encore plus séduisant que lors de leur rencontre il y a un mois à Paris. Pour sa tournée dans les territoires palestiniens, il a revêtu un pantalon de lin couleur sable et une chemisette saharienne avec des épaulettes qui accentuent son aspect baroudeur. Son bronzage fait ressortir la cicatrice qui balafre son crâne chauve et qui fait les délices des caricaturistes français.

– Ce qui est important, c'est qu'on parle de ma visite. Que les journaux en rendent compte. Tu es bien placée pour savoir qu'un ministre qui n'existe pas médiatiquement n'existe pas du tout. C'est ça, la politique !

– De toute façon, dans trois mois tu ne seras plus au gouvernement. Les fachos vont vous virer.

– Les jeux ne sont pas encore faits, Ilana. Et puis il faut penser à l'avenir. Même si l'extrême droite gagne les élections, elle ne se maintiendra pas éternellement au pouvoir.

Il tourne la tête vers la Safrane. Le vice-consul est au téléphone.

– Marcourt est un type sans principes ni moralité, poursuit Fabert à mi-voix. Depuis des mois, il magouille au Quai d'Orsay pour obtenir la direction du Moyen-Orient. Il ne voit aucun inconvénient à jouer la carte de la Fraternité Nationale. Il n'a jamais exprimé clairement ses opinions politiques, mais je suis sûr que c'est un sympathisant d'extrême droite. En tout cas, c'est un antisémite.

L'Israélienne demeure silencieuse. Elle semble réfléchir.

– J'ai une idée ! lance-t-elle soudain. Je peux essayer de te faire passer à la radio israélienne.

– Quand ?

– Tout de suite, si tu veux. Cet après-midi. Ce sont des amis, enfin... des relations. Ils ont une émission politique tous les jours.

– Tu es sûre qu'ils seront d'accord ?

– Peut-être que oui. Ça vaut la peine de tenter le coup. Ils seront sans doute surpris mais très contents d'interviewer un ministre français. Ils émettent une partie de la journée en français. Ils sont très écoutés en Israël et souvent repris par la presse étrangère.

– Parfait ! C'est exactement ce dont j'ai besoin pour muscler ma visite.

Ilana laisse échapper un petit rire.

– Sur ce point-là, tu ne risques pas d'être déçu.

– Pourquoi ?

– Disons que ce sont des gens qui n'ont pas très bonne réputation.

– Mais tu viens de me dire que c'était la radio israélienne.

– Non, pas *La* radio. *Une* radio. Elle émet depuis les *hitnakh'alouyoth*.

– Les quoi... ?

– Les colonies, si tu préfères. C'est comme ça que vous les appelez en français.

– Tu veux m'emmener chez les colons ?

– C'est une suggestion, à toi de décider. Leurs studios sont situés dans une colonie, à Beth-El, en pleine Samarie. C'est à deux pas de Ramallah. Au départ, leur radio Aroutz Chéva n'était qu'une petite station pirate opposée aux travaillistes et aux accords d'Oslo. Mais avec la reprise de l'Intifada, ils ont gagné de l'importance. Leur audience ne cesse de croître.

Fabert marque un temps d'hésitation. Marcourt s'approche. Le vice-consul est sorti de la Safrane diplomatique et a assisté à la fin de la discussion.

– Monsieur le ministre délégué aux Droits de l'homme, je ne saurais que vous déconseiller de vous rendre à Beth-El. Pour tout vous dire, mon cher Fabert, j'y suis totalement opposé.

Fabert relève le visage et regarde Marcourt dans les yeux.

– Pardonnez-moi, monsieur le vice-consul, mais vous parlez à un ministre de la République. J'entends encore être libre de mes mouvements. Je suis maître de mes choix et je les assume.

– Vous réalisez, j'espère, que ces gens-là sont en dehors de toute légalité internationale. Avez-vous pensé aux réactions des Palestiniens lorsqu'ils apprendront qu'un ministre français s'est rendu chez les colons ? Et que faites-vous des principes de solidarité gouvernementale ?

– Monsieur le vice-consul, ce n'est ni l'endroit ni le moment pour entamer un cours de droit international, je n'ai que faire des états d'âme du Quai d'Orsay et je...

– Mais enfin, vous n'allez pas cautionner ces gens-là !

– Ne m'interrompez pas. Il n'est nullement dans mon dessein de les cautionner. Je n'ai jamais varié dans mon langage : celui de la justice et des droits de l'homme. Je tiendrai à *ces gens-là* – comme vous dites – le discours de la sincérité et de la vérité. J'irai porter chez eux la voix de la France.

Marcourt affiche un air consterné mais Fabert, qui hésitait encore quelques instants plus tôt, a pris sa décision.

Voici l'occasion rêvée de rendre au Quai d'Orsay la monnaie de sa pièce. Fabert imagine déjà la Une des journaux en France : « Le ministre chez les colons ». « Fabert à l'assaut des colonies ». Depuis son arrivée en Israël, il était à la recherche d'une opportunité pour s'affirmer et donner du retentissement à son voyage. Une visite-surprise chez les colons ! Mais au fait, pour leur dire quoi ? Fabert se dit qu'il improvisera, qu'il trouvera l'idée sur le chemin. Un message fort. Un appel à la réconciliation avec les Palestiniens. L'appel de Beth-El.

Ilana remet son portable dans son sac à dos.

– Ils sont OK ! Ils nous attendent !

Marcourt tente une dernière manœuvre.

– Monsieur le ministre délégué, je me vois dans l'obligation d'avertir dans les plus brefs délais le ministère des Affaires étrangères de votre initiative. Je vous avais déjà indiqué que je devais regagner rapidement Jérusalem. J'avais pour mission de vous accompagner à Ramallah, pas à Beth-El. Cela signifie que vous n'avez ni voiture officielle ni garde du corps.

Ilana suit la scène avec attention. Au départ, c'est sans vraiment y croire qu'elle a suggéré d'aller frapper à la porte de la radio des colons. C'était une idée en l'air, lancée, comme ça, pour tenter de calmer Fabert. Jamais elle n'aurait pensé qu'il accepterait de s'embarquer dans une pareille aventure. La journaliste est consciente que la visite-surprise d'un ministre français dans une colonie de Cisjordanie est une première et qu'elle risque de provoquer quelques remous diplomatiques. Elle réalise qu'elle va se trouver aux premières loges et songe au papier qu'elle va faire paraître dans *Ha'aretz*.

– Ne vous inquiétez pas, monsieur Marcourt, depuis que j'ai foulé le sol de la Terre Sainte j'ai été habitué à me passer de vos services. Bonne fin d'après-midi monsieur le vice-consul. Je vous retrouve ce soir à Jérusalem.

Fabert jubile, il a toujours réussi ses coups de manière intuitive, c'est dans l'improvisation qu'il est le meilleur. C'est ainsi qu'il a bâti sa notoriété et sa popularité, avec des gestes spectaculaires, là où on ne l'attendait pas. Fébrile, il pressent qu'en débarquant chez les colons, il peut créer l'événement, réussir une opération hors normes qui va secouer le monde politique. Fabert n'est jamais aussi bon que lorsque ça sent la poudre.

Il s'engouffre dans la voiture de la journaliste israélienne.

– Ilana, viens on file à Beth-El.

Devant le check-point, la Toyota fait demi-tour et se dirige vers une colline de Samarie. Planté au milieu de la route, à côté des soldats israéliens qui ont assisté à la scène, le vice-consul François Marcourt regarde, blême de colère, la voiture s'éloigner.

Le lourd portail d'acier, surmonté de fils barbelés, se met en branle. A travers sa guérite blindée, le gardien fait signe de passer. Ilana avance doucement son véhicule entre les deux piliers d'une chicane de béton. Une pancarte en hébreu, anglais et français accueille le visiteur : BIENVENUE À BETH-EL.

Beth-El est située au sommet d'une colline de Samarie qui surplombe la ville palestinienne de Ramallah. La colonie ressemble à un gros village constitué de pavillons coquets. Beaucoup d'entre eux sont bâtis sur le même modèle, comme dans les lotissements que l'on voit fleurir depuis quelques décennies dans les banlieues des villes européennes. Des petites villas blanches aux toits de tuiles rouges entourées de pelouses et de jardins privés.

La voiture progresse à travers les allées fleuries de la colonie. Des gamins, portant la kippa, jouent sur les pelouses et sur les aires de jeu. D'autres font du vélo sur la chaussée. Des femmes en robe longue et les cheveux couverts promènent leurs bébés en poussette. D'autres enfants, à peine plus âgés, les suivent, accrochés à leurs jupes. Devant une maison, un homme lave sa voiture.

Fabert regarde autour de lui. Tout lui paraît étrange. C'est la première fois qu'il se rend chez les colons juifs, dans un de ces villages fortifiés, établis sur une terre si contestée que personne ne parvient à s'accorder sur le nom qu'il faut lui donner : Palestine, Cisjordanie, Judée-Samarie, territoires occupés, territoires autonomes. Bravant les condamnations d'une bonne partie de l'humanité, laquelle a pourtant des problèmes plus urgents à régler, ils sont venus s'installer sur ces collines rocailleuses et désolées d'une terre qu'ils considèrent devant s'appeler aujourd'hui Israël parce que dans les temps bibliques on l'appelait Canaan. Au début on les a pris pour des fous, des fanatiques. Ils sont arrivés avec leurs femmes, leurs enfants, dans une caravane. Puis ils ont apporté des mobile homes, l'eau, l'électricité. Ont bâti leurs maisons. Se sont étendus sur la colline d'en face. Toujours sur les hauteurs. Dominer la ville palestinienne est un impératif stratégique.

Deux mille ans après, ils sont revenus, d'Alger, de Bagdad, de Meknès, de Brest-Litovsk, de Sarcelles, de New

York, de Buenos-Aires et de Bombay au nom d'une promesse divine qui leur a assuré que cette terre était non seulement celle où coulent le lait et le miel, mais qu'elle était surtout la leur : s'ils savaient s'en montrer dignes, de ce lieu jaillirait une bénédiction destinée à l'humanité tout entière.

Où sommes-nous ? s'interroge Fabert. Les maisons aux terrasses ensoleillées, les jets d'eau sur le gazon, les massifs d'arbustes soigneusement entretenus pourraient faire songer à un lotissement résidentiel ou à un village de vacances. Mais il y a cette clôture de barbelés, ces hommes en armes que l'on croise, ces femmes aux visages las et fatigués, cette ambiance pesante à la mesure du défi que les colons ont lancé au monde et à eux-mêmes. Qui sont-ils ? se demande le ministre. Dans les regards qu'il croise, il ne lui semble deviner aucune haine, ni agressivité ni mépris. Peut-être seulement une forme d'indifférence, d'absence. Ces gens-là sont ailleurs. « *Ces gens-là* » – il se rappelle l'expression employée par Marcourt – sont dans leur monde. Quelle folie ! Pourquoi se sont-ils lancés dans cette aventure ? Y croient-ils, sont-ils sincères ? A une heure de route de Tel-Aviv, de ses lumières et de ses plaisirs, pourquoi ont-ils choisi cette existence ingrate, dangereuse, enserrée dans un double carcan, celui du strict respect des règles religieuses et celui imposé par la guerre larvée qui les oppose à leurs voisins immédiats ainsi qu'au monde entier ? Peut-être est-ce cela qui fonde leur fierté ? Celle qui anime depuis toujours les aventuriers, les pionniers. Il songe aux émigrants qui en carriole et en famille, armés de leur foi et de leurs colts, poussant toujours plus vers l'ouest, avaient pris possession des vastes plaines d'Amérique.

Mais ici, cette conquête de l'ouest du Jourdain se fait sur un territoire tellement exigu, tellement étriqué, tellement compliqué qu'il faut avoir la foi chevillée au corps pour ne pas trouver la vie étouffante.

– Dis-moi, Ilana, quel genre de gens habitent ici ?

– Toutes sortes d'Israéliens. Bien sûr, il y a peu de hippies et d'intellectuels de gauche. Mais une partie des habitants est venue à Beth-El parce que le logement est bon marché. D'autres sont plus militants. Il y a des dentistes, des informaticiens, des comptables, des petits employés. La plupart travaillent à Jérusalem. Il y a aussi pas mal de jeunes qui étudient à la *yéchiva* de Beth-El, l'école talmudique si tu préfères.

– Et les journalistes qui vont nous recevoir, qui sont-ils ?

– C'est un petit groupe qui a monté une radio. Leur patron s'appelle David Weinberg. Il travaille à la radio le matin, milite pour les colons l'après-midi et étudie à la yéchiva la nuit. C'est un militant pur et dur. Inébranlable et convaincu de la justesse de sa cause. Mais pas un fanatique. Moins buté qu'il en a l'air au premier abord. Il a du charisme, tu verras. D'ailleurs tu pourras discuter avec lui. Il est d'origine française. Comme beaucoup de gens d'ici. Il parle français mieux que moi. Tiens, regarde c'est lui sur le trottoir. Il sort des studios.

Ilana et Bertrand descendent de la voiture et se dirigent à la rencontre d'un grand gaillard à la barbe rousse bien taillée. Il porte une chemise blanche qui étincelle au soleil.

– Bonjour, David. Je te présente Bertrand Fabert, le ministre français des Droits de l'homme. C'est un ami, souligne la journaliste sur un ton appuyé.

– Enchanté, répond Weinberg, glacial.

Les deux hommes échangent une rapide poignée de main et se dévisagent. Le ministre bronzé en tenue de brousse et le colon juif, kippa sur la tête. A travers la chemise blanche de David, on devine les fines rayures noires de son *talith katane*, le châle religieux que les plus pratiquants portent en permanence sous leurs vêtements. Les *tsittsiths*, ces petites franges rituelles accrochées au *talith*, dépassent de la chemise et flottent au vent le long de son pantalon noir.

– Merci David d'avoir accordé cette interview à Bertrand, c'est important pour lui, reprend Ilana pour tenter de dissiper le malaise.

– Quelle interview ? demande David, étonné.

– Les autres ne t'ont pas prévenu ? Je les ai appelés au téléphone.

– Qui t'a donné le feu vert ?

– Je suis tombée sur le rédacteur en chef de permanence, Moshé Amir. Il m'a dit que c'était d'accord pour cet après-midi. Je pensais qu'il t'en avait parlé.

– Non, je n'étais pas au courant. J'ai été toute la journée à Tel-Aviv. Je viens tout juste de rentrer.

Manifestement, le courant ne passe pas entre le colon israélien et le ministre français. David toise Fabert avant de l'apostropher sans égard :

– Qu'est-ce que vous voulez encore nous raconter à la radio, la langue de bois habituelle du Quai d'Orsay ?

– Mais qu'allez-vous imaginer ! se récrie Fabert en s'efforçant d'afficher son sourire le plus conciliant. Je parle toujours en homme libre. Je suis venu pour dialoguer. Pas pour donner des leçons à tel ou tel. Mais je crois qu'il est toujours bon d'écouter la voix de la France, le pays des droits de l'homme.

– Ah oui, *la voix de la France*, répète Weinberg avec une ironie méprisante. Monsieur le ministre, ici nous sommes en Israël. En Judée-Samarie, au cœur du pays juif. C'est ici que la Torah fut mise en pratique il y a plus de trois mille ans. C'est un texte qui a effectivement eu un impact incommensurable sur l'humanité. La question des droits de l'homme y était déjà posée avec une finesse et une profondeur inégalées. Vous réalisez ? Un texte vieux de trois mille ans ! A l'époque, monsieur le ministre, vos ancêtres chassaient encore le bison avec des silex dans la forêt de Fontainebleau. Il a fallu attendre quelques siècles de plus pour que l'onde de choc parvienne jusqu'aux plaines gauloises. Et aujourd'hui, vous prétendez nous apporter la bonne parole ?

Fabert est à peine décontenancé par l'agressivité de l'Israélien. Il pense surtout à son interview et cherche à l'amadouer par tous les moyens. Ilana intervient :

– Bon, ça y est les présentations sont faites, lance-t-elle sur le ton de la plaisanterie. Sois gentil, David, n'agresse pas tout de suite le ministre. Je te jure qu'il n'est pas responsable à lui tout seul de la politique du gouvernement français. Admets qu'il a fait le premier pas. Il est venu chez vous, à Beth-El. Ce n'est pas négligeable !

David paraît embarrassé. Sans se soucier de son hôte, il s'adresse à Ilana en hébreu.

– Dis-moi, il est bien gentil ton ministre. Un peu lourd tout de même...

– Tu ne le connais pas, David. C'est vraiment un type bien. Sois chic avec lui. Il a fait l'effort de venir.

– Non c'est toi qui l'as amené. Visiblement vous êtes en affaires...

Piquée au vif, la journaliste s'approche de David. Elle s'adresse à lui, toujours en hébreu :

– Oui, c'est mon ami, et alors ? J'espère que ça ne te dérange pas.

Puis se radoucissant :

– David, fais-moi cette faveur, je t'en prie. Je saurai m'en souvenir. Je te passerai des infos dans *Ha'aretz* quand tu voudras. En quoi ça te dérange qu'il parle à la radio ? Ce que tu es têtu tout de même, quand tu t'y mets ! Je te connais, David. C'est juste pour le plaisir de te confronter à un ministre français. Juste pour montrer que tu es sûr de ton bon droit et que c'est toi qui as le dernier mot.

Weinberg dévisage Ilana. Elle est belle. Ses longs cheveux bruns ondulent sur ses épaules. Le colon réfléchit un court instant et pousse un soupir.

– Bon, on y va. Le studio de direct est occupé, on va l'enregistrer. Je vous promets que ça passera aujourd'hui ou demain, au plus tard.

Le soleil commence à décliner. Sur une terrasse, une dizaine d'hommes tournés vers Jérusalem entament la prière de *Minha*, celle qui marque la fin de l'après-midi. David, Ilana et Fabert déambulent à travers les allées fleuries et les pelouses. Pour se rendre aux studios d'Aroutz Chéva, la radio des colons, il faut traverser Beth-El. David, Ilana et Fabert ont décidé de s'y rendre à pied. Au début, Ilana s'est placée entre les deux hommes, puis elle est passée au côté de Bertrand pour leur permettre de converser. Mais Fabert est un peu mal à l'aise. Il sait que sa venue n'enchante guère ce grand barbu à kippa. Le silence devient pesant. Il prend l'initiative de le rompre, en posant la première question qui lui vient à l'esprit :

– Vous êtes originaire de Paris ?

Weinberg acquiesce.

– J'ai passé mes années d'enfance en région parisienne, effectivement, répond-il de mauvaise grâce. Avec une parenthèse en province. A Rouen.

– Et vous avez encore de la famille en France ?

– Très peu. J'ai fait mon Alyah à 18 ans. Je suis un enfant unique et mes parents sont décédés. J'ai quelques cousins éloignés qui se sont assimilés et ont tout oublié du judaïsme. Je n'ai rien à leur dire et je n'ai plus de contacts avec eux depuis des années.

– Si je comprends bien, vous avez tiré un trait sur votre passé ?

– Ah non ! C'est plutôt le contraire, rétorque Weinberg avec une pointe d'agacement. Moi je n'ai rien oublié, je n'ai rien renié. J'ai assumé mon identité. Les Juifs n'ont plus rien à faire en exil. Leur place est ici.

– Il ne faut rien exagérer quand même, objecte Fabert. Tous les Juifs de France ne pensent pas comme vous. Il y en a encore quelques-uns pour croire aux vertus de la République.

– Quelques-uns, comme vous dites, ricane l'Israélien. Ceux-là seront les derniers à ouvrir les yeux. L'antisémitisme se réveille dans toute l'Europe et cela ne fait que commencer. Ceux qui ne préparent par leurs valises aujourd'hui partiront demain avec un simple baluchon.

– Non, je ne peux pas vous laisser dire ça ! Certes, il y a des incidents en France, mais les pouvoirs publics ont réagi fermement et ne font preuve d'aucune complaisance à l'égard des racistes, de quelque bord qu'ils se trouvent. Mon cher ami, vous noircissez un peu le tableau, vous avez une vision déformée de la réalité française. Je vous invite à revenir de temps en temps pour le constater par vous-même.

– Je vous remercie, mais je n'ai pas attendu votre invitation. Je me rends régulièrement en France, et le constat n'est pas réjouissant.

– Ah bon, je croyais que vous aviez rompu toute attache avec la mère patrie ?

– J'effectue de courts séjours, deux à trois fois par an. Un peu plus même ces derniers temps.

– Pour des raisons professionnelles ? s'enquiert Fabert.

– Si vous voulez. Je dirais plutôt... militantes.

– Ah, vous venez galvaniser vos troupes, les *évangéliser* en quelque sorte ! risque Fabert avec un petit sourire.

– Vous êtes libre d'employer les termes de votre choix, reprend Weinberg sans sourciller. Le conseil des localités juives de Judée-Samarie organise effectivement des actions et des conférences auprès des communautés juives à travers toute la France. Partout où je vais, je perçois les mêmes inquiétudes, je découvre les mêmes situations, j'assiste aux mêmes débats. Les Juifs des cités craignent de sortir dans la rue et retirent leurs enfants de l'enseignement public. Les écoles juives sont prises d'assaut, les plus fortunés achètent en masse des appartements en Israël et transfèrent leurs avoirs, les parents poussent les jeunes à faire leur Alyah... Le mouvement ne fait que commencer, il va s'amplifier. La situation en France va s'aggraver, l'extrême droite et les islamistes se partageront bientôt le pouvoir. Mais la fin de l'exil est proche. Le peuple juif retourne sur sa terre. Cette libération se fait dans la douleur et la violence, ainsi que la Torah et les prophètes l'ont annoncé.

Weinberg est interrompu par le bruit assourdissant de deux hélicoptères de l'armée israélienne passant à basse altitude. Vol de surveillance ou peut-être un retour d'opération ciblée, à Ramallah ou dans une localité palestinienne voisine.

– Curieux tout de même..., relance Fabert une fois le calme revenu.

– Quoi donc ?

Le ministre des Droits de l'homme semble chercher ses mots.

– Sans vouloir vous offenser, monsieur Weinberg, je vous le dis franchement, j'ai du mal à comprendre comment de jeunes Français peuvent ainsi – en raison de leur seule... origine confessionnelle – s'exiler pour aller s'installer sur une terre déjà occupée. Voilà sans doute l'une des racines du conflit qui vous oppose aux Palestiniens.

– Décidément, vous n'avez rien compris à ce qui se joue dans cette région, lâche Weinberg. Je ne crains pas de dire au ministre que vous êtes que la France est alignée sur les positions de nos pires ennemis. Il n'y a qu'à lire la presse hexagonale tous les jours pour s'en rendre compte.

– Une fois de plus, vous êtes excessif et sans nuances ! soutient Fabert. Sincèrement je ne comprends pas votre agressivité. La France a toujours eu une politique équilibrée dans la région.

Tout en marchant, le ministre délégué aux Droits de l'homme et à la Citoyenneté prend la journaliste israélienne par le bras.

– Ma chère Ilana, pourriez-vous expliquer à notre ami que la presse, qu'elle soit française ou israélienne, est libre et qu'elle n'est pas aux ordres de ses gouvernements respectifs ? Tout de même, monsieur Weinberg, ce n'est pas ma faute si les médias ne vous ménagent pas !

– David, accepte un peu la critique, intervient Ilana. Bertrand n'a pas tout à fait tort. Même en Israël, les journaux ne vous tressent pas des couronnes de laurier.

Fabert continue de marcher tout en gardant la main d'Ilana dans la sienne. Cela n'a pas l'air de déplaire à la jeune femme. En dépit de son amitié pour David, elle n'aime pas le mode de vie des colons. Cette pudeur qui interdit d'afficher des sentiments amoureux, encore moins une liaison, en public. Elle a toujours été convaincue que ces règles ont été édictées pour mieux asservir les femmes, pour les maintenir à la maison, pour qu'elles s'occupent de leurs ribambelles d'enfants. Ilana aime la provocation. Se promener dans Beth-El en pantalon et tee-shirt moulant, les cheveux au vent, la comble d'aise. Elle sent les regards désapprobateurs des femmes aux robes longues et à la tête couverte. Elle devine les désirs des hommes qu'elle croise. Elle est une femme libre. Elle n'a de comptes à rendre à personne.

– Croyez-le bien, David, poursuit Fabert, je ne veux absolument pas émettre le moindre jugement sur votre cause, mais on ne peut pas dire que vous facilitez la tâche des diplomates occidentaux. Cette région est un baril de poudre ! Vous n'avez pas l'air de vous en apercevoir.

Weinberg laisse échapper un rire moqueur.

– Le but du retour du peuple juif sur cette terre n'est pas de faire plaisir à des diplomates européens qui ignorent tout du vrai message biblique et de l'histoire d'Israël.

Fabert reprend la balle au bond.

– Dites-moi, en matière de langue de bois vous n'avez rien à envier aux fonctionnaires du Quai d'Orsay.

David ne répond pas. Fabert se lâche.

– Mais vous rendez-vous compte que vous fondez vos prétentions sur un épisode de la mythologie de l'Ancien Testament. Dieu, en personne, aurait offert cette terre en cadeau à un chef de tribu nomade nommé Abraham. Offerte ? Même pas ! Tout juste promise. Mettez-vous à la place des populations palestiniennes. Imaginez des habitants de Reims, de Melun ou de Vitry-le-François voyant débarquer des Ostrogoths avec un titre de propriété gravé sur une plaque de bronze. « Bonjour, pourriez-vous quitter vos villages et nous laisser vos maisons ? Pardon de ne pas vous avoir fait signe pendant deux mille ans, mais nous étions occupés ailleurs ». A votre avis, comment réagiraient-ils ?

– Votre démonstration n'est pas absurde, mais un enfant est capable de la balayer, ironise Weinberg. Précisément, les Ostrogoths ont disparu. Ils ne reviendront pas. Qu'ont-ils laissé derrière eux ? Quel a été leur apport à l'humanité ? Que reste-t-il de leur culture, de leur langue, de leur religion ? Nous, les Juifs, nous sommes toujours là. Et nous ne sommes pas des Ostrogoths. Que ça vous fasse plaisir ou non.

Lorsqu'on le pousse dans ses retranchements, Weinberg a du répondant. Tant mieux, se dit Fabert. L'interview n'en sera que plus vivante. Franche et sans concessions. Le ministre des Droits de l'homme a conscience du risque politique qu'il prend en étant le premier membre d'un gouvernement européen à se rendre dans les colonies juives de Judée-Samarie. La plupart des diplomates occidentaux estiment que ces colonies sont au mieux illégales, certains n'hésitant pas à considérer les colons comme des criminels de guerre en puissance. En tout cas comme des mystiques, des fanatiques et des excités.

Sa visite-surprise à Beth-El va faire la Une des journaux français. C'est bien l'effet recherché par Fabert. Provoquer, tout en gardant la main, rester maître de la situation et de son propos. Trouver le ton juste.

« L'homme qui parle aux colons », voilà l'image qu'il veut que l'on conserve de son voyage en Israël. Il n'hésitera pas à être amical mais sans complaisance, à mettre en garde ces Juifs exaltés, à les avertir du danger qu'ils représentent, qu'ils font courir au monde entier et dont ils risquent un jour de payer le prix. Très cher.

– Certes, vous n'êtes pas des Ostrogoths et vous êtes toujours là parce que les Etats-Unis vous soutiennent, poursuit le ministre. Mais vous êtes dans l'illégalité, vous vous êtes placés en dehors de toute norme internationale ! Sans les millions de dollars et les pressions du lobby juif américain sur le Sénat et la Maison-Blanche, cela ferait belle lurette que l'Otan serait intervenue. Souvenez-vous du Kosovo. Ne tirez pas trop sur la corde.

– C'est une menace, monsieur le ministre ?

– Non, c'est un conseil. Regardez autour de vous. Le monde évolue. Les Palestiniens ne vous lâcheront pas. Le poids politique de l'Europe va aller grandissant.

– Donc, c'est bien une menace. Vous allez nous bombarder !

– Ah non, je n'ai pas dit cela, proteste le Français en souriant. Je vous invite simplement à vous mettre dans le sens de l'Histoire, avant d'y être contraints. Regagnez les frontières de 1967, cessez d'occuper une terre qui n'est pas la vôtre. Tendez la main aux Palestiniens. Réconciliez-vous avec eux.

– Merci pour vos conseils. Votre sincérité n'a d'égale que votre angélisme. Mais expliquez-moi, pour parvenir à cette réconciliation, concrètement, que préconisez-vous ? Quelle solution géniale la diplomatie française va-t-elle encore nous suggérer ?

Fabert ne réagit pas immédiatement. Le ministre aime ménager ses effets. Soudain, il s'arrête de marcher et se tourne vers Weinberg. Son regard est plein de fougue. Fabert a toujours été un passionné. Il est capable de se lancer à corps perdu dans une cause lorsqu'il croit pouvoir y jouer un rôle actif et déterminant. Il baisse la voix et s'adresse au colon comme s'il lui révélait un plan sous le sceau du secret.

– Je pense pouvoir formuler quelques idées novatrices. Je m'exprimerai le moment venu. Si vous n'y voyez pas d'inconvénient, mon cher Weinberg, attendons l'interview. Vous ne serez pas déçu. Je pense que vous ne serez pas non plus indifférent à la teneur de mes déclarations qui risquent de faire pas mal de bruit.

La Toyota file sur la route 60 qui relie Ramallah à Jérusalem. La radio égrène le refrain de la chanson en tête du hit-parade depuis des mois.

Yala lekh' ha-baïta moti
Chalom ve toda...

– C'est le grand succès de Sarit Haddad, le must de la variété israélienne, explique Ilana à Bertrand.

L'histoire retiendra peut-être que le tube de ces années de guerre israélo-palestinienne fut une chanson légère, une ritournelle à l'eau de rose. Sarit Haddad, une jeune chanteuse à la voix étonnante, a bâti son succès sur un répertoire peuplé de femmes amoureuses et d'amants indécis, un monde où se nouent des liaisons incertaines et des serments rapidement trahis, où les ruptures annoncent souvent le pardon.

Tout en écoutant le refrain qui revient inlassablement, il contemple depuis la route Beth-El dont on aperçoit les maisons qui se découpent dans le lointain au sommet de la colline. La colonie ressemble à ces villages médiévaux perchés au sommet de pitons rocheux. Comme jadis, le salut se trouve dans les hauteurs, songe Fabert. Celui qui domine est le maître de la vallée. Celui qui tient les cols et les montagnes compense son infériorité numérique, résiste aux attaques et emporte la victoire. Cette guerre n'est décidément pas moderne, se dit-il. Elle ne se gagnera pas avec des tanks, des avions et des missiles. C'est une guerre d'autrefois, clan contre clan, habitant contre habitant. Une guerre moyenâgeuse faite d'embuscades, de traquenards tendus pour le contrôle d'une dune, d'une route, d'un sentier ou d'un point d'eau. On tire sur l'automobiliste comme on égorgeait jadis le cavalier égaré dans la forêt. Chacun veut marquer son territoire, occuper le terrain, arracher à l'autre quelques *dunams* de terre. C'est une lutte de tous les jours. Cette guerre va durer cent ans, peut-être plus. C'est en ce sens qu'elle est une guerre de Religion. Elle ne se mène pas à l'échelle d'une vie humaine. Les Juifs et les musulmans sont les uns et les autres convaincus que le temps leur donnera la victoire. Elle leur est promise, elle sera donnée aux générations futures. A la fin des temps. Elle sera le fruit d'un lent et inexorable mouvement qui verra triompher celui auquel le ciel aura donné raison. Les Palestiniens ont l'éternité pour eux. Les colons aussi. Nous vous chasserons, prophétisent les Arabes. Nous ou nos enfants, ou les enfants de nos enfants. Nous resterons, assurent les Juifs, chaque nouvelle génération bâtira sa maison. Les villages des hauteurs s'étendront de colline en colline. Il y aura encore des jets de pierres, des coups de feu, des morts, des embuscades.

– Quelle folie ! s'exclame Fabert. Quelle situation inextricable ! Comment leur faire entendre raison ?

Ilana baisse la radio.

– Tu as pu en juger par toi-même. Tu leur as parlé. T'ont-ils écouté ? Ils vivent là, en famille. Ils se font tirer dessus toute la journée. Leurs voisins les détestent, les haïssent. Ils s'en foutent. Ils ne partiront pas. Ils considèrent qu'ils sont chez eux et qu'ils ont une mission divine à remplir. Plus on leur tire dessus, plus leur mission est divine.

– Mais c'est du fanatisme ! s'enflamme le ministre.

– C'est plus compliqué que ça, Bertrand. Crois-moi. Depuis plus de trente ans, tous les gouvernements israéliens, de gauche comme de droite, les ont laissés s'installer. Tout le monde était d'accord. Sauf les Arabes bien sûr. Ils ont prospéré. Ils ont fait des enfants, des petits-enfants. Beaucoup sont déjà grands-pères. Bientôt arrière-grands-pères. Dans moins de dix ans, il y aura des colons de la quatrième génération. Et toi tu arrives, avec tes bonnes paroles ; si, si, très bonnes, je t'assure, je ne me moque pas ; tu as le sens de la formule. Mais tu arrives avec tes plans de paix, tes initiatives françaises, européennes, tes poignées de main, tes résolutions internationales. Et tu voudrais qu'ils t'écoutent, qu'ils t'embrassent ? Tu planes mon chéri !

Le ton de l'Israélienne désarçonne Fabert. C'est ce qu'il a tout de suite aimé chez Ilana. Cette manière abrupte et spontanée avec laquelle elle bouscule ses interlocuteurs et leur livre un Orient compliqué, loin des idées simples des chancelleries occidentales.

– Comprends bien une chose, martèle Ilana, ici, tu n'es pas en Europe. Tu es au Moyen-Orient. Il faut être dur pour survivre. C'est une région où les faibles n'ont aucune chance.

– Et qu'as-tu pensé de l'interview ? Tu m'as trouvé bon ? demande Fabert après un moment de silence.

– Oui, tu as été excellent. David a joué le jeu. Vous étiez tous les deux très bons.

– Tu crois que cela va faire du bruit ?

– Ne te fais aucun souci. Je fais un papier dès demain dans *Ha'aretz*. J'ai des amis au bureau de l'AFP à Jérusalem. Il va y avoir des reprises.

Après le carrefour de Ramallah la voiture aborde la longue montée en direction des premiers faubourgs de Jérusalem. Marcourt va être furieux lorsqu'il prendra connaissance de mes déclarations, se dit Fabert. Le Quai d'Orsay et le ministre des Affaires étrangères aussi. Depuis des mois, ils font tout leur possible pour me maintenir dans un rôle d'aimable potiche du gouvernement socialiste, pour m'empêcher d'acquérir une stature internationale.

Le soleil s'est couché derrière les collines, la nuit commence à tomber.

Fabert songe à la soirée de détente qu'il s'est ménagée sur son programme officiel. Ilana a réservé une table chez Darna, un restaurant marocain où l'on déguste les meilleurs tagines d'agneau de Jérusalem.

URGENT

BERTRAND FABERT TUÉ DANS UN ATTENTAT

Jérusalem, 25 février (AFP)

Le ministre français délégué aux Droits de l'homme et à la Citoyenneté, Bertrand Fabert, a été tué cet après-midi alors qu'il circulait sur une route de Cisjordanie.

Bertrand Fabert, qui effectuait une visite de travail en Israël et revenait de la colonie juive de Beth-El, a été atteint par des tirs d'armes automatiques non identifiés.

Ilana Mizrahi, une journaliste israélienne du *Ha'aretz* qui se trouvait en compagnie du ministre français, a été grièvement blessée.

L'attentat a été revendiqué quelques instants plus tard par un appel téléphonique au bureau de l'AFP à Jérusalem au nom des Brigades Révolutionnaires Islamiques, une organisation jusqu'à présent inconnue.

Figure marquante du Parti Socialiste, Bertrand Fabert avait été successivement conseiller technique au ministère de l'Intérieur, chef de cabinet du secrétaire d'Etat à la Solidarité, puis était entré au gouvernement avec le titre de ministre délégué aux Droits de l'homme et à la Citoyenneté.

3

7 heures.

Des hauteurs de Saint-Cloud, on peut assister au lever du soleil qui point, au loin vers Bercy, sur Paris encore noyé dans les brumes. Jacques Malaivre est à son bureau. Avant de se mettre au travail, comme tous les matins, il se prépare une grande théière d'Earl Grey, son thé favori. C'est un rituel auquel il sacrifie en toutes circonstances. Il tient à arriver aux premières heures de la journée, lorsque les locaux de la Fraternité Nationale sont quasi déserts, deux bonnes heures avant le tumulte provoqué par l'arrivée des cadres dirigeants et des permanents. Malaivre veut pouvoir se concentrer, s'isoler et réfléchir. Le responsable du DSP, le Département Sécurité et Protection de la Fraternité Nationale, aime cette atmosphère à la fois secrète et sereine qui l'aide à prendre – seul – les décisions qu'il imposera à ses collaborateurs et aux membres du parti.

Malaivre incline doucement la théière au-dessus de la petite tasse chinoise aux motifs bleus et verts qu'il a rapportée d'un voyage à Pékin. Il aspire une première gorgée, presque brûlante. Sa journée de travail peut commencer. Avant de s'atteler à une pile de dossiers préparés la veille par son secrétariat, il consulte les journaux du matin. Tous ont bouleversé leur Une. La mort de Bertrand Fabert, la veille, sur une route de Cisjordanie a presque relégué au second plan le week-end d'émeutes que vient de connaître Marseille. Dans les pages intérieures, cependant, des articles reviennent sur l'assassinat d'un jeune Franco-Africain dont on a retrouvé le cadavre calciné dans les décombres d'une baraque de chantier incendiée. Malaivre lit attentivement les différents papiers, prend des notes sur une feuille qu'il range ensuite dans un dossier sur lequel est inscrit : BUREAU POLITIQUE – ORDRE DU JOUR accompagné de la mention « *Confidentiel* ».

Tout en sirotant son thé par petites gorgées, Malaivre signe les lettres laissées par son assistante dans le parapheur avant de parcourir d'un œil attentif une note de synthèse rédigée par le secrétariat aux études politiques. Depuis des mois, la Fraternité Nationale monte dans les sondages et son image s'améliore dans toutes les couches de la population. La presse change de ton. Les bourgeois, les branchés, les jeunes des centres-villes et des beaux quartiers, les étudiants, les bo-bos, même les intellos écoutent d'une autre oreille le discours de la Fraternité. Il y a quelques années, ils poussaient des cris d'orfraie à la moindre déclaration d'Abel Gamelin, descendaient dans la rue pour dénoncer le fascisme et sonner la mobilisation. Aujourd'hui, ils retirent leurs enfants des écoles publiques et les inscrivent dans des boîtes privées. Ils bloquent les portières de leurs voitures et font des détours le soir lorsqu'ils rentrent du travail pour éviter certains quartiers. Ils dévisagent, l'air soupçonneux, les nouveaux habitants de leur arrondissement, de leur rue, de leur maison.

La note de synthèse est accompagnée d'une étude d'opinion réalisée par le département Sondage de la Fraternité Nationale. On y relève qu'un nombre croissant de Français, notamment de gauche, « ont noté » la présence croissante d'étrangers dans « leur » quartier. Certains affirment n'y voir aucun inconvénient, d'autres se sentent « coupables » de s'autoriser ce genre de réflexion. C'est le début du processus, se dit Malaivre. Ils n'arrivent pas encore à exprimer leur malaise. Il va falloir les aider à se forger un vocabulaire, à articuler un argumentaire.

Une forte minorité, en hausse, n'hésite plus à se déclarer « hostile » à l'émergence de ces populations. Ce qui est nouveau, c'est que toute une thématique de gauche est désormais appelée à la rescousse pour justifier cette hostilité. « Ces populations » estiment les sondés, oppriment leurs femmes, excisent leurs filles, propagent l'islamisme et l'obscurantisme religieux, rejettent la modernité et les droits de l'homme.

Et tous ces Français s'inquiètent. De l'avenir, de la démographie, de la baisse du standing de leur quartier, des prix de l'immobilier en général et de celui de leur appartement en particulier, des études des enfants, de la drogue, de la violence urbaine.

Malaivre passe en revue divers documents accompagnés des notes manuscrites et des commentaires de ses collaborateurs. En vue des prochaines élections, la Fraternité Nationale a testé les slogans et les affiches qui donneront le ton de sa campagne. « Remettre la France au pas » : on a retenu le message jugé le plus efficace. Les premières études révèlent que la formule est comprise et bien acceptée. Autoritaire, un rien provocatrice, elle annonce la couleur et correspond aux attentes de l'électeur. Sur l'affiche, un jeune couple souriant pousse un landau. Ils marchent au soleil le long d'une allée en béton au milieu d'une pelouse. Derrière eux, on distingue des tours et des barres d'immeubles. Paysage bucolico-urbain. Le concept a été forgé par les publicitaires du parti. L'image idéale des cités de banlieues rendues aux Français et redevenues vivables. Au bas de l'affiche, un deuxième slogan : FRATERNITÉ D'ABORD. Les grosses têtes du parti ont trouvé ça génial. Moins primaire que « Les Français d'abord », moins agressif surtout. Mais l'idée est la même. Le message est suggéré. Cela permet à la Fraternité Nationale de se positionner au cœur de la campagne, de récupérer à son compte la devise de la République tout en reléguant au second plan les notions d'Égalité et de Liberté qui n'ont jamais été les thèmes de prédilection du mouvement.

Le patron du DSP referme ses dossiers et s'accorde quelques minutes de répit. Il se lève, fait quelques pas dans la pièce et entrouvre la vaste baie vitrée qui donne accès à une terrasse privée dominant Paris. L'air est frais, légèrement humide. Il savoure cet instant et se laisse gagner par un léger sentiment d'exaltation, presque religieux. Il n'appartient pas au courant des catholiques intégristes, très actifs au sein du parti. L'église, il s'y rendait quand il était enfant. Il y a fait sa première communion, il s'y est marié, mais n'y a guère remis les pieds depuis, sauf pour les grandes occasions. Et pourtant, le lever du soleil sur Paris le réconforte et ravive une croyance ancrée au plus profond de lui-même : Dieu protège la France. Chaque journée qui commence est une nouvelle chance donnée aux hommes courageux et aux travailleurs. Dans ces moments-là, Jacques

Malaivre se sent porté par un élan quasi mystique. A son entourage, il se laisse aller à dire qu'il aurait aimé vivre aux temps fondateurs de la France chrétienne, bâtir une cathédrale, partir aux croisades, faire périr l'ennemi ou le convertir à la foi, puis se retirer dans un monastère, méditer, écouter le silence. Boire du thé.

Il quitte la terrasse, referme la fenêtre et consulte sa montre. La réunion du Bureau politique va bientôt commencer. Son regard s'attarde quelques instants sur un tableau accroché au mur, à côté de la bibliothèque en bois sombre. De dimensions modestes, l'œuvre représente un guerrier franc allongé dans une sombre clairière, assoupi sur les flancs d'un rocher. Le style est académique. *Le Songe du guerrier* est une toile allégorique du XIXe siècle dont Jacques Malaivre a hérité de son père.

L'appel sur l'interphone le tire de sa rêverie.

– Monsieur Malaivre, la réunion se tient à 8 h 30 au salon Élysée.

– Je vous remercie. Prévenez les autres membres du Bureau politique. Je suis en bas dans trois minutes.

Malaivre s'approche du petit tableau et le fait coulisser vers la droite. *Le Songe du guerrier* dissimule un coffre-fort mural solidement encastré. Le responsable du DSP compose la combinaison à sept chiffres, ouvre la porte du coffre et en extrait une enveloppe brune.

Le siège de la Fraternité Nationale est situé rue de la Corvette à Saint-Cloud, une ruelle bordée de bouleaux et de taillis, qui prend les allures d'un chemin forestier au fur et à mesure qu'on s'y enfonce. Le vaste domaine se dresse sur les flancs de la colline qui domine la Seine et Paris. Lorsque, deux ans plus tôt, ils ont appris que cet ancien centre de formation des cadres de Thomson était à vendre, les dirigeants de la Fraternité étaient à la recherche de nouveaux locaux plus vastes et mieux adaptés que l'hôtel particulier de l'avenue Bugeaud à Paris, occupé par le parti depuis sa fondation. D'emblée, l'endroit les a séduits. Le cadre champêtre. Sa proximité avec la capitale. L'absence totale de vis-à-vis qui rend pratiquement impossible toute planque ou surveillance des allées et venues. Et puis les conseillers en image et en communication ont donné leur accord. *La Corvette,* comme on a pris l'habitude d'appeler l'endroit, surprend le visiteur pas son aspect jeune et insolite. Il y flotte un petit parfum de mystère. On pourrait se croire dans une base d'entraînement des services secrets, dans un centre de recherche de pointe où s'élaborent de nouvelles technologies. Ça plaît aux militants, ça les motive. Ça tranche sur les bureaux cossus mais souvent étriqués des autres partis politiques. Ici, les bungalows sont organisés de manière moderne et rationnelle autour d'une vaste esplanade baptisée Le Campus. Il y a une cafétéria, un restaurant plus chic réservé aux chefs et aux invités de marque, une salle de sport et de musculation, un amphithéâtre, des salles de projection vidéo et même une bibliothèque et un musée pour les intellos. En sous-sol, il y a « les étages », que les initiés appellent aussi « le labyrinthe ». Combien de niveaux le complexe comporte-t-il exactement ? Peu de membres de la FN peuvent le préciser avec certitude. Certains militants ont parfois été autorisés à pénétrer dans ce réseau de couloirs, de bureaux et de salles de réunion très compartimenté. Mais personne n'est en mesure d'en dresser le plan ou la disposition exacte. La zone souterraine est réservée aux cadres dirigeants ayant répondu à des critères de sélection draconiens. L'endroit est sécurisé, toute écoute clandestine vouée à l'échec, même au moyen des techniques les plus récentes. Aucun piratage informatique n'a de chance de réussir. Les ordinateurs de la Fraternité sont surveillés vingt-quatre heures sur vingt-quatre par des informaticiens chevronnés dont l'obsession est d'empêcher toute intrusion.

Situé dans l'un des sous-sols les mieux surveillés de la Corvette, le salon Élysée sert à toutes les réunions confidentielles et importantes de la Fraternité Nationale. Il s'agit d'une vaste pièce aveugle, sans fenêtres, au centre de laquelle trône une table massive, de style contemporain et de forme ovale. Trois des murs en béton gris sont nus. Le quatrième arbore un vaste décor mural en trompe-l'œil qui représente la cour d'honneur du Palais de l'Élysée. Manem, le célèbre peintre syrien qui l'a réalisé, y a ajouté un regard personnel, une note de subjectivité. La présidence de la République semble déserte et abandonnée. Des feuilles d'arbres jaunies jonchent le gravier. Quelques-unes volent dans les airs comme si un vent sinistre et glacé s'engouffrait sous les arcades de la cour d'honneur. Le ciel est gris, chargé de lourds nuages sombres.

Le portail rouillé est entrouvert. A côté de la grille, entre deux colonnes fissurées, un garde républicain, seul devant sa guérite, semble attendre un visiteur. Surmonté d'un casque étincelant, son visage, qui se détache dans l'obscurité, est marqué par une expression de stupeur que chacun peut interpréter à sa guise comme la manifestation d'un sentiment de surprise, de joie ou d'effroi.

Quelques mois avant sa mort, Abel Gamelin avait personnellement choisi le thème de cette fresque et dirigé les travaux d'aménagement du salon Élysée. C'est lui qui avait fait venir à Paris le peintre Manem rencontré lors d'un cocktail donné à Damas par un général syrien.

C'est encore lui qui avait tenu à calquer le protocole des réunions sur celui du conseil des ministres. Du temps de Gamelin, un militant faisant office d'huissier, vêtu d'un blazer noir à boutons dorés, attendait que tous les participants soient assis et, après avoir ouvert les deux battants de la grande porte en chêne massif, annonçait d'une voix forte : « Monsieur Abel Gamelin, Président de la Fraternité Nationale. » Les membres du Bureau politique se levaient. Gamelin faisait son apparition. Après avoir avancé de quelques pas sur l'épaisse moquette sable clair, il marquait un temps d'arrêt comme pour souligner la solennité de l'instant. Il allait saluer chaque membre autour de la table, échangeait quelques paroles avec certains d'entre eux et gagnait son fauteuil présidentiel.

Depuis la disparition du fondateur charismatique de la Fraternité Nationale, ce cérémonial a été supprimé.

Ce matin, lorsque le patron du DSP pénètre dans le salon, les quinze dirigeants qu'il a convoqués en urgence à l'aube sont déjà présents. Debout au milieu de la pièce, ils discutent à voix basse par petits groupes en terminant leur café. L'atmosphère se veut sereine, mais Malaivre remarque que les visages sont tendus. Plus personne ne joue au conseil des ministres, chacun y pense. La course aux portefeuilles est désormais ouverte au sein de la Fraternité Nationale : depuis des semaines, la guerre des clans fait rage. Les rumeurs au sujet d'un accord de coalition avec les autres partis de droite se précisent et agitent la Corvette. Tout le monde s'espionne et se surveille. Le moindre aparté dans un couloir suscite la méfiance, alimente les rivalités, les spéculations et les jalousies. Si la droite gagne les élections, la Fraternité entrera en force au gouvernement. L'accord de coalition est déjà signé, affirment les mieux informés. Et nous aurons l'Intérieur et la Défense. Mais qui sera ministre ? Qui occupera les postes clés dans les cabinets ?

Alors, chacun se prend à imaginer : et si le ministre, c'était moi ? Il y a des sourires qui ne trompent pas, des regards qui trahissent une ambition trop longtemps contenue. Malaivre les connaît tous. Il sait leur appétit de pouvoir, leurs rêves de puissance. Depuis longtemps il les observe et les voit agir. Chacun avec son tempérament, chacun avec sa stratégie. Il y a les fourbes, les méchants, les rusés. Les pragmatiques, les idéologues, les obsessionnels.

C'est en utilisant les uns, en neutralisant les autres, que Malaivre a su imposer sa ligne. Depuis quelques mois, la stratégie qu'il a préconisée commence à porter ses fruits dans l'opinion et auprès de l'électorat. Il se souvient pourtant des mines amusées et des sourires de commisération des requins et des tueurs autour de la table. C'était quelque temps avant la mort d'Abel Gamelin, à l'époque où les prétendants à la succession aiguisaient leurs couteaux. Peu d'entre eux s'étaient méfiés de ce quadragénaire au visage rond et aux cheveux poivre et sel. A l'époque, au sein des instances dirigeantes, certains le traitaient avec condescendance. Il n'était après tout que le responsable des services de sécurité de la Fraternité Nationale. Beaucoup plus considéré comme une sorte de supertechnicien que comme un politique. Les plus malveillants ne manquaient pas une occasion de se gausser, lorsqu'il avait le dos tourné, de son surnom : Monsieur gendre. Ou Monsieur ex-gendre. Manière de rappeler que son entrée au Bureau politique avait été largement facilitée par son mariage avec l'une des filles d'Abel Gamelin. Le ménage avait d'ailleurs vite périclité et s'était soldé par un divorce, mais le président de la Fraternité Nationale avait conservé sa confiance au jeune apparatchik. Avec sa mine de boy-scout, son air de ne pas y toucher, Malaivre prenait en douceur le contrôle du parti. Permanent de la Fraternité Nationale depuis des années, le chef du département Sécurité et Protection – le fameux DSP – sait qui prépare quoi, qui débine qui dans les couloirs de la Corvette. Il a des antennes partout, des alliés dans chaque camp. Il dispose de réseaux d'informateurs à l'intérieur de la FN comme à l'extérieur. Au sein de la police, de l'armée, dans les grandes entreprises et le monde des affaires, au sein de la société civile et dans les milieux associatifs.

Après la disparition de Gamelin, Malaivre a réussi à contrecarrer les ambitions des plus extrémistes et à faire élire à la tête du parti François Orvilliers de Bretagne, ancien avocat d'affaires à la personnalité plutôt terne, soucieux avant tout d'éviter les scandales. L'ère Gamelin est bien terminée. Terminées les crises de colères du vieux cacique de l'extrême droite française ! Terminées ses menaces permanentes de coup d'État ! Terminées ses provocations sur les plateaux de télé ! Pendant des années, l'ancien para d'Algérie au physique de catcheur avait battu des records d'audimat à chacune de ses prestations télévisuelles. Mais il avait surtout réussi à transformer son parti en ghetto. Son racisme déclaré, ses ratiocinations obsessionnelles sur le nazisme avaient contraint la droite républicaine à le bannir de toute coalition gouvernementale.

Cela fera bientôt un an que Gamelin est mort. Le fondateur de la Fraternité Nationale s'est éteint paisiblement dans son luxueux manoir de Louveciennes, léguant à ses enfants une fortune appréciable. A son mouvement, il a laissé un capital qui représente dix-huit pour cent de l'électorat français mais qu'il n'a jamais su faire prospérer au-delà.

Depuis un an, que de chemin parcouru ! Grâce à Malaivre, le parti a été restructuré, les fédérations visitées les unes après les autres et nettoyées. La Fraternité a recentré sa stratégie sans rien céder sur l'essentiel ni renier ses engagements fondamentaux. L'opinion publique est enfin au rendez-vous. Pas seulement les paumés, les aigris, les fachos et les laissés pour compte de la modernisation. Depuis plusieurs mois, les barons de la droite prétendument républicaine ont multiplié les appels du pied, les prises de contact et les rendez-vous secrets. Ils ne pourront plus faire l'économie de la Fraternité Nationale pour gagner les élections. Le gouvernement socialiste s'effondre, sa coalition se disloque et les banlieues sombrent dans l'anarchie.

Avant que chacun ne gagne sa place, Malaivre achève de saluer les dirigeants présents dans la pièce.

Dans un coin, à côté d'une console sur laquelle ont été disposées des Thermos de café et des corbeilles de viennoiseries, le polytechnicien Yvan Rougard, l'air sombre, discute avec Grégoire Lebedaud, chargé du secteur Enseignants. Sébastien Clavière les écoute attentivement. Chasseur de têtes, président du Syndicat des cabinets de conseil en recrutement, Clavière est très au courant de ce qui se trame dans les grandes entreprises.

Frédéric Reverchon est déjà installé en bout de table, comme toujours le nez dans ses papiers. Reverchon est chargé du contact avec les milieux bancaires. Il est le seul à connaître les comptes numérotés du parti dans plusieurs paradis fiscaux des Caraïbes.

Tous les membres du Bureau politique ont répondu à la convocation. Afin d'éviter les fuites, une procédure spéciale a été utilisée pour les prévenir. Malaivre se méfie du téléphone. Il a préféré dépêcher à 5 heures du matin un motard du DSP au domicile de chacun des intéressés pour leur remettre en main propre une convocation sous pli fermé. Pas un ne manque à l'appel. Quinze hommes le visage grave et fermé assis autour de la table. Ils constituent l'état-major de la Fraternité Nationale. Réunis autour du président François Orvilliers de Bretagne, ils sont les véritables dirigeants du parti. Aucun photographe de presse n'est jamais parvenu à les rassembler pour un portrait groupé. Aucune équipe de télévision ne les a jamais filmés réunis. Officiellement, ils n'occupent que des postes administratifs ou techniques. C'est tout juste si leurs noms apparaissent sur l'organigramme du mouvement. Officiellement, le Bureau politique n'existe pas, n'est mentionné dans aucun document. Les brochures éditées par le parti ne font état que d'un Conseil politique qui réunit quelques personnalités connues des journalistes et du grand public mais sans réel pouvoir. C'est cette technique du leurre qui a permis depuis des années à la Fraternité Nationale de se protéger de ses ennemis et de devenir un grand parti, unique en son genre.

Malaivre ouvre la séance.

– Bonjour à tous, merci d'être venus. Vous êtes bien sûr au courant de ce qui s'est passé à Marseille. Je devine en apercevant quelques visages réjouis autour de cette table que certains d'entre vous sont loin d'être catastrophés de la tournure que prennent les événements. Pourtant...

Sobanski intervient. Il est l'un des rares à pouvoir se permettre de couper la parole au président de séance.

– Cela fait des mois que cette flambée de violence était attendue ! Nous n'avons eu de cesse que de tirer la sonnette d'alarme et d'alerter les pouvoirs publics. Ce n'est tout de même pas notre faute si nous avons eu raison avant les autres. Qu'ils se débrouillent maintenant, en attendant que nous arrivions !

Sobanski, surnommé « le Polonais », est un colosse chauve à la démarche claudicante. Une ancienne blessure de guerre, paraît-il. Sobanski a servi dans la Légion étrangère, « une erreur de jeunesse », murmure-t-il en souriant lorsqu'on évoque son passé. L'erreur à ne pas commettre serait de le prendre pour une brute épaisse ou un rustre. Malaivre se souvient d'avoir été ébloui en écoutant Sobanski lui expliquer les subtilités de la littérature japonaise. Il est capable de vous exposer de manière magistrale, et en moins d'un quart d'heure, l'évolution du rapport de forces dans les Balkans depuis la guerre du Kosovo. L'ancien légionnaire parle cinq langues et connaît personnellement plus d'un dirigeant de la planète. C'est lui qui était l'instigateur du dernier voyage de Gamelin en Syrie, au cours duquel le fondateur de la Fraternité Nationale avait rencontré tout ce que Damas comptait de mécènes généreux et de généraux influents. Le Polonais a ses entrées chez nombre de dictateurs du Moyen-Orient, mais aussi au Congrès américain. Il tutoie le Premier ministre roumain. Il est fréquemment invité au Maroc, à la cour de Mohamed VI, et la rumeur assure qu'il était l'un des pourvoyeurs en jolies femmes du père du jeune roi, le défunt et regretté Hassan II. Comment Sobanski a-t-il pu se constituer un tel carnet d'adresses ? Si Malaivre n'est jamais vraiment parvenu à le savoir, il a rapidement su en tirer profit. Lorsque le Polonais vous accorde sa confiance, il vous fait bénéficier de ses réseaux. Mais toujours en en gardant le contrôle.

Riolaci, l'homme chargé de coordonner les contacts avec les différents services de police, réagit à son tour.

– Les banlieues sont chauffées à blanc. Et la population est de notre côté. Toutes les enquêtes des Renseignements généraux confirment notre poussée. Nous allons faire un carton aux législatives. Ce n'est pas nous qui devrons quémander des strapontins à la droite molle, ce sont eux qui viendront la sébile dans la main.

Malaivre attend que le silence se fasse avant de reprendre la parole. Le ton est plus autoritaire.

– Je ne vous ai pas fait venir pour commenter l'actualité. Mais pour vous informer d'une affaire extrêmement délicate dont il m'est d'ailleurs impossible d'évoquer tous les tenants et les aboutissants. Je n'ai pas l'habitude de pratiquer la langue de bois, encore moins de m'exprimer par des sous-entendus. C'est pourquoi je me bornerai à l'essentiel en vous indiquant les deux points qui vont constituer notre réunion de travail. Premièrement : j'ai toutes les raisons de penser que la Fraternité Nationale n'est pas étrangère à l'explosion du transformateur électrique qui a provoqué à Marseille la nuit d'émeutes que vous savez. Deuxièmement, et pardonnez-moi ce raccourci, je vais tout de suite à la conclusion : je sollicite l'autorisation du Bureau politique de lancer la procédure de recherches et d'interception. Si j'obtiens votre accord, j'exige d'avoir carte blanche. La mise en œuvre de l'opération sera totalement secrète. Vous ne pourrez être tenus au courant de tous ses développements.

Resté silencieux depuis le début de la réunion, le président Orvilliers de Bretagne prend la parole.

– Cette procédure est exceptionnelle. Elle n'a jamais été employée. Vous avez conscience, Malaivre, de ce que vous nous demandez ?

– Parfaitement.

– Combien de personnes sont concernées par cette interception ? relance Riolaci, l'air inquiet.

– Une seule. Mais d'après nos informations, il est coriace et dangereux. Il ne se laissera pas prendre facilement.

Les membres du Bureau politique échangent des regards d'incrédulité. Même Reverchon a cessé de faire semblant de ne s'intéresser qu'à ses relevés de comptes. Il a levé les yeux de ses papiers et fixe Malaivre à travers ses petites lunettes cerclées d'acier. Mignot intervient à son tour. Spécialiste des questions d'armement, officiellement chargé de recherches dans un institut universitaire, le Pr Jacques Mignot passe le plus clair de son temps à déambuler entre les stands des salons internationaux, à se renseigner sur les nouvelles technologies, à serrer des mains et à récolter les cartes de visite des marchands d'armes de la planète. Certains prétendent qu'il est un honorable correspondant des services secrets français. D'autres qu'il se contente de toucher de substantielles commissions sur des transactions inavouables.

Ses petites lèvres fines laissent apparaître un léger tremblement qu'il essaye de masquer derrière un rictus de colère.

– Vous voulez dire que ce sont des militants de la Fraternité Nationale qui ont perpétré l'attentat à l'explosif sur les hauteurs de Marseille ?

– Le terme « militant » n'est pas exactement celui qui convient, répond Malaivre. Mais je vous dirai ceci : Oui, l'homme que nous devons neutraliser travaille pour nous et depuis des années.

– C'est un ancien des Groupes spéciaux ? demande Mignot sur un ton inquisitorial.

– Pas un « ancien ». Comme vous avez pu le constater, il est toujours très actif. Et en pleine possession de ses moyens.

– Malaivre, vous vous fichez de nous ! explose Riolaci. Il était clair entre nous que les Groupes spéciaux devaient être supprimés. Toutes les structures devaient être démantelées, les circuits financiers asséchés, les unités dissoutes. Tous les agents devaient être rappelés au siège et réorientés sur d'autres terrains. Et vous nous apprenez, comme s'il s'agissait d'une broutille, que certains se baladent encore dans la nature. Pourquoi n'a-t-il pas été ramené, de gré ou de force ?

– La fin de votre question apporte la réponse, reprend le patron du DSP. D'après les rares messages qu'il a bien voulu nous faire parvenir, nous avons cru comprendre qu'il refusait de cesser le combat pour lequel nous l'avons engagé.

– Qu'est-ce que c'est que cette histoire ! Nous n'avons jamais été tenus au courant ! Ne comptez pas sur nous pour en endosser la responsabilité, c'est inacceptable ! s'emporte Orvilliers de Bretagne.

– Ne vous énervez pas, cela ne sert à rien, poursuit Malaivre imperturbable. Et soyez bien assurés d'une chose : si la police l'attrape avant nous, ou si un journaliste futé apprend son existence, l'ensemble des dirigeants de la Fraternité Nationale devra faire face à un scandale sans précédent dans l'histoire pourtant agitée du parti. Et je peux vous garantir que ce ne sera pas une simple demande d'explication à laquelle vous risquez, les uns et les autres, d'être confrontés. Arrêtez un instant mon cher Mignot de torturer votre nœud papillon et abordons le problème comme des adultes.

– Malaivre, je ne vous permets pas de me parler sur ce ton !

– Calmez-vous Mignot. Je ne fais que vous exposer notre souci commun. De deux choses l'une : si notre homme est arrêté, la police aura rapidement de quoi nous mettre tous en garde à vue. Vous connaissez aussi bien que moi le nouveau code pénal. Vous aurez à répondre d'association de malfaiteurs en vue d'une entreprise terroriste, de complicité d'assassinats, entre autres gracieusetés. Et pour les médias, quelle aubaine ! Si au contraire la Fraternité Nationale le récupère en douceur, et avant qu'il ait fait d'autres dégâts, nous le neutralisons, nous lavons notre linge sale en famille et nous limitons la casse.

– Qu'entendez-vous par « neutraliser » ? interroge Sobanski.

– L'individu doit être intercepté et mis hors d'état de nuire. Il ne nous fera aucun cadeau. Il a rompu tout contact. Actuellement, nous n'avons pas les moyens de savoir ni où il se trouve ni ce qu'il prépare.

– Mais qui est-il exactement ?

– Nous avons quelques informations sur lui, indique le chef du DSP en extrayant d'une chemise cartonnée un feuillet dactylographié sur lequel est agrafée une photo d'identité noir et blanc. D'après le dossier que nous avons pu reconstituer, il s'appelle Georges Voiron. Il n'a plus de domicile connu, plus d'adresse depuis des années. Il ne cotise ni à la Sécurité sociale ni à aucune caisse de retraite. Son nom n'apparaît pas non plus sur les fichiers de la Banque de France.

– Dites-nous plutôt ce que l'on sait ! interrompt Riolaci, visiblement agacé.

– J'y viens ! Voiron est né en 1952, à Paris dans le 14e arrondissement. Je vous fais grâce du reste de l'état civil. Très jeune, il milite dans divers groupes néo-nazis dont les fameux Faisceaux Aryens, un groupuscule qui, dans les années 70, faisait régner la terreur dans les facs et les foyers d'immigrés. Son nom apparaît à l'occasion d'un ou deux faits divers, mais sans plus retenir l'attention. En 1971, il s'engage dans l'armée, devient plongeur de combat. Il apprend à peu près toutes les techniques militaires possibles et imaginables. Maniement des explosifs, survie en milieu hostile, action clandestine, guerre psychologique, cryptage, décryptage et transmissions en tous genres. Dans les années 80 il intègre discrètement les

Groupes spéciaux de la Fraternité Nationale. C'était l'époque où Damien Robiller avait l'oreille de Gamelin. Il l'avait convaincu de créer cette structure parallèle constituée de petits commandos totalement autonomes et strictement cloisonnés.

– Ce nazi de Robiller ! Dès qu'il a voulu intégrer le Bureau politique, j'ai averti Gamelin que ce type était dangereux, maugrée Mignot.

– Robiller est mort, bêtement sur la route, paix à son âme ! continue Malaivre. Pour ceux d'entre vous qui l'ignorent encore, nous avons eu tout de même quelques difficultés à démonter son réseau.

– Cette stratégie de la guerre civile était une pure folie ! Nous étions plusieurs à avoir émis des réserves et...

– Ne m'interrompez pas sans cesse, Mignot. La situation est assez compliquée comme ça. Vous savez bien que Gamelin lui-même avait été convaincu par Robiller que ce plan était le bon. Mettre les banlieues à feu et à sang pour hâter la Révolution nationale.

– Revenons à l'essentiel, Malaivre, intervient Sobanski, d'une voix autoritaire. Vous nous apprenez aujourd'hui que les commandos spéciaux n'ont pas tous été liquidés ? C'est bien ça ?

– Non. Tous l'ont été. Sauf un : Voiron. Après la mort de Gamelin, nous avons sonné le rappel. Dans la plupart des cas, tout s'est passé en douceur. Nous avons retrouvé les têtes brûlées que Robiller avait envoyées se fondre dans la jungle des banlieues. Nous les avons contactés un par un. Nous leurs avons expliqué que la situation avait changé. Que nous allions arriver au pouvoir mais par d'autres moyens. Et qu'il y avait encore du boulot pour eux. Qu'on allait les recycler dans des missions plus professionnelles et plus intéressantes. Que nous ne faisions que changer nos zones d'action et nos méthodes de travail.

– Et que sont-ils devenus ?

– Les plus doués ont été envoyés à l'étranger pour préparer des missions de renseignement. En Afrique, en Afghanistan, au Moyen-Orient. Nous aurons besoin de ces agents lorsque nous serons au pouvoir. D'autres se sont infiltrés dans les partis politiques traditionnels, à gauche comme à droite. Ils nous seront utiles dans les mois à venir, et après la victoire.

– Et Voiron ?

– C'est certainement la plus brillante recrue des Groupes spéciaux. Mais c'est un fanatique. Un dur. Un pur produit de la culture fasciste comme on n'en fait plus. Je l'ai rencontré personnellement après avoir eu toutes les peines du monde à le contacter. Il a posé ses conditions, fixé au dernier moment le lieu du rendez-vous en imposant ses propres procédures.

– Mais vous n'avez pas réussi à le coincer ? Vous êtes allé seul au rendez-vous ? s'insurge Sobanski.

– Je n'avais pas le choix. Ce type est un militaire de haut niveau. Il connaît tous les trucs pour se déplacer sans se faire repérer, en plein désert comme en zone urbaine, dans son pays comme chez l'ennemi. Il sait éviter tous les pièges pour ne pas se faire prendre. Dès qu'il a su que je voulais le convoquer, il a pris l'initiative de me faire venir sur son terrain. Dans sa partie d'échecs, il a décidé de jouer avec les blancs et de me laisser les noirs. Il est très fort. Il voit plusieurs coups à l'avance. Et surtout, il n'ignore rien de son adversaire.

– Que voulez-vous dire ? poursuit Sobanski.

– Il s'était renseigné sur ma vie, mes déplacements, mon emploi du temps. Il m'a contacté au moment où je m'y attendais le moins. Un samedi matin, alors que je revenais de mon footing dans le parc Monceau, une voiture s'est arrêtée à ma hauteur, le long du trottoir. Une 607 Peugeot, gris métallisé, vitres fumées. Genre berline de ministère ou du PDG d'une grande société nationale. Elle était arrivée dans mon dos en silence. Il a baissé la vitre et m'a invité à monter.

– Mais comment l'avez-vous reconnu ?

– Je n'avais jamais vu son visage hormis sur cette vieille photo noir et blanc qui figure dans son dossier. Il a simplement énoncé le code prévu dans la procédure des Groupes spéciaux.

– Et qu'avez-vous fait ?

– J'ai compris qu'il s'agissait de lui. Sa manière de répondre à ma convocation était peu orthodoxe. Mais compte tenu de ce que je savais de l'individu et de sa valeur, j'espérais que l'entretien allait se dérouler de manière satisfaisante. Je pensais pouvoir le ramener au bercail. J'ignorais à cet instant qu'il avait déjà fait sécession, qu'il était bel et bien entré en guerre contre nous.

Malaivre poursuit en baissant la voix, en prenant un ton plus confidentiel. Assis au milieu de la grande table du salon Élysée, il s'adresse à chacun des membres du Bureau politique. A leurs mines tétanisées, il constate qu'ils mesurent la gravité de la situation.

– Nous avons roulé, raconte Malaivre. A vive allure. Paris, ce samedi matin, était désert. Nous avons quitté les avenues qui bordent le parc Monceau, gagné la porte d'Asnières et pris le périphérique. Pour mettre d'emblée l'ambiance, il a posé un gyrophare amovible sur le toit de la 607, il a actionné sa sirène deux-tons, et m'a offert un tour de périph à 160 à l'heure tous phares allumés.

– Il s'est fait passer pour un flic, quel culot ! s'exclame Riolaci.

– Oui, un flic, ou un type des V.O. ou une super-barbouze. Un mec qui n'a rien à craindre en tout cas. C'est ce qu'il voulait me démontrer.

– Une grosse voiture banalisée sirène hurlante avec un gyrophare, c'est le truc imparable, marmonne Sobanski. On passe partout, personne ne vous arrête. Et que vous a-t-il dit, Malaivre ?

– Il m'a d'abord laissé parler. J'ai fait mine de ne pas attacher d'importance à son petit rodéo. Je lui ai expliqué que le temps des cow-boys était révolu. Qu'ils avaient tous bien travaillé, mais que c'était fini. Qu'il n'avait pas le choix. Je lui ai signalé que les Groupes spéciaux étaient démantelés et que dans quelques jours il n'aurait plus ni argent, ni vivres, ni planques. Mais que s'il revenait sagement à la Corvette, s'il ramenait les armes, les explosifs et les faux papiers en sa possession, nous saurions ne pas l'oublier et lui trouver de nouvelles missions.

– Et alors ?

– Il n'a rien répondu. En un quart d'heure nous avons fait le tour de Paris. Il a repris la porte d'Asnières. Il m'a déposé en bas de chez moi. Il a attendu que j'ouvre la portière pour me lancer d'une voix glaciale : « Pour vos petites magouilles, ne comptez pas sur moi. » Je suis descendu sur le trottoir. Il y avait dans son regard un mélange de froide détermination, de haine et de mépris. « Je vous enverrai de mes nouvelles », a-t-il ajouté sur un ton détaché, comme lorsqu'on quitte une vague connaissance. Mais la menace était explicite. Puis il est parti. La voiture s'est éloignée très lentement. En roulant au pas. Je pense qu'il voulait me signifier qu'il ne prenait pas la fuite et qu'il entendait demeurer maître du jeu. Depuis ce jour, il s'est volatilisé.

– Comment ça, volatilisé ?

– Le jour même, les services du DSP ont lancé la traque. Mais l'oiseau s'était envolé. A l'époque de Gamelin, Voiron ne dépendait que de Robiller. Tout avait été organisé pour lui assurer la plus parfaite clandestinité. Il dispose depuis des années d'un jeu de cartes bancaires qui lui permettent de puiser à sa guise et sous diverses identités sur des comptes alimentés depuis la Suisse. Robiller y avait placé des fonds importants et mis en place un système de virements automatiques assez complexe. Voiron peut également s'appuyer sur un réseau de planques à travers toute la France. Des appartements, des caves, des boxes de parking avec tout le matériel nécessaire : motos, voitures, faux papiers, armes et explosifs, systèmes de transmission, scanners, et aussi des ordinateurs portables. Depuis la mort de Gamelin et surtout de Robiller, Voiron est un électron libre. Totalement autonome et indétectable. Et il nous a déclaré la guerre.

Un silence pesant succède à l'exposé de Malaivre. Le président Orvilliers de Bretagne se tient le menton entre le pouce et l'index, la mine sévère. Reverchon reste impassible et attend. Riolaci griffonne des signes cabalistiques sur une feuille. Mignot semble furieux et bouillonne. Il est le premier à reprendre la parole :

– J'aurais pensé que nous avions les moyens de lui couper les vivres, de démonter ses circuits financiers ?

– Nous les *avions.* Mais lorsque nous avons lancé les recherches, les ordinateurs de la Corvette sont restés muets. Voiron les avait nettoyés à distance. Méfiez-vous ! Il n'est pas exclu qu'il puisse recommencer. Les rares documents imprimés que nous possédions ne nous ont pas servi à grand-chose. Voiron a déménagé. Il a transféré ses comptes bancaires dans des paradis fiscaux et remonté son propre réseau de planques. Il peut tenir des mois, des années. Et ne restera pas inactif. D'après ce que nous savons de lui et de ses méthodes, il a organisé sa stratégie en trois phases. La première, rentrer dans la clandestinité. Je vous en ai tout dit. La seconde, préparer l'offensive : choisir les objectifs, effectuer les repérages avant de déclencher la guerre civile. Et se renseigner sur l'ennemi. C'est-à-dire nous. Il a su me cueillir un samedi matin en short et en polo. Je me suis fait avoir comme un bleu. Ce n'était qu'un avertissement sans frais. Sachez désormais que chaque membre du Bureau est une cible potentielle. Voiron aime prendre son temps, c'est un chasseur. Il prend aussi le soin de se documenter, c'est un maniaque. Il veut tout connaître de son gibier. A quelle heure regagne-t-il son terrier ? A quelle heure sort-il boire à la rivière ? A quel cri de femelle en rut ne peut-il résister ? Messieurs, plus encore qu'à l'accoutumée, je ne saurais trop vous recommander d'être très prudents en ce qui concerne vos sorties et vos fréquentations.

– Vous nous avez parlé d'une troisième phase ? relance Mignot.

– La troisième phase, c'est le déclenchement des opérations. Je crois pouvoir vous annoncer qu'elle a commencé hier sur les hauteurs de Marseille. N'attendons pas que Voiron provoque d'autres catastrophes et ruine nos années d'efforts et de labeur. Je vous demande carte blanche pour prendre l'initiative et aller combattre l'ennemi là où il ne nous attend plus. Sur son terrain.

Sobanski se racle la gorge, pose ses avant-bras sur la grande table ovale du salon Élysée, croise ses mains trapues en faisant craquer ses articulations, avant de se pencher vers Malaivre :

– Et... concrètement, mon cher Malaivre, comment... comptez-vous vous y prendre pour localiser, intercepter et neutraliser ce valeureux soldat ?

4

Elle porte des lunettes de soleil et a pudiquement recouvert ses cheveux d'un large foulard noir qui tombe en écharpe sur ses épaules. Rien ne la distingue des étudiantes qui déambulent dans les couloirs si ce n'est qu'elle avance péniblement, en appui sur des béquilles. Ce n'est pas la première fois qu'Ilana Mizrahi se rend à l'université de Bir-Zeit. Ce haut lieu du nationalisme palestinien est devenu au fil de l'Intifada un bastion du Hamas et des organisations islamistes. En raison de la guerre et du bouclage des territoires par l'armée israélienne, la fac tourne au ralenti. Les cours n'y sont dispensés que par intermittence, mais l'activité militante demeure soutenue.

Ilana transpire sous son corset prolongé d'une minerve. Appuyée sur ses béquilles, elle pousse la porte du bâtiment principal, devant laquelle se tient un groupe d'hommes qui d'un air sombre dévisagent les visiteurs. Dans le hall, des jeunes femmes en tchador sortent d'un amphi, des polycopiés à la main. Plusieurs d'entre elles se dirigent vers un stand tenu par trois barbus en djellaba. Un téléviseur, posé sur une table, diffuse bruyamment un document vidéo à la gloire des *shahids*, les kamikazes morts en martyrs chez les Juifs. L'un des barbus distribue des tracts et propose même des affiches bariolées, aux couleurs criardes. En passant, Ilana remarque que le stand est situé à l'entrée d'un second amphi transformé en mosquée. Des dizaines d'étudiants et d'hommes plus âgés se pressent à l'intérieur après avoir retiré leurs chaussures et procédé à des ablutions au lavabo situé dans un coin du hall.

L'ascenseur est en panne, la climatisation aussi. Avec difficulté, Ilana se met à gravir les premières marches de l'escalier qui mène au département des Archéologies palestiniennes. Chaque geste réveille la douleur. Les médecins lui ont recommandé d'éviter de poser sa jambe gauche en attendant que la blessure soit totalement cicatrisée. « Vous êtes passée très près de l'amputation, l'a avertie le chirurgien avant sa sortie de l'hôpital, alors tâchez de vous ménager pendant plusieurs mois. » Ils n'ont cessé de lui rappeler qu'elle avait eu beaucoup de chance. Si une balle n'avait fait qu'effleurer son cuir chevelu, une autre lui avait transpercé la cuisse et était passée tout près de l'artère fémorale. Une troisième avait touché la colonne vertébrale. Les secours, arrivés sur place en quelques minutes, l'avaient sauvée in extremis. Six heures sur la table d'opération. Elle avait appris la mort de Fabert à son réveil.

Encore un étage.

Le bureau d'Anouar est au second, au fond du couloir. Ilana reprend son souffle avant de s'attaquer à une nouvelle série de marches. Son dos la fait terriblement souffrir. Avec la chaleur, le corset qui l'enserre devient un instrument de torture. Elle ferme les yeux et se remémore avec précision les derniers instants avant l'attentat. Bertrand lui parlait dans la voiture. De quoi parlait-il, déjà ? Et puis les coups de feu. Ilana avait été atteinte la première. Elle n'avait pas perdu connaissance tout de suite. Bertrand, lui, avait été tué sur le coup.

Deux mois, déjà, se sont écoulés.

Sur son lit d'hôpital, Ilana a lu les journaux du lendemain de la fusillade. Une infirmière les avait conservés à son intention. L'assassinat du ministre français a fait les gros titres pendant quelques jours. L'attentat a d'abord été revendiqué par une organisation inconnue, les Brigades Révolutionnaires Islamiques. Le Hamas s'en est ensuite attribué la paternité. Puis les noms de divers groupes ont circulé. C'est classique. Deux jours après, les Palestiniens, conscients des dégâts causés à leur image, ont nié toute responsabilité. « Toujours leur double langage », songe Ilana. Mais qui a tiré ? Les islamistes, les jeunes du Tanzim, une nouvelle milice ?

Après quelques jours, le drame est passé au second plan de l'actualité. Chaque jour en Israël apporte son lot de nouvelles tueries et de nouvelles victimes. En France aussi la presse s'est rapidement tournée vers autre chose. Ilana a cherché sur le net, épluché le site du *Monde*, de *Libération*, du *Figaro* et de *L'Européen*. La journaliste vedette du *Ha'aretz* a lu et relu les enquêtes des hebdomadaires pour tenter de trouver une piste supplémentaire, un indice qui puisse la mettre sur la voie des assassins de Bertrand. Au début, certains journalistes s'interrogeaient sur la mystérieuse visite de Fabert chez les colons. « Qu'allait-il faire à Beth-El ? » Ils ont exploré la piste du traquenard, du complot : pourquoi l'interview du ministre français n'a-t-elle finalement pas été diffusée ? « LE MYSTÈRE DE L'INTERVIEW CENSURÉE », titrait *Libération*. Puis, les journaux français ont laissé tomber, comme d'habitude. Mais Ilana, elle, ne laissera pas tomber.

Une violente douleur lui traverse le dos alors qu'en un dernier effort elle se hisse en arrivant sur le palier. Elle s'arrête quelques secondes en haut des marches, pour reprendre son souffle, et ferme les yeux.

Elle revoit le visage de Bertrand, se souvient de leur première rencontre, de son sourire un peu voyou et de ses yeux rieurs. C'est ce qui l'avait d'emblée séduite le jour où elle s'était trouvée face à lui, un beau matin d'avril, dans son bureau ministériel de la rue de Grenelle. Ilana était venue à Paris pour effectuer une série de reportages sur les relations tumultueuses entre la France et Israël. Invoquant un agenda chargé du ministre des Affaires étrangères, le service de presse du Quai d'Orsay lui avait conseillé de solliciter une interview du ministre délégué aux Droits de l'homme et à la Citoyenneté. Furieuse de ce refus qu'elle avait interprété comme une dérobade, la journaliste avait accepté de rencontrer Bertrand Fabert avec la ferme intention de rédiger un portrait au vitriol du ministre le plus remuant et le plus fantasque du gouvernement français. Dès le début de l'interview, elle l'avait un peu provoqué, lui demandant, sans trop d'agressivité, s'il n'était pas qu'un ministre potiche, juste un amuseur public chargé d'occuper les médias, d'inaugurer des colloques et de caresser l'opinion dans le sens du poil. Ou à rebrousse-poil, selon l'humeur du moment.

– A part porter des boissons chaudes aux sans-papiers dans les églises pour embêter votre collègue de l'Intérieur et participer à des courses à vélo pour attirer l'attention sur le sida en Afrique, vous servez à quoi ? lui avait-elle demandé avec un air faussement naïf.

Fabert ne s'était ni offusqué ni laissé déstabiliser. Il s'était même lancé dans une tirade sur sa vision de la société et des relations internationales. Il avait tenté de justifier son goût pour les coups de gueule, les provocations et les entorses au protocole qui avaient forgé sa réputation – parfois au-delà des frontières de l'Hexagone – de ministre incontrôlable.

Le courant était tout de suite passé entre la journaliste et le ministre. Ilana avait noté avec application et en souriant les réponses amusantes, parfois brillantes, de Fabert. Elle l'avait trouvé cultivé, astucieux, plein d'originalité et de bagout. Dès les premiers instants, elle avait senti naître entre eux un sentiment de complicité qui dépassait largement le cadre d'un entretien professionnel.

Appuyée sur ses béquilles, Ilana parvient péniblement au bout du corridor plongé dans une semi-obscurité. Elle est en sueur. L'atmosphère confinée du couloir est étouffante. La porte du département des Archéologies palestiniennes est fermée à clef. Accrochée avec des punaises, une affichette rédigée en arabe et en anglais indique :

PR. ANWAR DARWISH, ADMINISTRATIVE DIRECTOR.
DEPARTEMENT OF PALESTINIAN ARCHEOLOGIES.
BIR-ZEIT ARAB UNIVERSITY.

Elle consulte l'heure sur son téléphone portable. 15 h 25. En général, Anouar n'arrive pas en retard à ses rendez-vous. Il ne devrait plus tarder. A moins qu'il n'ait été bloqué par un barrage à la sortie de Ramallah. Ilana s'assied sur un étroit banc en bois disposé le long du mur. Elle allonge sa jambe meurtrie et s'adosse à un casier métallique rouillé jonché de canettes de Coca-Cola vides et de mégots écrasés. Elle fouille dans son sac. Malgré la chaleur et les recommandations des médecins, elle allume une cigarette. La fumée mielleuse la réconforte. Elle attend dans le noir.

Bertrand l'avait invitée le soir même. A la fin de l'interview, il lui avait proposé d'aller dîner à Montparnasse. Elle avait regagné son hôtel pour se changer, il était passé la prendre en début de soirée et l'avait emmenée à la Closerie des Lilas. Ils avaient dîné à la terrasse en tête à tête. Bertrand, plus décontracté qu'au ministère, avait continué de la charmer. Il avait une expression curieuse faite de roublardise et d'extrême attention. Il la scrutait de ses yeux pétillants dans lesquels on devinait sans mal son goût pour le jeu et la séduction. Lorsqu'elle lui parlait, il l'écoutait en souriant sans pouvoir se départir d'un geste machinal qui consistait à effleurer du bout des doigts une vieille cicatrice sur le sommet gauche de sa calvitie. Des stigmates d'une jeunesse étudiante agitée au quartier Latin. Fabert avait été maoïste, puis trotskyste, puis socialiste, puis ministre.

C'est en sortant de la Closerie des Lilas qu'il avait pris Ilana par le bras. Un geste naturel pour l'aider à monter à l'arrière de la Vel Satis ministérielle. Ilana ne s'était pas dérobée. Au contraire. Gênée par l'étroitesse de sa robe, elle s'était appuyée sur l'épaule du ministre pour se glisser plus aisément dans les moelleux fauteuils de cuir. Fabert l'avait suivie. Le chauffeur avait démarré le puissant moteur V6. Alors que la voiture s'élançait silencieusement sur le boulevard du Montparnasse, Ilana s'était laissée glisser doucement contre Bertrand et l'avait embrassé dès qu'il avait tourné ses lèvres vers elle. Derrière les vitres teintées de la voiture, ils avaient à peine jeté un regard aux lumières des Invalides et du pont Alexandre III. Tous deux avaient terminé la nuit dans le duplex que possédait Fabert au dernier étage d'un immeuble cossu de l'avenue d'Iéna.

Ilana était repartie pour Israël le surlendemain. Bertrand l'avait appelée tous les jours, lui demandant chaque fois de revenir à Paris. Un matin, il lui avait annoncé son voyage. Après des semaines de tractations, le ministère des Affaires étrangères avait enfin consenti – du bout des lèvres – à donner son feu vert. « Évitez les déclarations intempestives, rendez autant de visites aux Palestiniens qu'aux Israéliens, limitez-vous aux questions humanitaires, c'est votre dossier », lui avait rappelé le ministre des Affaires étrangères, Hubert Rivassel. Multipliant les mesquineries, le Quai d'Orsay avait tenu à ce que ce voyage soit qualifié de simple « visite de travail ». Fabert, s'attendant à ce que le consulat de France mette de nombreuses embûches sur sa route, avait demandé à Ilana de l'aider à organiser des rencontres avec des officiels et des journalistes. Le soir de son arrivée, ils s'étaient retrouvés dans sa suite de l'Hôtel King David, à Jérusalem. Il l'avait enlacée. Sur le balcon, ils avaient contemplé en silence les murailles de la vieille ville illuminées dans la nuit orientale. Ils avaient bu du vin blanc du Golan, très frais. Et fait l'amour. Le lendemain, ils étaient partis ensemble pour Ramallah, avec le vice-consul de France, afin d'inaugurer une coopérative et rencontrer des Palestiniens.

Ilana allume une nouvelle cigarette et songe à tous les événements de cette journée fatidique. Le barrage de l'armée à l'entrée de Ramallah, l'altercation avec le vice-consul, la montée à Beth-El, l'interview avec David Weinberg dans les studios d'Aroutz Chéva, le retour sur Jérusalem...

Pourquoi nous ont-ils tiré dessus ? Bien sûr, les routes qui mènent aux colonies sont dangereuses et personne n'est vraiment en sécurité. Mais en général les Palestiniens ne prennent pas pour cibles les voitures des journalistes, et elle avait pris la précaution de sigler le capot de sa Toyota d'un gigantesque « Press », visible à plus de cent mètres. Ilana a la certitude que l'attentat n'était pas le fait du hasard. Les tueurs savaient qui était à bord du véhicule et avaient décidé de s'en prendre à un ministre français accompagné d'une journaliste. Mais pourquoi ? A cause de la visite chez les colons ? Si c'était le cas, cela signifierait que certains groupes palestiniens sont très informés et ont une capacité de réaction bien supérieure à ce qu'elle soupçonnait. Ont-ils voulu lancer un avertissement à la France pour une raison inconnue, mais laquelle ? En aucun cas les tireurs ne pouvaient ignorer que Fabert se trouvait dans la voiture. L'information se propage très vite dans ces territoires exigus, archicontrôlés, où chacun espionne l'autre. Tout le monde savait qu'un ministre français était en route pour Ramallah. Ils ont dû être prévenus qu'il rebroussait chemin et repartait pour Beth-El. Mais les Palestiniens ont tout de même besoin de temps pour préparer leurs attentats.

Et si le coup était prémédité ? Et dans quel but ?

Anouar n'est toujours pas là.

Elle écrase sa cigarette d'un geste rageur. Et si ce n'étaient pas les Palestiniens, alors qui ? Les Israéliens ? Le Shin

Beth ? Qui Fabert gênait-il ? Traitait-il des dossiers moins superficiels qu'il voulait bien le laisser entendre ? Ilana en vient à se demander si le voyage du ministre français n'avait pas un autre but moins officiel. Une sorte de mission secrète, camouflée en visite de travail aussi protocolaire que futile pour ministre potiche. L'idée ne repose sur rien, mais n'est pas à exclure.

En France, si la presse a fait ses gros titres sur la mort de Bertrand, les réactions politiques ont été pour le moins alambiquées. Une fois de plus on a condamné *l'attentat*, c'est-à-dire personne. On ne connaît pas les auteurs. On ne sait pas qui a tiré. On ne comprend pas pourquoi Fabert a modifié le programme de sa visite, pourquoi les Israéliens n'ont pas laissé passer le ministre au barrage de Ramallah, pourquoi le vice-consul l'a laissé tomber en plein milieu de la route avant de rebrousser chemin et de rentrer à Jérusalem. Mais surtout, on ne s'explique pas du tout ce qu'il allait faire chez les colons. *Mais qu'allait-il faire chez les colons ?* Ils ont chanté ce refrain sur tous les tons. Le détour de Fabert. La gaffe de Fabert. Le coup de folie de Fabert. La mission secrète de Fabert. Le traquenard dans lequel est tombé Fabert. Les journalistes français ont tout essayé. Ou presque. Et curieusement personne n'a parlé d'Ilana. Et Marcourt n'a rien raconté de ce qu'il avait vu et entendu. Par souci de discrétion, pour respecter la vie privée et la mémoire d'un ministre défunt ? Ilana, elle, est bien placée pour savoir qu'il n'y a pas eu de traquenard à Beth-El. Que c'est elle qui avait improvisé cette interview dans les studios d'Aroutz Chéva.

– Ilana, tu es folle d'être venue jusqu'ici ! Les médecins t'ont ordonné de rester chez toi.

Elle se retourne en sursautant. Fidèle à son habitude, Anouar est arrivé en silence, par surprise, avec sa démarche de vieux chat rusé qui avance lentement, d'un pas feutré, en longeant les murs. Toujours aux aguets, toujours prêt à sentir le danger. Il est là, dans la pénombre, et la regarde de ses petits yeux verts en souriant. Un vrai sourire amical que l'on devine sous sa moustache grisonnante.

Elle demeure impassible.

– Ilana, tu n'aurais pas dû venir jusqu'ici ! Mais je suis heureux de te voir en vie. Inch Allah ! J'ai vraiment eu peur pour toi.

– Épargne-moi tes bonnes paroles, Anouar, je ne suis pas venue pour ça. Je t'en prie, ouvre la porte de ton bureau. J'ai épuisé mon paquet de cigarettes ainsi que les charmes du couloir. Offre-moi un café.

– Tu as besoin d'aide ?

– Non merci, répond sèchement Ilana. Je me suis débrouillée comme une grande pour arriver jusqu'ici. Cette fois, personne ne m'a tiré dessus. Regarde la chance que j'ai, je gambade comme une gazelle du Néguev. Finalement, vous ne m'avez qu'égratignée !

Il ne répond pas. Son visage se rembrunit. Visiblement, il n'apprécie pas le ton de l'Israélienne. Il sort un trousseau de clés de sa poche et ouvre la porte du département des Archéologies palestiniennes. Il pénètre dans la petite pièce sans fenêtre éclairée d'un néon blafard, et va s'asseoir à son bureau encombré de dossiers. Impassible, les yeux baissés, il compulse des papiers. Il joue le mépris, ou l'indifférence. Il attend qu'Ilana le rejoigne. La journaliste s'appuie péniblement sur ses béquilles, réussit à se mettre debout, et se dirige vers l'une des deux chaises en bois destinées aux visiteurs. Le Palestinien lève les yeux. Il a l'air grave et sévère. Tous deux se regardent un long moment sans échanger une parole. La jeune femme rompt le silence.

– Qui nous a tiré dessus ? Qui a tué Fabert ? Quel groupe cette fois ?

– Ilana, je te jure... Je te le jure sur ce que j'ai de plus cher... Nous n'y sommes pour rien ! Nous avons mené une enquête. Une enquête très sérieuse, je t'assure, et...

– Arrête avec tes enquêtes ! explose l'Israélienne. Vous avez essayé de me bousiller ! Vous avez tué Fabert ! Tué ! Tu entends ? Et tu crois que je vais me satisfaire de tes explications ? Tu crois que je vais passer l'éponge, faire passer ça en accident du travail ? Une petite semaine de coma, deux mois de convalescence, reprenez doucement, ma chère Ilana, pas d'efforts inconsidérés, restez à la rédaction, n'allez plus chercher l'info chez les Arabes, ne traînez pas sur les routes, ne travaillez pas trop, prenez le temps de vivre, oubliez ce regrettable incident... Mais tu rêves, Anouar ! Si tu crois ça, tu te trompes lourdement.

Ilana marque un temps d'arrêt.

– Anouar, je veux savoir qui a fait le coup. Et je le saurai, quoi qu'il m'en coûte. Si tu ne m'aides pas, je trouverai par moi-même et je te le ferai payer. Encore plus cher. Terminé les interviews sympa dans *Ha'aretz*. Fini la bonne pacifiste de gauche qui répercute le message des Palestiniens à l'intelligentsia israélienne. Au revoir les petits services, les petits cadeaux, le petit business, les recommandations en tout genre. Tes cousins se débrouilleront pour leur permis de travail en Israël. Tu trouveras une autre gourde que moi pour te faire rencontrer tous ces universitaires et décideurs israéliens que tu apprécies tant. On ne se verra plus, Anouar. Chacun pour soi. Je me passerai de tes infos. Tu me chercheras une remplaçante. Je ne sais pas si elle sera efficace, mais fais-moi confiance : tous les journaux israéliens te seront fermés. Tes ambitions politiques, ta carrière universitaire, ton projet d'une société palestinienne moderne et démocratique, tu te les géreras avec tes petits copains du Hamas et du Djihad islamique. En tout cas pas avec moi.

Le Palestinien paraît décontenancé. Atteint. Jamais Ilana ne lui a parlé sur ce ton, avec cette rage. Lentement, il pousse un long soupir.

– Ilana, je sais ce que tu penses. Je ressens ce que tu ressens. Je comprends ta colère et ta douleur. Mais je te demande de me croire. Cette fois, nous n'y sommes pour rien. Ni les Tanzim, ni le Hamas, ni le Djihad islamique, ni personne de chez nous.

– Et tu t'imagines que je vais avaler ça, Anouar ? C'était peut-être un tireur isolé, un groupe dissident. Mais dans tous les cas, tu ne me dis pas la vérité. Vous savez forcément quelque chose. N'essaye pas de me faire croire qu'on ne parle pas de ça dans les bars de Ramallah. Ne me dis pas qu'aucun bruit n'est revenu à vos oreilles. Le héros qui a fait un carton sur le ministre français des Droits de l'homme – « le ministre sioniste » comme vous avez écrit dans vos journaux – ce héros de l'Intifada doit être encore en train de raconter son exploit devant des petits *chebabs* ébahis et envieux. Ne me dis pas que ce sniper plein de courage n'a pas été fêté dans sa famille, dans sa rue. Qu'on n'a pas tiré en l'air pour saluer sa performance.

Ne me dis pas qu'il n'est pas venu vous réclamer une petite prime en dollars. On connaît les tarifs. Quarante mille à la famille pour un attentat-suicide. Dix mille au tireur pour un soldat abattu. Cinq mille pour un colon. Alors pour un ministre européen, j'imagine que vous avez prévu une petite gratification !

– Tu n'es pas obligée de me croire, mais l'assassinat de Bertrand Fabert n'avait aucun intérêt pour nous. Nous ne savions même pas qu'il était parti en visite chez les colons. L'attentat a été catastrophique pour les Palestiniens. Depuis la mort de Fabert, les diplomates français ne nous...

– C'est tout ce que tu trouves comme explication ! interrompt Ilana. Tu es pitoyable ! Tu as calculé le nombre d'attentats catastrophiques pour la cause palestinienne ? Tu as évalué l'impact médiatique catastrophique des bombes humaines ? Tu as mesuré le désastre dans lequel vous vous êtes plongés ? Est-ce que ça vous a empêché d'envoyer vos barbus cinglés se faire sauter dans nos autobus ? Va chez les Juifs, Ahmed, prends un ticket, monte dans le bus et appuie sur ta ceinture. Tu te retrouveras tout de suite au terminus. Paradis d'Allah, tout le monde descend. Soixante-dix vierges t'attendent au pied de la carcasse encore fumante. Dis-nous merci, Ahmed. Bordel ! On le connaît votre bourrage de crâne. Arrête de te foutre de ma gueule, Anouar. Y 'en a marre de vos bonnes paroles, marre de votre double langage. En anglais, c'est toujours la paix, la main tendue, la main sur le cœur. En arabe, c'est le couteau dans le dos et la bombe qui déchiquette.

– Ça suffit. Calme-toi. Personne dans cette pièce n'a voulu cette guerre, répond Anouar sans relever les yeux.

Dans tous les camps il y a des morts, des blessés, de la souffrance. Ton ministre français ? Je te l'ai dit, je ne suis au courant de rien.

Sa voix se fait plus chaude, plus amicale.

– Mais toi, Ilana, jamais je n'aurais laissé quelqu'un te tuer. Je te protégerai toujours, comme si tu étais ma sœur.

– Epargne-moi tes salamalecs. Donne-moi plutôt des infos.

– Je suis sérieux, Ilana. Je n'oublierai jamais ce que tu as fait pour mon frère Nidal. Ma famille, mes parents t'en seront éternellement redevables. Jamais je ne te mentirai, tu le sais bien. Si je savais quelque chose sur la mort de ton ministre, je te le dirais. Souviens-toi, je t'ai toujours dit la vérité. Je t'ai toujours donné des informations fiables. Pour moi, tu es une véritable amie. Tu n'es pas qu'une simple journaliste. Oui, c'est vrai. Il y a la guerre. Et nous ne sommes pas dans le même camp. Bien sûr que je t'utilise. Bien sûr que je profite de ton journal. Et toi de mes informations. Mais je te le répète. Je n'oublierai jamais ce que tu as fait pour Nidal. C'est toi qui l'as sauvé.

– Où est-il actuellement ? interroge la journaliste après quelques secondes de silence.

– En France. Grâce à ton contact au consulat, nous avons pu trouver un chirurgien qui a accepté de tenter l'opération.

– Comment va-t-il ?

– Inch Allah, il va guérir. Les médecins nous l'ont assuré. L'opération a eu lieu il y a quinze jours. Les chirurgiens ont enlevé la tumeur. Grosse comme une orange, rends-toi compte ! C'est un miracle qu'il s'en soit sorti. Ici, tout le monde le donnait perdu. De toute façon, il n'y avait pas d'hôpital suffisamment équipé pour le traiter.

– Où l'ont-ils opéré ?

Le ton d'Ilana a changé. Comme si elle poursuivait une idée.

– A l'Hôpital Américain à Paris. Il est en convalescence. La semaine dernière, il a recommencé à s'alimenter normalement. Il va rester encore une dizaine de jours. Avant d'aller quelque part en France pour se reposer.

– Du farniente en France ? Ça va le changer de Ramallah et de l'Intifada...

– Oui, Ilana. Et Dieu te donnera un jour toute ta récompense. En m'aidant à envoyer Nidal en Europe, tu l'as sauvé deux fois. Il ne mourra pas de sa tumeur. Et il ne deviendra pas un kamikaze. Tu l'as sauvé des griffes du Hamas. Là-bas, ils n'auront pas prise sur lui. Il va apprendre à voir le monde d'une autre façon.

Elle ne peut s'empêcher de manifester son étonnement :

– Comment ça ? Nidal militait au Hamas ? Mais tu ne m'en avais jamais parlé.

Anouar jette un coup d'œil inquiet vers la porte ouverte sur le couloir, il baisse la voix, comme s'il craignait que ses paroles puissent être entendues.

– Tu sais comment opèrent ces salauds ? Ils recrutent les malades incurables, les toxicos qui ont chopé le sida, les cancéreux, les mourants. Ce sont les meilleurs candidats aux attentats-suicides. Lorsque Nidal a commencé à se sentir mal, il est allé prier tous les jours à la mosquée. Là-bas, ils l'ont pris en main. Ils lui ont expliqué que sa tumeur était un cadeau d'Allah, qu'il avait été choisi pour mourir en héros. Tous les soirs, Nidal rentrait en pleurant à la maison. Il se croyait perdu. Il s'enfermait dans sa chambre et lisait le Coran. Et repartait le matin à la mosquée. Moi je me démenais comme un beau diable pour trouver un médecin qui puisse l'examiner, pour avoir un rendez-vous à Hadassah, à Jérusalem. Mais un jour, il m'a dit que ce n'était pas la peine. Qu'il s'en fichait de mourir jeune, que l'important, c'était d'accomplir de grandes actions avant de s'en aller. J'ai compris qu'ils étaient en train de l'endoctriner.

– Tu penses qu'il serait passé à l'acte ?

– C'était imminent ! Tu ne réalises pas les techniques de conditionnement des islamistes ! Nidal avait changé en quelques semaines. Il alternait les phases de grande sérénité où il semblait résigné et les périodes de grande exaltation. Il sentait la maladie le gagner. Il semblait déterminé à en finir. Il craignait que ses forces ne l'abandonnent avant qu'il ait pu mettre son projet à exécution. Un soir, dans un état second, il m'a annoncé fièrement qu'il était membre du Hamas. Qu'il avait accompagné la veille un de ses frères d'armes se faire exploser dans un restaurant de Jérusalem. Il avait contourné avec lui les barrages, il avait marché avec lui dans la rue, l'avait soutenu dans les derniers instants pour qu'il ne flanche pas. Il l'avait vu s'éloigner. Puis, quelques instants plus tard, l'effroyable explosion. Les cris. Les hurlements. J'ai compris que Nidal serait le prochain. C'est ce jour-là que je t'ai appelée pour le faire opérer en Europe. Tu as compris, Ilana. Je ne t'ai parlé que de la maladie. Mais l'Europe, c'était surtout pour l'éloigner de cet enfer.

– Je croyais que tu me disais toujours la vérité ?

– Pardon, cette fois-ci, c'était trop grave. C'était pour

sauver mon frère. Tu vois, là je t'ai tout dit. Je ne t'ai rien caché. Mais pour Fabert, je te jure que je ne sais rien.

Ilana n'a plus envie de poursuivre la conversation. Le visage fermé, elle se lève avec difficulté de sa chaise.

– Au revoir, Anouar.

Le Palestinien ne répond pas, n'esquisse pas un geste pour l'aider.

Ilana lui tourne le dos et s'en va en s'appuyant sur ses béquilles. Elle en sait assez. Bien décidée à se venger, elle s'éloigne dans le couloir en ruminant un nom et une adresse : Nidal Darwish, Hôpital Américain. Neuilly.

5

Jérôme Drouin n'arrive pas à retrouver le sommeil. Depuis une semaine il se réveille en sursaut au milieu de la nuit, aussi préoccupé que lorsqu'il s'était endormi. Il réfléchit sans oser allumer la lumière, de peur de réveiller Marie qui dort à son côté et dont il perçoit la respiration. Il contemple les aiguilles phosphorescentes de sa vieille montre Lip qu'il conserve avec dévotion depuis son adolescence. 5 h 30 ! Cela fait plus de deux heures qu'il est couché dans le noir sans bouger, à ressasser. Il y a dix jours, Nicolas Mancel en personne, le directeur de la rédaction du journal, l'a convoqué dans son bureau. Il a fermé la porte derrière lui, l'a invité à s'asseoir. Il l'a regardé en tirant sur sa pipe avec un air à la fois comploteur et gourmand. Si Mancel se donnait la peine de le faire venir au lieu de transmettre la consigne à un rédacteur en chef, pas de doute : c'était pour une affaire importante. Il a vite compris que le patron du journal allait lui confier solennellement la direction d'une enquête, en jouant sur ses deux registres habituels : la flatterie et la menace. Il connaît par cœur les formules de Mancel. D'abord : « Drouin tu es le meilleur, j'ai totalement confiance en toi ! », ensuite sans transition : « Tu as intérêt à me sortir une vraie enquête ! J'en ai marre de payer des reporters à rien foutre. »

Ça n'a pas raté. Mancel a commencé par une sorte de long monologue en forme d'édito sur ce « putain de pays où l'on bute régulièrement les ministres sans que personne s'en émeuve vraiment ». Trônant à son bureau, il a évoqué tour à tour les assassinats de Fontanet, de De Broglie, les suicides de Boulin, de Bérégovoy, de Grossouvre. « Tout le monde s'en fout, Drouin, tout le monde s'en fout ! »

– Nous sommes nuls, a poursuivi le directeur de la rédaction. Nous sommes à la traîne, comme les autres. Quand Fabert a été tué, on a fait des gros titres. Et puis quatre pages le jour des obsèques. On s'est bien appliqués à minimiser la responsabilité des Palestiniens, à souligner qu'on ne sait pas qui a tiré, pour faire bonne mesure on a évoqué les autres pistes, les Israéliens, le Mossad, les colons, une balle perdue... Et puis ? Et puis, Drouin ? Et puis plus rien ! Depuis trois semaines, plus rien. L'affaire est terminée. C'est ça, Drouin ? Affaire enterrée ? On en revient à nos petites infos bien françaises ? A nos petits scandales bien de chez nous ? C'est nul, Drouin ! Nul, nul, nul ! Ce journal est consternant.

– Je ne suis pas loin de partager ton point de vue, a répondu poliment Jérôme. Mais depuis la mort de Fabert, je n'ai absolument pas traité cette affaire et je...

– Justement, tu vas t'en occuper. Tu reprends toute cette histoire depuis le début et tu me dégotes des infos vraiment nouvelles. Pas des banalités, hein ! Pas des trucs qu'on a lus partout. Je ne veux pas seulement des questions. Je veux les réponses. Tu entends ? Les réponses ! Qu'est-ce qu'il allait foutre chez ces putains de colons ? Qui est cette journaliste qui l'aurait amené là-bas ? Pourquoi personne n'est allé cuisiner cette fille ? Trouve-la-moi. Elle a forcément des choses à raconter.

– Mais personne n'a réussi à la joindre et les Israéliens font tout pour...

– Je m'en fous ! Trouve-la et ne la lâche pas ! Je veux savoir pourquoi l'interview de Fabert sur la radio des colons n'a jamais été diffusée. Pourquoi les enregistrements ont été saisis par le Shin Beth. Qu'est-ce qu'il y avait dessus de si important ? Et creuse sur le personnage Fabert. Il y a des gens qui le connaissaient bien à Paris. Je ne vais pas t'apprendre ton métier ! Tu trouves leurs coordonnées et tu les appelles un par un. Ils ont certainement des histoires à te raconter. Depuis combien de temps il se tapait cette Israélienne, quelle était la nature exacte de leurs relations, comment l'a-t-elle fait venir en Israël ? Démerde-toi, Jérôme, et sors-moi une vraie enquête comme tu sais les faire, pas un ramassis de dépêches. Sois meilleur que les autres. Et ce n'est pas si difficile, crois-moi. Il suffit d'être moins nul !

Depuis, Jérôme a commencé à rassembler sur une disquette tous les éléments connus concernant l'assassinat de Fabert, ainsi que quelques éléments biographiques. Il a dressé la liste des personnes qui le connaissaient en les classant par groupes. Les collaborateurs actuels, les amis de toujours, les ennemis politiques, ceux qui l'ont connu en fac, les anciens de Sciences Po. A la documentation du journal, il a compulsé le Who's Who, noté des adresses personnelles, cherché à travers les notices biographiques de possibles connexions, des itinéraires communs ou croisés, il a essayé d'identifier des réseaux d'intérêts, d'amitiés, d'entraide, des appartenances aux mêmes partis politiques, à des clubs de pensée, et aussi d'éventuels conflits. Il a vainement tenté de joindre l'avocat des parents Fabert et laissé un message sur le répondeur personnel de son ami Rémi Bertin, le patron de la Brigade criminelle. Bertin est en relation avec les Israéliens. C'est lui qui a été chargé officiellement de recueillir les quelques éléments que le Shin Beth a bien voulu donner aux Français. Jérôme a appris que le commissaire s'est rendu en Israël quelques jours après l'attentat pour procéder aux constatations d'usage et s'entretenir avec ses collègues de Jérusalem. Depuis son retour il respecte les consignes de black-out et n'a encore parlé à personne des premiers résultats de l'enquête. Peut-être consentira-t-il à lui faire quelques confidences. A tout hasard, Jérôme a aussi envoyé un e-mail à Ilana Mizrahi, la journaliste dont il a trouvé les coordonnées professionnelles sur le site du *Ha'aretz.*

Il se lève, enfile un pantalon de velours et un pull-over et ferme doucement la porte de la chambre. Le chat ronronne, vient se frotter contre ses jambes et le suit en miaulant dans le couloir. Le carrelage de la cuisine est froid. Il y a de la buée sur les vitres et de grosses gouttes de pluie qui glissent le long des carreaux. Dehors, on distingue au-dessus des toits les premières lueurs de l'aube. L'obscurité s'estompe, une lumière pâle perce à travers les lourds nuages gris qui enveloppent le ciel de Paris.

Il met en route la cafetière électrique, écoute les titres du journal de 6 heures. La Fraternité Nationale présente ce matin son programme électoral et se déclare prête à un gouvernement de coalition avec la droite républicaine en cas de victoire aux législatives. L'enquête sur l'assassinat de

Boubacar Dambakate à Marseille piétine, les parents de la victime et les associations antiracistes protestent. Les inondations à Amiens : la décrue tarde à s'amorcer. On ne parle plus de Fabert depuis dix jours. Mancel a raison, il faut continuer à creuser et se donner du temps. Tant mieux si les confrères ont abandonné. Jérôme aura les coudées franches pour travailler.

Son bol à la main, il s'assied devant l'ordinateur installé dans un coin du salon, démarre le programme et consulte ses e-mails.

« Vous avez cherché à me joindre. Je suis toute la journée chez moi à Tel-Aviv. Vous pouvez m'appeler sur mon téléphone cellulaire au 00 972 58 33 44 33 ou m'adresser un mail à mon adresse personnelle. Ilamiz@hotmail.co.il. Ilana Mizrahi. »

La journaliste du *Ha'aretz*, elle m'a répondu !

Jérôme avale le reste de son café au lait, repose le bol et s'empare fébrilement de son paquet de cigarettes laissé la veille au soir à côté de l'ordinateur. Il s'était promis de ne plus fumer le matin, mais tant pis ! « Je file au journal ! se dit-il. J'appellerai de là-bas. Avant 9 heures, les bureaux sont déserts. Ce sera plus pratique pour travailler. »

La voie Georges-Pompidou est fluide. Le jour se lève sur la Seine. La tour Eiffel encore illuminée se dresse au loin derrière le pont de Bir-Hakeim. Paris est beau en cette fin d'hiver. Malgré l'excitation qui le gagne, Jérôme s'applique à ne pas dépasser les cinquante kilomètres-heure. Les voies sur berges sont truffées de radars. Il est heureux. Il pense avec satisfaction au tour que prend sa carrière après des années de travail acharné. Il est aujourd'hui grand reporter au service Investigation de *L'Européen*, le quotidien libéral dont les enquêtes font autorité. Sa signature est désormais remarquée. Son nom connu. Les portes s'ouvrent facilement lorsqu'il téléphone dans un ministère, sollicite une interview ou une simple rencontre avec un homme politique, un avocat ou un magistrat. Certains l'admirent et le lui disent. D'autres le craignent, mais acceptent de le recevoir. Peut-être pour avoir une idée de ce que *L'Européen* va sortir, ce que « Drouin » compte écrire, ce qu'il sait ou ne sait pas encore. Il ne passe pas inaperçu lorsqu'il arrive sur une affaire, ou intervient dans une conférence de presse. Ses confrères attendent toujours avec une curiosité mêlée d'une pointe de respect et de jalousie qu'il pose le premier ses questions. Avec assurance, sans émotivité ni agressivité inutiles. Des questions qui ont l'art de troubler ses interlocuteurs. De mettre le doigt sur un point essentiel du dossier, voire d'ouvrir de nouvelles pistes négligées par les autres journalistes.

La grande salle de rédaction de *L'Européen* est déserte, hormis l'employé de la société de nettoyage qui passe l'aspirateur. C'est un Sri Lankais, habillé d'une blouse vert foncé. Jérôme le salue et va s'asseoir à son bureau. Il branche son ordinateur, déverrouille son téléphone et compose le numéro laissé par Ilana.

– Ilana Mizrahi ? Jérôme Drouin, je suis le journaliste

qui vous a envoyé un e-mail la semaine dernière. Je vous remercie de m'avoir répondu.

– Bonjour, j'attendais votre appel. C'est bien que nous nous parlions. Vous travaillez sur la mort de Bertrand Fabert... Comment se déroule l'enquête à Paris ?

– C'est au point mort. La presse n'en parle déjà plus.

– Et les autorités françaises ?

– Le black-out. Ils affirment ne rien savoir et renvoient sur les enquêteurs israéliens. C'est pour cette raison que je me suis permis de vous appeler. Je ne parle pas l'hébreu et je n'ai pas de contacts en Israël.

– Qu'est-ce que vous voulez savoir, vous cherchez un renseignement précis ?

– Oui et non. Je voulais surtout connaître votre version des faits. J'imagine que je ne suis pas le seul à avoir cherché à vous joindre.

– Certains de vos confrères ont essayé lorsque j'étais en réanimation, confirme la jeune femme. Lorsque je suis sortie du coma, j'ai donné une rapide interview à la télévision israélienne dans laquelle je n'ai rien raconté d'intéressant. Je ne me rappelais que de manière confuse les derniers instants avant l'attentat. Et puis Bertrand était mort. J'étais sonnée. Je n'avais pas envie de parler.

– Et maintenant ? relance prudemment Jérôme.

– Maintenant, c'est un peu différent, lâche Ilana.

– Différent ?

– Oui, j'ai pris du recul, j'ai réfléchi. J'ai été un peu déçue par l'attitude de certaines personnes autour de moi. En Israël, c'est comme en France. Au bout de quelques jours, les médias sont passés à autre chose. Ils considèrent que la mort de Fabert, c'est une sorte de banal accident du travail. Qu'il n'avait pas à aller faire le malin sur une route dangereuse. Et puis vous savez, les Israéliens ont d'autres chats à fouetter. Des victimes d'attentat, il y en a beaucoup. Alors, un ministre français...

– Qui l'a tué, selon vous ? Les Palestiniens ?

– Ils jurent que ça ne vient pas d'eux, mais vous savez comment ils sont. Ils mentent comme ils respirent. J'ai essayé d'activer mes contacts, d'en savoir un peu plus, de comprendre.

Un silence suit.

– Allô ?

– Oui, je suis toujours là. Je réfléchissais. Excusez mon français. Je cherche mes mots.

– Mais non, il est excellent ! Vous disiez ?

– La bonne question n'est pas de se demander qui a tiré, mais pourquoi on a tiré ?

– Vous pensez donc que ce n'était pas fortuit, qu'ils savaient qui se trouvait dans la voiture ?

– Je m'interroge. Tout est possible.

– Ils étaient au courant à l'avance de sa visite chez les colons ?

– Non, c'est moi qui en ai eu l'idée. Cette visite était totalement improvisée. Il n'y a jamais eu de traquenard comme l'ont écrit des journaux français.

– Alors comment les Palestiniens ont-ils pu être informés de la venue de Fabert à Beth-El et préparer un attentat dans des délais aussi courts ?

– Marcourt, le vice-consul était au courant. Il a dû téléphoner de sa voiture pour avertir le Quai d'Orsay que Fabert était sur le point de provoquer un grave incident diplomatique avec les Palestiniens. A partir de là, l'information a peut-être circulé très vite. On ne peut même pas exclure que la conversation de Marcourt n'ait pas été interceptée.

– Par qui ?

– Je ne sais pas, ce n'est qu'une hypothèse.

– Nous pouvons peut-être travailler ensemble et recouper nos informations, reprend Jérôme. Vous êtes en Israël, je suis en France. Si vous me donnez quelques tuyaux, je peux les vérifier assez vite auprès de gens très fiables. Si vous êtes d'accord, je vous donne ma parole de ne pas vous doubler. Nous publierons chacun nos papiers avec l'accord de l'autre, après avoir recoupé nos infos. Moi dans *L'Européen*, vous dans le *Ha'aretz*. Une sorte de coproduction franco-israélienne, précise-t-il avec un petit rire. C'est le genre de synergie qui peut donner le maximum de retentissement à nos articles.

Ilana semble s'accorder un court délai de réflexion.

– Si vous pensez que nous pouvons travailler ensemble, dit-elle après un moment de silence, il faut que je vous parle d'une histoire, comment dire... sensible.

– Qui concerne l'assassinat de Bertrand Fabert ?

– Je l'ignore. Il faudra le vérifier. Mais je suppose que cela peut vous intéresser...

Ilana s'est interrompue à nouveau. Jérôme laisse à l'Israélienne le temps de poursuivre. Pour lui montrer qu'il ne veut rien précipiter. Il a le sentiment qu'elle lui distille l'info au compte-gouttes. Pas forcément par manque de confiance. Peut-être pour tester ses réactions, pour vérifier à qui elle a affaire.

– ... Allô ?

– Comme je vous le disais, c'est une affaire très particulière. Top secret. Personne n'en a encore parlé en France. Ni en Israël. Si vous pouvez vérifier l'info sur Paris, cela fera un sacré scoop. C'est une histoire dont Bertrand s'était plus ou moins occupé...

– Comment ça, « plus ou moins » ?

– Oui, ce n'était pas lui le responsable. Mais en tant que ministre des Droits de l'homme, il était au courant. Je ne sais plus si on l'avait consulté pour qu'il se prononce sur le dossier, ou s'il l'avait appris de manière incidente. Je me souviens en tout cas qu'il s'était confronté sur le sujet avec le consul de France à Jérusalem et avec le Quai d'Orsay. Il les avait avertis que cela risquait de créer un scandale si les médias venaient à l'apprendre.

Ilana marque une pause. A l'autre bout du fil, il perçoit le clic d'un briquet et devine qu'elle tire une bouffée sur sa cigarette.

– Il y a un type du Hamas qui se fait soigner chez vous !

– Chez nous ?

– Oui, en France ! Vous vous souvenez de l'affaire Habbache et des remous que cela avait suscités ?

– Le chef du Front Populaire de Libération de la Palestine était venu en douce subir un check-up à Paris. Le gouvernement avait failli tomber. Mais quel rapport avec Fabert ?

– Cette fois ce n'est pas un vieux terroriste à la retraite qui vient profiter des hôpitaux parisiens, mais un jeune du Hamas, un candidat kamikaze. Il souffre d'une tumeur au cerveau. Officiellement, la France l'a accepté pour des motifs humanitaires. Mais dans la plus grande discrétion. Un membre de sa famille est un haut responsable de l'Autorité palestinienne. Il a réussi à convaincre ses amis du consulat que le faire opérer en France était le meilleur moyen de lui éviter de mourir en martyr dans un autobus de Tel-Aviv.

– Remarquez, ce n'est pas tout à fait faux...

– A ceci près qu'il est déjà impliqué dans la préparation de plusieurs attentats. Et que rien ne garantit qu'il restera sagement dans son coin lorsqu'il retournera à Ramallah. Vous imaginez la tête de votre ministre des Affaires étrangères le jour où vous sortirez l'histoire à la Une de *L'Européen* ? Moi, de mon côté, je peux me renseigner à Jérusalem sur le pedigree complet du bonhomme.

– Au fait, comment s'appelle-t-il ?

– Darwish. Nidal Darwish. Il est en convalescence encore pour quelques jours à l'Hôpital Américain de Neuilly.

– Selon vous, quel serait le lien avec l'attentat dont Fabert a été... dont vous et Bertrand Fabert avez été victimes ?

– Il en a parlé à la radio.

– Chez les colons ?

– Oui, durant l'interview qu'il a donnée à Aroutz Chéva, il a parlé de cette affaire.

– Mais cette interview n'a jamais été diffusée, personne ne sait ce qu'a dit Fabert lorsqu'il était dans les studios !

– Personne. Sauf moi. J'étais en régie avec le technicien. Après l'attentat, les enquêteurs du Shin Beth sont arrivés. Ils ont saisi la cassette de l'émission, à titre de pièce à conviction. Comme si l'interview contenait des secrets diplomatiques. Depuis des semaines je tourne et retourne toutes ces questions dans ma tête. Je songe à cette dernière journée avec lui et aux dernières heures passées à Beth-El.

Et je me suis souvenue qu'il avait parlé de l'affaire Darwish... Qu'il l'avait évoquée.

– Évoquée ?

– Oui, de manière incidente, ou plutôt... Comment dites-vous en français ? allusive ? Oui, c'est ça, allusive. Comme s'il s'agissait d'une sorte de message codé à un tiers.

– Une menace ?

– Peut-être. Voulait-il faire éclater le scandale en France en utilisant la presse israélienne ? Voulait-il régler un compte, se venger d'un rival politique ? Je l'ignore. Ici, c'est comme en France. La police se réfugie derrière le secret de l'enquête. Personne ne veut parler.

– Mais qu'a-t-il dit exactement ?

– Pendant de longues minutes Bertrand a parlé de la situation dans la région. De la nécessité de revenir au processus de paix. Il n'a pas été tendre pour les Israéliens. Puis, il a tapé gentiment sur la France. Sur les précédents gouvernements et sur le sien. Il a rappelé un ou deux scandales. Les contacts avec le Hezbollah, des histoires de financement de partis politiques avec l'argent de la Syrie. C'est vers la fin qu'il a lâché quelques infos sur Nidal Darwish.

– Il a prononcé son nom ?

– Non. Autant que je me souvienne, il a parlé d'une opération *prétendument humanitaire* impliquant la France. Il y était question du Hamas, du terrorisme. J'ai entendu qu'il faisait référence à « *un grand hôpital chic de la banlieue parisienne* », à un scandale menaçant certains milieux politiques en France. Il a stigmatisé l'inconscience de responsables du Quai d'Orsay. Qu'a-t-il dit encore ? Ah oui ! Il a terminé par une sorte d'avertissement. Du genre : La France doit faire le ménage devant chez elle avant de donner des conseils aux autres. « *Balayer devant sa porte* », je crois que c'était ça l'expression.

– Où voulait-il en venir ?

– Je l'ignore. C'était sur le mode de l'insinuation. La phrase était assez alambiquée. Je n'ai peut-être pas tout saisi. Il y a quelques mots que je n'ai pas bien compris, qui m'ont échappé. Il y avait du bruit dans la régie, des gens qui discutaient avec le technicien.

– Vous êtes sûre qu'il faisait référence à l'affaire Darwish ?

– Oui, absolument ! Parce que j'étais déjà un peu au courant. Il s'était confié à moi quelque temps auparavant, sans trop me donner de détails. Cette histoire semblait le préoccuper. Et puis dans la voiture, en repartant de Beth-El, j'ai voulu en savoir un peu plus. J'ai commencé à lui poser quelques questions. C'est à cet instant que nous nous sommes fait tirer dessus.

– A part Fabert, qui était au courant de l'hospitalisation de Darwish ?

– Quelques personnes à l'Élysée et au Quai d'Orsay. A Jérusalem, c'est le vice-consul qui était en charge du dossier.

– Comment s'appelle-t-il ?

– Pierre Marcourt.

– Quel genre de type ? demande Drouin en prenant des notes sur son bloc.

– D'après Bertrand, une ordure. Un type sans parole ni principes.

Derrière la grille, on aperçoit le vaste bâtiment de briques et de pierres blanches au sommet duquel flottent la bannière étoilée et le drapeau tricolore. Une Clio grise est garée en travers du trottoir, à l'angle du boulevard de la Saussaie et de l'avenue Victor-Hugo. A l'intérieur, deux hommes semblent attendre et tuer le temps. L'un feuillette un magazine télé, l'autre surveille d'un œil distrait les allées et venues. Il ne peut s'agir que de policiers en civil. Jérôme remarque la peinture de la carrosserie légèrement abîmée au-dessus du toit, juste à côté de la fenêtre du passager. C'est la marque du gyrophare magnétique posé sans ménagement par les flics en opération. Pourquoi sont-ils là ? Qui ont-ils pour mission de protéger ? Une personnalité, un ministre, un chef d'État étranger venu se faire soigner en France ? Ou un terroriste palestinien ? Ils ne sont pas venus par hasard, même s'ils donnent l'impression de considérer leur garde statique comme une corvée de routine.

Le journaliste passe devant la voiture banalisée sans s'arrêter et marche d'un pas décidé vers l'entrée de l'hôpital. A travers la poche de son manteau, il palpe le petit appareil photo numérique qu'il conserve en permanence sur lui ou dans le tiroir de son bureau à *L'Européen*. Les deux flics n'ont aucune raison de lui accorder la moindre attention. Leur mission semble autant de protection que de dissuasion, et leur planque, très visible, destinée à prévenir tout incident mais aussi à repérer et décourager d'éventuels paparazzi venus guetter l'entrée ou la sortie d'une célébrité.

Il passe la grille de l'allée réservée aux piétons. Au même moment une Mercedes aux vitres fumées immatriculée en Suisse franchit la barrière et s'arrête au pied de la porte principale de l'hôpital. Un chauffeur en descend et ouvre la portière. Une belle femme, au chignon platine, vêtue d'un manteau de fourrure, s'extrait du véhicule et gravit lentement l'escalier qui mène, au hall d'accueil. La Mercedes redémarre doucement et va se garer sur le parking en contrebas. Malgré le froid, malgré le silence et les visages empreints d'une certaine gravité, il règne sur l'Hôpital Américain de Neuilly une curieuse sérénité. On pourrait se croire dans un palace ou un hôtel de cure, dans une ambassade ou au siège d'une grande organisation internationale. Le ballet des grosses cylindrées achève de donner à ces lieux une ambiance presque rassurante. « Le luxe résiste à tout, même à la maladie et à la mort », se dit Drouin en pénétrant dans le hall d'accueil.

– La chambre de Mme Derviche, s'il vous plaît ? demande-t-il à la réceptionniste.

– Un instant, je vous prie.

L'hôtesse consulte le listing des patients, promène son stylo sur la colonne des noms, effectue une recherche sur son ordinateur puis lève les yeux vers Jérôme avec un sourire ennuyé.

– Je suis désolée, nous n'avons personne à ce nom-là. Dans quel service serait-elle hospitalisée ?

– En chirurgie, ou en neurologie, je crois... C'est une avocate. Je suis envoyé par son cabinet pour lui faire signer quelques papiers, mais je ne la connais pas personnellement.

Il se penche au-dessus du comptoir comme pour inviter l'hôtesse à chercher une nouvelle fois sur son listing.

– Derviche, vous n'avez personne sous ce nom-là... ?

– Vous pouvez m'épeler ?

– Je crois que ça s'écrit comme ça se prononce.

– Si vous n'êtes même pas sûr de l'orthographe...

Une nouvelle fois, elle consulte son terminal d'ordinateur.

– Non, je regrette. Il n'y a aucun Derviche. Il vaut peut-être mieux que vous rappeliez le cabinet d'avocats qui vous a envoyé.

La mine renfrognée, le journaliste s'éloigne de l'accueil et fait quelques pas dans le hall. Des visiteurs vont et viennent. Un agent de sécurité, vêtu d'un uniforme qui évoque celui d'un policier new-yorkais, se tient debout, un talkie-walkie à la main, entre une colonne de faux marbre et le drapeau américain. Drouin sort son téléphone portable, compose un numéro et va s'asseoir dans le confortable canapé en cuir du salon aux rideaux cossus et aux boiseries sombres qui donne sur le hall. Il tombe sur la boîte vocale de Marie et laisse un message : « Tout va bien mon amour. Je suis en reportage. Je te rappellerai en fin d'après-midi. »

Une chose paraît acquise : aucun malade n'est inscrit sous l'identité de Darwish. S'il y avait eu un Nidal Darwish parmi les cent quatre-vingt-sept patients que l'Hôpital Américain s'enorgueillit de pouvoir accueillir, l'hôtesse lui aurait au moins suggéré son nom.

Pourtant, Ilana Mizrahi avait l'air certaine de son info. Le Palestinien se trouverait encore en convalescence dans l'enceinte de l'hôpital. Drouin regarde autour de lui. A l'autre bout du salon, un couple de personnes âgées et une jeune fille installés dans des fauteuils discutent à voix basse en souriant.

Deux hommes pénètrent dans le hall. Ce sont des Orientaux. Peut-être des Iraniens, ou des Libanais. La barbe et le cheveu courts, ils sont vêtus d'un costume sombre et portent une chemise sans col, comme le veut la coutume chez certains islamistes. L'un d'eux s'approche de l'accueil tandis que le second regarde aux alentours, l'air inquiet. Fébrilement, il égrène entre ses doigts une sorte de chapelet constitué de grosses perles couleur corail. Jérôme s'est souvent demandé si cette pratique, fréquente chez les musulmans, relève d'une prescription religieuse ou d'un simple passe-temps. Les deux hommes échangent quelques brèves paroles. Celui qui s'est adressé à l'hôtesse se dirige vers l'un des ascenseurs. Le second consulte sa montre sans se départir de son regard inquiet. Que faire ? La scène s'est jouée trop vite. Déjà, les portes de l'ascenseur se referment. Le journaliste s'en veut d'avoir manqué de réflexe, d'avoir hésité quelques secondes de trop à suivre celui qui est parti dans les étages. Maintenant, le mieux est de ne pas bouger et de rester vigilant. L'homme au chapelet attend son ami. S'il ne s'assied pas, c'est que l'autre ne devrait pas tarder à revenir.

De sa place, Drouin parvient à lire distinctement les voyants lumineux au-dessus de la porte de l'ascenseur. La cabine s'est arrêtée au second. Puis au troisième. Il note sur son carnet : deuxième ou troisième étages, aile B. Il vérifiera plus tard à quels services cette partie de l'hôpital correspond.

Cela fait maintenant dix minutes que l'homme attend dans le hall. Il regarde toujours sa montre et donne l'impression de calmer sa nervosité en faisant glisser les perles entre ses doigts. Jérôme ne le quitte pas des yeux. « S'il prend l'ascenseur, je le suis. S'il s'en va, je pars avec lui. Et l'autre qui se balade toujours dans l'hôpital. Le voilà ! »

Les portes de l'ascenseur viennent de s'ouvrir. L'homme au chapelet se précipite pour aider son camarade qui pousse un fauteuil roulant dans lequel a pris place une vieille femme au sourire apaisé. Il se penche vers elle et l'embrasse affectueusement. Une infirmière en blouse bleue, une valise à la main, les accompagne tous les trois vers la sortie.

« Que je suis con ! fulmine Jérôme. Comment ai-je pu imaginer un seul instant que j'avais déniché l'oiseau du premier coup. En surveillant deux barbus repérés au hasard ! »

Il regarde autour de lui, se lève. Sur le parking en contrebas, il aperçoit les deux gars en train d'aider la grand-mère à monter dans une voiture. Il contemple la façade de briques et de pierres blanches. Pourtant, le type doit se trouver là. Quelque part derrière l'une de ces fenêtres, dans l'une des chambres et sous un faux nom.

Le timide soleil du mois de mars a disparu derrière la façade imposante de l'hôpital. Le vent se fait plus mordant. Noyé dans la petite foule des visiteurs qui hâtent le pas, Jérôme se met brusquement à douter. Comment localiser le Palestinien dans le bâtiment ? Il s'en veut presque d'avoir quitté son bureau en fin de matinée, sur un coup de tête, pour venir fouiner sur place. Ce repérage n'a aucun sens. Il aurait mieux valu passer un ou deux coups de fil à ses contacts au ministère de l'Intérieur. Mais Jérôme n'a pas résisté au besoin d'aller arpenter les lieux. Il a toujours, depuis ses débuts dans le journalisme, gardé cette culture du terrain. Aller voir l'endroit, vérifier les accès, les sorties. Débarquer à l'improviste, là où on ne vous attend pas, c'est parfois le meilleur moyen de trouver un indice, de court-circuiter l'information officielle. Pousser une porte d'immeuble, grimper dans les étages, vérifier un nom sur un tableau, sur une boîte aux lettres. Puis ressortir, rester en planque sans attirer l'attention sous un abri-bus, dans une cabine téléphonique ou derrière les vitres d'un café pour surveiller les allées et venues, voilà comment il aime chercher les infos, plus pour l'ambiance que pour le résultat qui n'est, hélas, pas toujours au rendez-vous.

15 h 30. Que faire ? Rester sur place, regagner la rédaction ? Peut-être qu'il n'est pas trop tard pour essayer de joindre Dimitri à l'Intérieur. Si quelqu'un est susceptible d'être informé de la présence de Darwish en France, c'est bien lui. Mais sera-t-il disposé à lui donner un tuyau ? Jérôme se décide à regagner Paris. Il regarde une dernière fois la façade de l'hôpital comme si un ultime détail qui lui aurait échappé pouvait l'inciter soudain à rester.

A cet instant précis son regard est attiré par une voiture franchissant au pas la grille d'entrée de l'hôpital. Les deux hommes, à l'intérieur de la Safrane beige immatriculée CD – Corps Diplomatique – n'ont pas l'air particulièrement méfiant, mais Jérôme a bien conscience qu'il doit rester invisible, que rien dans son comportement ne doit attirer leur attention. Pour l'instant, ils cherchent surtout à trouver une place de stationnement. Du haut de la rampe d'accès qui mène au hall d'accueil, appuyé sur la rambarde, le journaliste les observe à distance manœuvrant sur le parking en contrebas. Lorsqu'ils sortiront de leur véhicule, il aura tout le loisir de les identifier : ils se sentiront noyés dans la foule, protégés par leur anonymat. Ils ne devraient pas prendre de précautions particulières.

Drouin note le numéro d'immatriculation de la Safrane : 195 CD 4. 195, le code de la Délégation générale de Palestine en France. « Quelle erreur d'avoir pris leur voiture ! » se dit-il. Cela confirme que les deux Palestiniens ne sont pas sur leurs gardes. Ils ont probablement estimé que la plaque verte aux lettres orange, qui distingue les véhicules des diplomates en poste à Paris, serait somme toute banale dans le décor de l'Hôpital Américain de Neuilly, qu'elle faciliterait même leurs déplacements. Comment auraient-ils pu prévoir qu'ils allaient croiser un journaliste dont la curieuse manie avait été d'apprendre par cœur tous les codes d'immatriculation attribués aux différentes ambassades de la capitale ? Il y a ceux qui, pour entraîner leur mémoire, s'astreignent à réciter dans l'ordre tous les départements français avec leur chiffre et leur préfecture. D'autres qui sont capables de vous énumérer tous les Premiers ministres et présidents du Conseil depuis les origines de la Troisième République. Jérôme, lui, s'est amusé un jour à reconstituer la liste complète des codes diplomatiques. Amusé n'est d'ailleurs pas le mot. Il décida d'effectuer ce petit travail, assez fastidieux tout de même, le jour où il comprit tout l'intérêt qu'il pouvait tirer de cette méthode d'identification. Ce n'est pas un secret d'Etat mais peu de ses confrères le connaissent : le premier numéro de la plaque indique le pays. Au départ, la liste établie par les fonctionnaires français était tout simplement alphabétique. 1 pour l'Afghanistan, 2 pour l'Afrique du Sud, 3 pour l'Albanie, 5 pour l'Allemagne, 10 pour la Belgique, etc. Mais au fil des ans, ce bel ordonnancement a été chamboulé. Certains États ont changé de nom. L'URSS est redevenue la Russie mais elle a gardé son immatriculation, le 115. D'autres pays ont disparu dans les poubelles de l'Histoire. Exit l'Allemagne de l'Est. Et qui se souvient du Sud Vietnam ? Puis de nouvelles ambassades se sont ouvertes, qui arboraient parfois les couleurs de petits pays que le Quai d'Orsay avait snobés pendant des années et qui soudain, pour une raison ou une autre, devenaient dignes d'intérêt et fréquentables. Dans les années 90 l'effondrement du mur de Berlin et de l'empire soviétique a provoqué la réapparition d'États que l'on croyait effacés à jamais. Il a fallu donner des numéros aux États baltes, au Kazakhstan, à la Croatie, à l'Arménie, à l'Ukraine. Patiemment, méthodiquement, Drouin a dressé la liste des deux cents ambassades parisiennes. Il a établi un itinéraire cohérent afin de vérifier les numéros en une seule tournée. Un matin d'été, il a pris son vélo, jugé plus pratique pour ce type d'escapade, et, devant chaque ambassade, consulat ou représentation d'un rang inférieur, il a noté le code des voitures souvent garées à cheval sur le trottoir. A la fin de la journée, épuisé, il avait sillonné la plupart des arrondissements chics de la capitale, le compteur de son vélo indiquait qu'il avait couvert près d'une centaine de kilomètres, mais il s'était constitué un précieux document de travail qu'aucun de ses contacts à la DST ou aux Renseignements généraux n'aurait accepté de lui communiquer.

Les deux diplomates palestiniens ont trouvé une place sur le parking et se dirigent vers l'entrée du bâtiment. L'un est engoncé dans un loden bleu sombre et se protège du froid avec une écharpe. Il tient à la main un petit attaché-case en aluminium. L'autre, plus grand, d'apparence plus sportive – est-ce un garde du corps ? – est vêtu d'un blouson de cuir noir. Drouin regagne le hall et se poste à proximité d'un guichet d'où il peut contrôler les allées et venues sans se faire repérer. Les deux Arabes ne tardent pas à franchir les portes vitrées de l'hôpital. Manifestement, ils ne viennent pas ici pour la première fois. Sans hésitation, ils se dirigent vers l'un des ascenseurs au pied duquel attendent déjà des visiteurs et deux médecins en blouse blanche. Face aux portes, les deux hommes tournent le dos au journaliste. Le visage levé, ils suivent sur les voyants lumineux le cheminement de la cabine qui descend vers le rez-de-chaussée. Drouin s'approche lentement et se joint au petit groupe qui attend. Une sonnerie discrète annonce l'ouverture des lourds battants d'acier. Les deux Palestiniens entrent les premiers suivis par quelques personnes au visage fermé. L'homme au loden échange quelques paroles en arabe avec celui qui l'accompagne et appuie sur le bouton du 3e étage. Ils n'ont aucune raison d'avoir remarqué la présence de Drouin qui se tient derrière eux, dans le fond de la cabine. L'ascenseur amorce sa montée. Jérôme ne dispose que de quelques secondes pour réfléchir à la suite des opérations. Son expérience lui a appris que réussir une filature n'est pas une tâche de débutant. En particulier dans un local fermé. Lorsqu'il sortira de l'ascenseur, le moindre geste d'hésitation ou la plus infime incohérence dans son comportement risque d'attirer les soupçons des deux hommes. Que vont-ils faire ? Probablement s'engager dans le couloir, à droite ou à gauche, et se diriger vers l'une des chambres. Mais ce n'est pas certain. Jérôme se souvient des anecdotes que lui avait racontées un inspecteur de la DST spécialiste de la surveillance d'agents étrangers, notamment ses longues séances de formation à l'école de police. Des journées interminables à arpenter les grands boulevards ou à planquer dans une rue déserte. Apprendre à suivre un inconnu à pied, en voiture, dans le train ou dans le métro. Comment se fondre dans un décor, dans une foule.

Comment s'adapter au terrain, aux habitudes et coutumes de chaque pays, de chaque ville. Comment déjouer les pièges du faux diplomate chevronné qui connaît tous les trucs pour déceler une filature ou semer ses poursuivants. « Ce qui est impératif, c'est de ne jamais réagir en même temps que celui que tu filoches, sinon il s'en apercevra tout de suite », lui avait enseigné le flic. « S'il fait mine de s'être trompé et revient brusquement sur ses pas, c'est précisément pour détecter quelqu'un qui manifesterait une réaction de surprise, marquerait un temps d'arrêt ou semblerait décontenancé. »

Les portes de l'ascenseur s'ouvrent sur le palier du troisième étage moquetté de bleu azur. Sans l'ombre d'une hésitation, les deux diplomates palestiniens sortent de la cabine et s'engagent dans le couloir éclairé d'une lumière tamisée qui conduit vers l'une des ailes du bâtiment. Ils ne semblent avoir prêté aucune attention au journaliste qui, depuis le palier, les regarde s'éloigner dans le corridor. Ils ralentissent le pas tout en vérifiant les numéros sur les portes. Ils frappent à l'une d'entre elles puis pénètrent dans la chambre.

De l'endroit où il se trouve, Jérôme perçoit des bribes de phrases échangées en arabe, sur un ton amical et rassurant. Il entend l'un des deux hommes rire doucement comme on le fait parfois pour réconforter un malade. La porte se referme. L'oiseau est localisé.

Maintenant, il faut attendre. Repérer les lieux et envisager les différents scénarios possibles. Drouin sort son portable et, doucement, se met à faire les cent pas dans le couloir tout en faisant mine de téléphoner. L'air grave, il parle doucement, d'une voix presque étouffée. C'est le meilleur subterfuge qu'il connaît pour passer inaperçu dans un lieu public. Personne n'a de raison particulière de trouver sa présence suspecte. Au contraire. On ne dérange pas quelqu'un qui téléphone. Quoi de plus naturel dans un hôpital de s'isoler dans le couloir pour téléphoner à voix basse. Il pourrait rester des heures ainsi à déambuler ostensiblement devant les portes des chambres sans éveiller le moindre soupçon. Quand un visiteur ou un médecin arrive à sa hauteur, il tourne le dos, baisse encore la voix et laisse échapper : « Non, non, sinon ça va. Il a le moral. Il ne souffre pas trop. »

Drouin parvient devant la chambre dans laquelle sont entrés les deux hommes. La porte est peinte d'une douce teinte abricot. Une plaque en cuivre gravée indique : « PRINCE RAINIER DE MONACO ». Chaque chambre s'est ainsi vu attribuer le nom d'un des généreux mécènes qui ont participé au financement des œuvres de l'hôpital. Le journaliste continue à faire les cent pas. Combien de temps vont-ils rester à l'intérieur ? Sont-ils venus le chercher pour l'amener dans une maison de convalescence ou simplement lui rendre visite ? Il faut être patient, ne pas se précipiter. Il s'adosse au mur près de l'ascenseur, le regard sombre, le téléphone toujours à l'oreille, comme s'il écoutait son interlocuteur avec compassion. Il ponctue ses silences de : « Oui, oui... je sais. »

– *Yahla !*

La porte de la chambre « RAINIER DE MONACO » vient de s'ouvrir, laissant échapper la voix grave et chaleureuse de l'un des visiteurs. Les deux hommes apparaissent au milieu du couloir, entourant un jeune malade souriant, vêtu d'une robe de chambre et portant un imposant bandage autour de la tête. Ils lui tiennent le bras. Une infirmière, prévenante, se tient derrière le jeune garçon qui marche lentement mais sans trop de difficulté. Ils arrivent près de l'ascenseur et ne prêtent pas attention à Jérôme qui tourne le dos et s'éloigne pour poursuivre sa conversation au téléphone. Le journaliste parcourt une dizaine de mètres. Visiblement, les deux envoyés de la Délégation générale de Palestine s'en vont. Ils embrassent le jeune homme en robe de chambre qui s'est donné la peine de les raccompagner, lui prodiguent quelques encouragements affectueux et s'engouffrent dans l'ascenseur.

Drouin met la main dans la poche de son manteau et saisit son appareil photo numérique. « J'attends qu'il rentre dans sa chambre ou je le flashe tout de suite ? » Drouin n'a que quelques secondes pour trancher. A l'autre extrémité du couloir, aidé par l'infirmière, le malade en robe de chambre avance avec lenteur en direction de Jérôme. « Si j'attends qu'il se remette au lit, ce sera encore moins discret et il y a peut-être une surveillance dans la chambre », se dit le journaliste. Autant le prendre par surprise et y aller tout de suite. Il est seul, les deux autres sont partis. Dans quelques secondes ce sera trop tard.

Sans se déconcentrer, avec précision mais sans précipitation, Drouin sort son appareil, cadre la scène et appuie sur le déclencheur. Une série de flashes illuminent le visage basané du jeune homme et le bandage blanc qu'il porte autour du front. Il paraît surpris, mais ne réagit pas immédiatement. Toujours avec calme, le journaliste remet l'appareil photo dans sa poche et se dirige d'un pas décidé vers une porte qui indique une sortie par l'escalier. Ni cris, ni appels. L'hôpital continue d'être baigné dans le silence.

Personne ne semble lancé sur les traces de Jérôme. Il descend deux étages, s'arrête un instant. Toujours le silence. Il extrait la disquette de son appareil et la glisse dans une petite poche cousue dans la doublure de son manteau.

Il charge une nouvelle disquette dans l'appareil, quitte la cage d'escalier et pénètre dans l'un des couloirs du premier étage. Il prend une série de clichés banals des lieux, ultime précaution au cas où il serait interpellé à la sortie de l'hôpital. On ne sait jamais. Quelqu'un a pu donner l'alerte. Et il ne faut pas oublier les deux flics en planque dans leur voiture sur le trottoir du boulevard de la Saussaie. Si on lui demande les raisons de sa présence, Drouin racontera qu'il faisait un reportage classique sur l'Hôpital Américain ; il sera même en mesure de montrer les photos prises.

Il emprunte l'ascenseur qui descend directement au rez-de-chaussée. Au pied de la colonne, l'agent de sécurité déguisé en policier new-yorkais semble compter les minutes qui le séparent de la fin de son service. Jérôme traverse le hall, noyé dans une petite foule qui remonte les cols de lourds manteaux et enroule ses écharpes. Le soleil a disparu derrière de gros nuages gris, un vent glacial souffle sur Neuilly. La pluie commence à tomber.

Il sort sur le perron et court vers la grille d'accès qui donne sur l'avenue Victor-Hugo où il a garé sa voiture. Il enclenche les essuie-glaces et allume la radio : « France Info 16 heures 45, les titres de l'actualité : la Fraternité Nationale continue de grimper dans les sondages et accroît ses exigences sur les conditions de son entrée au gouvernement. Les chiffres du chômage en hausse et le moral des ménages en baisse. »

« Il est trop tard pour regagner la rédaction, se dit Jérôme. Le mieux est de rentrer à la maison et d'envoyer les photos par courrier électronique à Ilana. Elle connaît le visage de Nidal Darwish, elle pourra authentifier les clichés. »

6

David Weinberg sort du parking à l'angle des rues Hayarkon et Bograchov où il a garé sa voiture. Il porte une casquette à large visière et des Ray Ban fumées qui dissimulent son visage. Quelques promeneurs déambulent sur la *Tayélète*, la promenade du front de mer de Tel-Aviv. Des surfeurs et quelques baigneurs profitent en ce jour de semaine de la plage quasi déserte. Un couple de joggeuses passe en courant en direction de Jaffa. Sans traîner, David se dirige vers la rue Frishman située à deux pâtés de maisons. Ilana Mizrahi habite au second étage d'un joli immeuble rénové de style Bauhaus. Construits dans les années 30, ces bâtiments aux formes épurées et aux balcons arrondis sont aujourd'hui très recherchés par les connaisseurs et les branchés de Tel-Aviv.

David appuie sur l'interphone.

– Qui est là ? répond une voix féminine.

– C'est moi... C'est David. Je peux monter ?

Ilana marque un silence. Elle ne peut s'empêcher de se regarder dans le grand miroir accroché sur le mur de l'entrée. Le cou toujours enserré par une minerve elle a les traits tirés, les yeux cernés par la douleur et les nuits sans sommeil.

– C'est gentil de ta part de me rendre visite, mais c'est vraiment le bordel chez moi et je ne suis pas très présentable.

– Ne t'en fais pas, insiste David dans l'interphone. Je suis juste venu prendre de tes nouvelles, je ne reste pas longtemps.

Tout en laissant échapper un soupir, la journaliste actionne l'ouverture du hall du rez-de-chaussée. Elle entrouvre la porte de son appartement, et regagne le salon, appuyée sur une béquille. Elle s'allonge sur le canapé en esquissant une grimace. Chaque effort est une souffrance. La trousse à maquillage est dans la salle de bains, tant pis ! Elle n'a pas la force de se lever à nouveau pour se mettre un peu de rouge à lèvres. Elle éteint la télévision, prend la bouteille d'eau posée sur la table basse et boit une gorgée.

– Comment vas-tu, Ilana ?

– Cela pourrait aller mieux, répond la jeune femme sans dissimuler une certaine agressivité. Quoi de neuf, à Beth-El ?

– Rien de particulier. La situation est calme. On a fêté *Pourim*, on prépare déjà *Pessah*.

– L'enquête ?

– Rien, au point mort.

Ilana explose.

– Si je comprends bien, tout le monde s'en tape ! Nous nous sommes fait canarder en plein jour, j'ai failli y rester, Fabert est mort cela fait maintenant trois mois et personne n'est foutu de me dire qui nous a tiré dessus ! Ni la police, ni l'armée, ni le Shin Beth. Rien ! Tu entends, pas une info !

David laisse apparaître une expression d'impuissance.

– Que veux-tu que je te dise Ilana ? Le Shin Beth a un bon réseau d'indics chez les Palestiniens, mais cela peut prendre du temps. Il faut être patient.

– Vous, les colons, vous emmerdez tout le pays, maugrée

la journaliste recroquevillée sur le canapé. Vous mobilisez la moitié des soldats pour assurer votre défense, vous avez vos propres informateurs, et tu n'es même pas capable de me donner le moindre tuyau sur la mort de Bertrand !

– Je suis désolé, mais je n'y peux rien, répond David. Je suis venu prendre de tes nouvelles, pas discuter politique. Tu as l'air tout de même plus en forme que la dernière fois.

– Merci, c'est gentil. J'aurai eu au moins des paroles de réconfort.

Il baisse les yeux sur une pile d'exemplaires de *Ha'aretz* posée au pied du canapé. L'un des numéros consacre sa Une à l'affaire Nidal Darwish et à ses répercussions.

– J'ai vu que tu as repris le boulot, relève Weinberg sur un ton détaché. Tu travailles chez toi ?

– On ne peut rien te cacher, relance Ilana avec une pointe de fierté. Tu te rends compte du *balagan* que j'ai provoqué en révélant le scandale Darwish !

David l'observe, un peu surpris.

– C'est toi qui as sorti l'affaire ?

– En Israël... oui, répond Ilana après une seconde d'hésitation. Un journaliste français était aussi sur le coup. Nous nous sommes parlé au téléphone. Nous étions convenus de sortir le scoop le même jour.

– Ah oui, l'article de *L'Européen*. Je suis au courant...

– Ariel Sharon en personne a demandé des explications aux Français qui sont furieux de s'être fait prendre la main dans le sac ! poursuit la jeune femme. Aujourd'hui, ils osent dire qu'ils n'étaient pas au courant et que c'est un diplomate qui a fait venir le type du Hamas de sa propre initiative. Il paraît qu'au consulat de France à Jérusalem certains ont déjà commencé à faire leurs valises. Ça ne va pas arranger leurs relations avec les Palestiniens.

– C'est Fabert qui t'a mise au parfum ? interroge soudain David.

– Non, pas du tout ! Pourquoi ? Qu'est-ce que tu veux savoir ?

– Deux types du Shin Beth ont débarqué hier à Beth-El. Ils voulaient me poser deux ou trois questions. Vérification de routine, paraît-il.

– Quel genre de vérification ?

– Ils voulaient s'assurer que je leur avais bien remis la totalité de l'interview de Fabert. Ils ont perquisitionné dans les studios. Ils ont même cherché sur le disque dur de l'ordinateur de la régie les passages que nous aurions dissimulés.

– C'est curieux, en effet. De quoi vous suspectent-ils ?

– Si j'ai bien compris, ton éminent confrère de *L'Européen* a donné des précisions supplémentaires. Il a affirmé que Fabert avait tout balancé pendant l'interview, qu'il avait révélé à l'antenne la présence de Darwish en France et que ça pouvait constituer une piste pour expliquer l'attentat.

– Et alors ?

– Les gars du Shin Beth ont réécouté la bande et n'ont rien trouvé. C'est pourquoi ils sont venus m'interroger. Je leur ai confirmé que Fabert n'avait jamais tenu de tels propos et que la piste de *L'Européen* était une affabulation. Je me demande où ils sont allés pêcher cette histoire...

– Les journalistes de *L'Européen* écrivent souvent des conneries. Ils recopient tout ce qu'on leur raconte sans vérifier, murmure la jeune femme en se passant la main dans les cheveux.

Elle esquisse un sourire de commisération tout en regardant David. Il la dévisage. Dans ses yeux, elle devine aisément le désir qu'elle lui inspire, malgré son état.

– Je pars pour Paris. Je prends l'avion de 17 heures, dit-il après un moment de rêverie.

– Je suis au courant, réplique Ilana en prenant un air pincé. J'ai appelé chez toi tout à l'heure, je n'arrivais pas à te joindre sur ton portable. Ta femme m'a dit que tu avais pris le vol du matin.

– J'avais des courses à faire à Tel-Aviv.

– Oui, mais tu lui as menti. Je te connais bien, David, dit-elle avec un sourire amusé.

– J'avais envie de te voir avant de partir en France.

– Mais tu as vu dans quel état je suis ! s'exclame-t-elle en dodelinant de la tête.

David ne relève pas. Il fait quelques pas dans la pièce et vient s'asseoir près d'elle, sur le rebord du canapé.

– Je serai absent quinze jours, trois semaines. Peut-être plus.

– Que vas-tu faire là-bas ?

– Le Conseil des localités juives de Judée-Samarie m'envoie en mission. Officiellement, c'est pour une série de conférences. En fait, c'est pour tenter d'organiser l'Alyah des Juifs de France de façon massive.

– Ça y est, ils partent tous ?

– Pas encore. Mais la situation est vraiment très mauvaise. Le régime est en train de basculer, les Juifs ont peur. C'est l'occasion d'en faire venir plusieurs dizaines de milliers dans les territoires.

– Qui va s'occuper de tes enfants pendant ton absence ?

– Rachel... Elle a l'habitude que je parte en voyage.

– Mais tu ne m'as pas dit qu'elle devait rester couchée à cause de sa grossesse ?

– Les trois grands l'aident beaucoup à s'occuper des petits. Et puis sa sœur et son beau-frère habitent en face de chez nous.

– Vous avez la belle vie, vous les religieux ! lâche Ilana avec un soupçon d'ironie.

– En fait, Rachel est surtout inquiète pour moi, à cause de la situation en France, poursuit David. Je lui ai promis de l'appeler tous les jours.

Ilana le regarde avec une indulgence non dénuée d'affection. S'il n'avait pas rencontré Rachel, serait-il devenu religieux ? Vingt ans qu'il s'est marié et est parti vivre à Beth-El. Vingt ans déjà ! Elle se souvient du petit Français de dix-huit ans qu'elle avait rencontré à l'université de Tel-Aviv. A l'époque, il n'était pas particulièrement versé dans la religion. Il révisait ses examens le *shabbath* et passait plutôt pour un dragueur. Puis il y avait eu Rachel. Il s'était tout de suite intéressé à cette jeune fille blonde dont le regard très doux dissimulait une force de conviction et une foi inébranlables. Issue d'une famille orthodoxe originaire de Strasbourg et arrivée avec ses parents quelques années auparavant, Rachel militait déjà au sein du mouvement des colons. Elle lui avait parlé de son projet de fonder un foyer juif dans les territoires reconquis de Judée-Samarie. Ilana se rappelle avoir assisté un jour à une discussion sur le campus entre Rachel et David. « Là-bas, expliquait la jeune fille, tout reste à construire. C'est sur ces terres que se joue le destin d'Israël. Pas dans les cafés branchés de Tel-Aviv. Certes, la vie y est dure, aride parfois, mais belle. Seuls des Juifs attachés à la Torah et respectueux de ses préceptes peuvent s'y épanouir. Nous y fonderons un foyer et nous élèverons des enfants qui grandiront sur la terre de leurs ancêtres. – Mais je ne suis pas aussi pratiquant que toi, avait objecté David, et je dois bientôt partir à l'armée. » Elle lui avait parlé avec aplomb : « Si tu acceptes de te fiancer avec moi, j'attendrai que tu aies terminé l'armée. Nous nous marierons ensuite et nous partirons vivre dans un village, non loin de Jérusalem. » David avait dit oui. En l'espace de quelques semaines, il s'était mis à manger casher et à respecter le *shabbath*. Il s'était marié, avait fait cinq enfants à Rachel et s'était établi à Beth-El, un *yishouv* surplombant la ville palestinienne de Ramallah, où il avait participé au lancement de la radio des colons.

David et elle s'étaient perdus de vue pendant plusieurs années. Elle l'avait retrouvé à l'occasion d'un reportage qu'elle effectuait dans les territoires pour le *Ha'aretz*.

– Bon voyage, fais attention à toi, dit Ilana après un long moment de silence.

– Soigne-toi bien. Je te rapporterai du parfum. Ton préféré c'est toujours le N° 5 de Chanel ?

Tout en posant la question, il s'est penché sur le visage d'Ilana. Il approche ses lèvres des siennes. La jeune femme se laisse embrasser. Il l'étreint quelques instants, passe délicatement la main sous son chemisier, la caresse.

– David, ça suffit... Une autre fois... peut-être. Va-t'en, tu vas rater ton avion.

7

Le solitaire. C'est un jeu de glandeur pour journaliste désœuvré et cadre planqué... mais il aime ça. Le tapis vert virtuel, les as qui montent sur un clic de souris, les cartes qui défilent et sautent du paquet vers les colonnes. Drouin le solitaire. Drouin qui a réussi son coup. Depuis ce matin, à la rédaction, tout le monde ne parle que de ça : le scoop sur l'affaire Darwish et le rebondissement dans l'enquête sur l'assassinat de Fabert. « LE KAMIKAZE DU HAMAS SE FAIT SOIGNER À PARIS. » Le titre s'affiche à la Une du journal avec la photo prise dans le couloir de l'Hôpital Américain. Dès 6 heures, le scoop de *L'Européen* a été repris sur toutes les radios. A la mi-journée, les journaux télé ont embrayé. Les équipes de reportage et les photographes font le pied de grue derrière les barrières de police dressées à la hâte avenue Victor-Hugo à Neuilly, devant l'hôpital où Nidal Darwish séjourne encore. Le bâtiment a pris des allures de camp retranché. Une compagnie de gardes mobiles a été dépêchée sur place et surveille très sévèrement les accès à l'établissement. Le gouvernement est aux abois. Personne n'est en mesure d'expliquer qui a donné le feu vert à la venue en France du terroriste palestinien. Ni le ministre des Affaires étrangères, ni le ministre de l'Intérieur. Officiellement, personne n'était au courant. Un bref communiqué de Matignon se borne à déplorer l'initiative malencontreuse de quelques diplomates français qui auraient outrepassé leurs prérogatives et annonce l'ouverture d'une enquête. La Fraternité Nationale, premier parti à réagir, a chargé l'une de ses associations satellites « La même justice pour tous » de déposer plainte pour recel de malfaiteur dans le cadre d'une entreprise terroriste. Pour la Fraternité, qui ne cache pas ses liens avec certains régimes arabes, cette plainte offre aussi l'avantage de lui donner accès au dossier. Les autres formations politiques ont rapidement emboîté le pas. Cet après-midi, à l'Assemblée nationale, la séance des questions au gouvernement s'annonce plus que houleuse.

Lorsqu'il est arrivé à la rédaction en fin de matinée, Drouin savourait son triomphe. Il avait soigné son allure, enfilé son costume gris à fines rayures de chez Hugo Boss avec un tee-shirt noir ras-du-cou. Pas rasé – genre baroudeur –, les cheveux encore mouillés, le sourire vaguement goguenard, il a traversé la grande news-room où travaillent les journalistes avant de s'installer à son ordinateur. Avec un plaisir non dissimulé, il a consulté l'ensemble des dépêches de l'Agence France Presse et de Reuters, reprenant tout le fil de l'affaire. Les premiers urgents de la nuit annonçant l'info révélée par *L'Européen*. Les synthèses du matin, les réactions politiques, en France, à l'étranger, en Israël, dans les pays arabes. Le mutisme du gouvernement, puis ses premières déclarations alambiquées, les appels à la démission lancés par l'opposition, les demandes d'expulsion en urgence absolue de Nidal Darwish.

11 h 15, nouvelle synthèse : « Quel lien avec la mort de Bertrand Fabert ? » L'AFP reprend la piste évoquée dans l'article de Jérôme. Bertrand Fabert avait-il dénoncé la présence de Nidal Darwish à Paris ? Pourquoi l'enregistrement de l'interview a-t-il disparu ?

11 h 23, encore un urgent, de Gaza cette fois : « Le Hamas considérerait tout renvoi prématuré de Nidal Darwish comme une "provocation". » Les autorités françaises sont piégées. Elles ne peuvent plus ni avancer ni reculer. Drouin jubile. Il a réussi son coup. Voilà ce qu'il aime. Ce n'est pas que du journalisme, et plus seulement de l'information, c'est de l'influence. Lorsqu'on a goûté à ce fruit envoûtant, le reste vous paraît bien fade. Cette sensation d'être au centre de l'arène, au cœur de la bataille. Et de gagner. Seul contre tous. Drouin, le solitaire.

Machinalement, il a délaissé les dépêches et s'est lancé dans ces parties de cartes stupides qu'il enchaîne les unes derrière les autres. Aujourd'hui, c'est relâche. Il joue sans complexe, renversé dans son fauteuil. Il grille une cigarette. Il fait défiler les cartes à une cadence infernale. Avant de monter à Paris, lorsqu'il était au chômage et qu'il galérait pour trouver des piges, il passait des journées à jouer au solitaire et à déprimer sur son ordinateur, rongé par l'angoisse. Aujourd'hui, cette partie de réussite sans cesse recommencée a un parfum de nostalgie. D'une oreille distraite, il écoute France Info. L'affaire commence et n'est pas près de s'arrêter. Il y aura des suites, d'autres révélations. Elles viendront en leur temps. Pour le moment, Jérôme va marquer une pause, purement tactique, un jour ou deux pas plus. Il va se tenir aux aguets. Observer le déchaînement médiatique, la panique à l'Élysée et dans les ministères.

Attendre et voir venir. Le service politique prendra le relais, au moins quelques jours pour gérer les réactions. Jérôme, lui, va s'asseoir sur un banc, laisser les autres jouer un peu et compter les points. Dans une heure *Le Monde* sera distribué. Sûr qu'ils vont reprendre l'affaire Darwish à la Une. A 15 heures, le Premier ministre va devoir s'expliquer devant les députés. La séance des questions au gouvernement est retransmise en direct sur France 3. A ne manquer sous aucun prétexte. « Après, j'irai peut-être faire un saut à Neuilly pour saluer un ou deux confrères devant les barrières et prendre le pouls de la situation sur le terrain. Ce soir, j'emmène Marie dîner au... »

– Allô ?

– Drouin ? C'est Mancel. Encore bravo pour ton enquête sur Fabert.

Avant même de décrocher, il a vu s'afficher le numéro de poste du directeur de la rédaction. Mancel ne l'appelle pas seulement pour lui adresser ses félicitations. Jérôme répond avec une courtoisie pleine d'assurance.

– Je t'avais prévenu que tu ne serais pas déçu.

– Beau résultat. Avec pas mal de dégâts en perspective. Je viens d'apprendre que Pierre Marcourt, le vice-consul de France à Jérusalem, est déjà dans l'avion pour Paris. Il n'est pas certain de retrouver son poste de sitôt. Tu es content de toi, j'imagine ?

Ça, c'est le ton Mancel. Un rien pince-sans-rire. Avec ces petites réflexions à double tranchant, ces questions qui laissent planer un doute sur ses intentions. Manière de signifier qu'il reste le chef, qu'il en sait plus que les journalistes sur les enquêtes qu'ils ont menées et les articles qu'ils ont écrits, qu'il se réserve le droit d'intervenir sur n'importe quel papier. « Je sais que certains me traitent de commissaire politique. Surtout qu'ils ne se gênent pas, qu'ils n'attendent pas que j'aie le dos tourné », a-t-il coutume de dire lorsque, dans ses grands jours, il feint de s'emporter. « J'assume, je revendique le titre, je le réclame et je le reçois comme un grand honneur. Bande de petits cons, bandes d'idéalistes et d'irresponsables ! Vous croyez que c'est pur le journalisme ? Bien sûr qu'on monte des coups, qu'on mène des campagnes, bien sûr que c'est politique ! Mais ni dans l'anarchie ni en ordre dispersé. C'est dans mon bureau que ça se décide et que se conduit la ligne du journal... ». Drouin connaît le personnage par cœur.

– Assez content de moi, oui, *Herr Komissarr*. Mais j'imagine que ce n'est pas pour connaître mon degré de satisfaction sur l'échelle de Richter du séisme politico-médiatique que vous vous êtes donné la peine de décrocher votre téléphone...

Mancel émet une sorte de ricanement un peu forcé.

– Tu as une minute ? poursuit-il. Viens dans mon bureau, je t'offre un café. Il faut qu'on discute.

Le directeur de la rédaction penche la flamme de son briquet au-dessus du foyer de sa vieille pipe de bruyère en clignant d'une paupière pour se protéger de la fumée. Lorsque Drouin s'est annoncé auprès de la secrétaire, Mancel s'est levé de son bureau pour l'accueillir. La porte à demi ouverte, la main sur l'épaule, le regard en dessous vaguement complice.

– Viens, entre !

Le patron a toujours eu le goût des affaires troubles, des scandales politiques et judiciaires, des histoires d'espions, d'agents doubles, de secrets d'Etat inavouables. Probablement une tendance naturelle aggravée par son parcours professionnel. Il a été en poste à Moscou à la fin des années Brejnev, puis à Beyrouth pendant la guerre civile. Il est auréolé d'une légende de grand reporter et d'une réputation – jamais confirmée mais qu'il laisse courir – d'honorable correspondant des services secrets français. Après avoir soigneusement refermé la porte, comme pour souligner le caractère confidentiel de l'entretien, il est allé se rasseoir à son bureau encombré de livres et de dossiers. Sur sa table en verre, deux presse-papiers. Un pavé de Mai 68 – authentique, assure-t-il – et un morceau du mur de Berlin sur lequel on distingue encore les couleurs bariolées des fresques peintes côté Allemagne de l'Ouest.

– Assieds-toi, Jérôme, ne regarde pas le désordre, a-t-il lancé sans grande conviction, une phrase rituelle destinée à faire remarquer combien le directeur de la rédaction est un boulimique de travail. La secrétaire nous a apporté deux cafés de la machine, ajoute-t-il en désignant les deux gobelets fumants posés sur le bureau. Excuse le standing. Vu l'occasion, j'aurais pu te proposer du champagne. Mais je préfère garder l'esprit clair.

Malgré la cinquantaine bien sonnée et ses cheveux gris, il conserve une allure d'éternel étudiant, personne ne l'a jamais vu en costume de ville ou en cravate. Il continue de dévisager Drouin qui, bien décidé à ne pas parler le premier, se contente de lui renvoyer un sourire paisible.

Il tire une dernière bouffée avant de rompre le silence.

– Alors ?

– Alors, quoi ?

– Alors, bravo !

– Merci.

– Et... la suite ?

– Quelle suite ?

Mancel explose.

– La suite, Jérôme ! Putain, tu as réalisé ta meilleure enquête depuis que tu es entré au journal. Admirablement ficelée. Tu as grillé tout le monde. T'as contourné les flics. Tu t'es débrouillé sans eux, tout seul ! Si, si, je le sais, ils me l'ont dit. En recoupant tes infos sur le terrain. Ça c'est du journalisme ! Ça c'est de l'enquête ! Mais je te connais, Jérôme. Maintenant tu vas vouloir te reposer sur tes lauriers. Te contenter de cette histoire.

– Laisse-moi terminer. Ce n'est qu'un conseil d'ami. Je veux – tu entends – je veux que tu ne te consacres plus qu'à cette affaire. Fabert, maintenant c'est *ton* dossier. Tu as carte blanche. J'ai relu ton article. Tu as raison, la mort de Bertrand Fabert n'est pas qu'une simple bavure. Trop de coïncidences, trop de détails troublants. Je suis convaincu qu'il y a là une histoire dont nous n'avons pas fini d'entendre parler.

– C'est mon avis également. J'ai une source israélienne assez bien renseignée, je pense pouvoir obtenir pas mal d'informations sur l'enquête en Israël.

Mancel baisse alors la voix et prend un ton confidentiel.

– Non Jérôme, pas en Israël. En France.

– Comment ça ?

– C'est en France qu'il faut creuser.

Il s'interrompt, tout en faisant un geste de la main pour signifier à Drouin de ne pas le couper. Il tire une longue bouffée, comme pour mieux construire sa pensée et poursuit :

– La révélation de la présence de Nidal Darwish à Neuilly a agi comme un formidable coup de pied dans la fourmilière. Manifestement, tu as vu juste. Fabert n'était pas seulement un brillant communicateur et un ministre sympathique. Il connaissait ses dossiers et était au courant de certaines affaires, pas toujours très claires. Si tu veux mon avis, l'histoire du kamikaze du Hamas, c'est l'arbre qui cache la forêt. C'est le détonateur qui nous permet de relancer l'affaire. Mais il y a sans doute autre chose...

– Tu veux dire, une autre piste pour expliquer son assassinat ? relance le journaliste.

– Une autre pièce du puzzle, pas forcément contradictoire. Encore bravo pour ton scoop mais, très franchement, crois-tu vraiment que l'on flingue un ministre pour une déclaration intempestive, quand bien même il en aurait réservé l'exclusivité à la radio des colons juifs ?

– Comment peux-tu avancer une chose pareille ? proteste Drouin. On ne sait même pas ce qu'a révélé Fabert dans les studios. Les Israéliens ont fait disparaître l'enregistrement. On a forcément voulu l'empêcher de parler.

Mancel se redresse dans son fauteuil avec une petite moue insatisfaite. Il agite le doigt pour indiquer à Jérôme que son argument n'est pas pertinent. De l'autre main, il tasse avec le pouce le tabac qui dépasse du foyer. Chez lui, c'est un signe d'excitation intellectuelle. La discussion lui plaît.

– Précisément, Jérôme. Personne n'a entendu cette interview. Rien ne nous permet de savoir en quels termes Fabert a évoqué la présence de Darwish à Neuilly. En a-t-il seulement parlé ? Nous sommes dans le flou le plus total.

– Tu mets en doute mon enquête ? répond le journaliste

piqué au vif. Tu me convoques dans ton bureau, tu me dis bravo en entrant et un quart d'heure après tu m'expliques que la Une d'aujourd'hui est bâtie sur du vent et que mon scoop ne repose sur rien !

– Ah, je retrouve le grand Drouin qui se bat pied à pied et qui ne cède pas un pouce de terrain ! s'exclame Mancel avec un sourire qui laisse apparaître ses petites dents jaunies par la nicotine. Calme-toi. Je veux juste progresser avec toi. Je te l'ai dit, je te confie officiellement le dossier de la mort de Fabert. Mais d'abord, il faut tout remettre à plat. Il faut, comme toujours – et pardonne mon ton professoral, que veux-tu je suis un vieux chnoque – il faut en revenir aux règles éternelles de la profession. Primo : les faits. Ce qui est certain, avéré. Deuzio : Les hypothèses. Ce qui l'est moins. Tertio : l'analyse et le commentaire. Là, tu peux dire tout ce que bon te semble pour autant que tu aies respecté les deux premières étapes.

– Et tu veux en venir où, exactement ?

Mancel fait pivoter son fauteuil, se lève et arpente la pièce tout en battant la mesure avec sa pipe pour appuyer sa démonstration.

– Il y a deux faits certains. Le premier, c'est que Fabert s'est rendu chez les colons et leur a accordé une interview. Le deuxième, c'est qu'un kamikaze du Hamas se fait soigner à Paris et que nous avons toutes les bonnes raisons de croire (tu vois, là on est déjà presque dans l'hypothèse) que Fabert était au courant de cette affaire. J'en conviens, c'est déjà énorme. C'est pour cela que j'ai passé ton article en Une. En plus, on avait la photo... La suite est plus trouble. Si j'ai bien compris, une de tes sources israéliennes t'a révélé la teneur de l'interview.

– Oui, une source directe. Très, très fiable. Elle... Mon informateur se trouvait dans les studios au moment de l'enregistrement.

– Certes, mais tu n'as pas entendu toi-même cette bande. Je ne te demande pas l'identité de ta source, mais méfie-toi des Israéliens. Ils peuvent très bien te manipuler. Je te rappelle la recette de base de la désinformation : un volume d'infos inexactes – et invérifiables – noyé dans deux volumes de faits parfaitement avérés. Ils peuvent fort bien utiliser l'affaire Darwish et le voyage de Fabert chez les colons pour te balancer une intox.

Mancel regagne son bureau. Debout derrière la grande table de verre, sa pipe éteinte entre les dents, il feint de ranger quelques papiers.

Jérôme reste sur ses gardes : Mancel n'a pas abattu toutes ses cartes. Le patron de *L'Européen* ne l'a pas seulement convoqué pour l'encourager à poursuivre une enquête. Alors, où veut-il en venir ?

Mancel bourre à nouveau sa pipe, se saisit d'un lourd briquet de table et la rallume avant de se rasseoir. Il se cale entre les accoudoirs et bascule le dossier de son fauteuil en arrière. Puis, les yeux levés vers un point imaginaire, il récite à haute voix, comme un professeur énonçant un théorème :

– Bertrand Fabert, ministre délégué aux Droits de l'homme et à la Citoyenneté, figure attachante et trop tôt disparue du socialisme français, d'aucuns prédisaient même un destin national à ce grand homme de gauche !

Il se redresse et fixe Jérôme.

– A propos d'homme de gauche... tu es au courant ?

– De quoi donc ?

– La rumeur sur Fabert ?

– Vaguement.

– Ne fais pas l'idiot, on ne parle que de ça dans les dîners en ville. Fabert, ce grand humaniste, n'aurait pas toujours navigué à gauche.

– Oui, je sais. On a dit qu'il avait aussi des sympathies à droite, qu'il avait été tenté par le gaullisme. Et alors ?

– Non, je fais référence à autre chose, Jérôme. Depuis son assassinat, les langues se délient. Des gens qui l'ont connu dans ses jeunes années, à la fac, à Sciences Po. Et même au lycée... L'homme n'était pas d'une limpidité absolue. Son parcours non plus.

– Ce sont de vieilles histoires connues, tempère Drouin. Fabert passait pour un agité. Un chahuteur. Un cogneur aussi. Mais il faut tenir compte de l'ambiance qui régnait dans les facs à la fin des années 70.

– Très bien, très bien. Tu progresses, Jérôme. Tu connais bien tes dossiers, reprend Mancel sur un ton empreint de mystère. Maintenant, continue. Remonte plus loin. Avant la fac. En 1976. Fabert a dix-sept ans. Tu sais où on retrouve sa trace, à l'époque ?

– Où ?

– Tu ne le sais pas ? Tu n'en as pas la moindre idée ? A ton avis, chez les cocos, chez les maos, chez les trotskistes... ? Tu donnes ta langue au chat ?

– Oui...

– Chez les fachos !

Penché sur sa table de verre, les yeux écarquillés, il fronce les sourcils dans l'attente de la réaction de Jérôme.

– Chez les fafs, tu entends ? Ça t'en bouche en coin, hein ? Fabert, le ministre délégué aux Droits de l'homme, aurait milité à l'extrême droite. Attention, pas à Ordre Nouveau, pas à Occident ! Non. Il était actif dans un groupe de purs frappadingues. Des néo-nazis, je te dis. Des gars qui se réunissaient en uniforme pour le solstice d'été autour d'un brasier. Ils avaient toute la panoplie. La cravate noire, le brassard avec la croix gammée. Des gars vraiment dangereux, prêts à prendre le maquis et qui s'entraînaient au maniement des armes et des explosifs dans la forêt.

Drouin esquisse une moue vaguement blasée.

– C'est ça la rumeur ? Mais c'est une vieille fable que la presse d'extrême droite a déjà essayé d'accréditer. Il y a quelques années, quand Fabert commençait à percer en politique, *Minute* avait lancé une histoire invraisemblable. L'article n'était pas très clair. Bourré d'allusions voilées et d'insinuations visqueuses réservées aux initiés. D'ailleurs, la campagne de *Minute* s'était dégonflée d'elle-même. Personne n'avait pris leurs prétendues révélations au sérieux.

– Eh bien, on va s'y intéresser et tout reprendre de zéro ! s'exclame Mancel. Avant de se faire griller par les confrères !

– Quoi, la rumeur lancée il y a quinze ans par ce torchon !

– Oui, précisément, ce torchon. Jérôme, je t'en prie, ne te fais pas plus naïf que tu n'es. Tu es trop futé pour te faire piéger.

– Ça va, épargne-moi tes flatteries.

– Je ne te flatte pas, je réfléchis en ta compagnie. Je démêle les fils, je décode les signaux, j'essaye de donner une cohérence à des informations contradictoires. Question : à quoi sert une campagne de presse contre un homme politique dans un hebdomadaire d'extrême droite qui sent le soufre et que personne ne lit ?

– Ben, à le diffamer, à le traîner dans la boue, à torpiller sa carrière.

– Tu me déçois, lance Mancel avec un petit sourire moqueur. Je te donne une seconde chance. Je te repose ma question : quel est l'effet garanti d'une attaque de *Minute* contre un homme politique ?

– Il est sali, déstabilisé, je... je ne sais pas, répond Drouin, agacé.

– Mais non, il est protégé. Immunisé ! C'est le B-A BA de la désinformation, voyons ! tempête Mancel. Je décompose. Petit a) : une sale rumeur court sur un homme politique et risque de le gêner. Petit b) : un journal totalement ordurier publie une enquête sur cette rumeur. L'article est bâclé, aucune preuve n'est amenée. On frise – que dis-je ! – on patauge dans l'injure et la diffamation. Petit c) : aucun journal n'ose reprendre l'affaire. L'information est d'emblée disqualifiée. La rumeur est tuée dans l'œuf. Chaque fois qu'un journaliste ou un quidam se risque à l'évoquer, il se voit répondre : « C'est une infamie, c'est une ignoble campagne de l'extrême droite ! »

– Tu ne crois pas que tu pousses le bouchon un peu loin ? proteste Jérôme. Ce n'est pas aussi systématique !

– Non, bien sûr ! Mais c'est un cas de figure classique. Machin a été décoré de la Francisque ? Vous n'y pensez pas, c'est un ragot. Truc est un ancien trotskiste ? N'en croyez rien, c'est une info bidon ! Tartempion a une fille cachée ? Où avez-vous lu ça ? C'est un canular ! Jusqu'au jour où un journaliste moins mouton que les autres s'intéresse de près à l'histoire, rouvre le dossier et transforme en scoop – ou en livre à succès – un secret de polichinelle dont tout le monde avait entendu parler sans vouloir y croire. C'est peut-être le moment, Jérôme ?

Visiblement ébranlé, Drouin hoche la tête d'un air pensif.

– Tu penses qu'il y a des gens qui sont prêts à parler aujourd'hui ? relance-t-il.

– Maintenant que Fabert est mort, oui. Encore faut-il les trouver. Au total, combien de personnes dans Paris étaient au courant des frasques de jeunesse de Fabert ? Cinquante, cent, au maximum en additionnant ses amis et ses ennemis politiques, ses frères en maçonnerie, des fonctionnaires des Renseignements généraux ? Mais tu le sais aussi bien que moi : le microcosme a toujours fonctionné autour d'une règle sacro-sainte : l'Omerta. La loi du silence. Personne n'agresse personne. Les dossiers restent dans les placards et sont généralement faits pour ne pas servir. C'est la version politico-mondaine de l'équilibre de la terreur. Ajoute à cela le conformisme intellectuel et la flemmardise légendaire de la presse française. La chose est sue, voilà tout. Par quelques initiés.

Mancel se redresse dans son fauteuil et ouvre son agenda d'un geste décidé.

– Je vais te donner les coordonnées personnelles de Bruno Deshartis, un avocat que je connais bien et avec qui j'ai dîné hier soir. C'est un camarade de promotion de Fabert à Sciences Po. Tu l'appelles de ma part, il t'indiquera des pistes intéressantes. De ton côté, active tes contacts chez les flics, aux Renseignements généraux en particulier. Il faut essayer de savoir ce qu'ils ont sur Fabert. Et pourquoi son passé néo-nazi n'a jamais refait surface. Tout de même, soupire Mancel à mi-voix, ministre des Droits de l'homme !

– Reste à établir le lien éventuel entre cette... erreur de jeunesse et son assassinat, objecte Drouin, dubitatif.

Mancel relève les yeux de son agenda, le regard inquisiteur.

– Jérôme, n'oublie pas que Fabert est mort assassiné et que nous essayons de comprendre pourquoi, si possible avant les confrères. Je me fous de son erreur de jeunesse, comme tu dis. Ce qui m'intéresse c'est l'opération de camouflage. Pas forcément orchestrée par Fabert lui-même. Ce qui m'intrigue, ce n'est pas que l'adolescent boutonneux Bertrand Fabert ait milité dans un groupuscule néo-nazi. Ce que je veux comprendre, c'est pourquoi cette affaire n'a jamais été exposée sur la place publique. Qui avait intérêt à protéger Fabert et à lui laisser mener sa carrière politique à gauche ?

8

Il s'est levé, a pris une douche brûlante. Mais cela n'a pas suffi pour faire disparaître son mal de tête. Il n'aurait pas dû boire ce whisky avant de se coucher.

David sort de la salle de bains, une serviette nouée autour de la taille, et s'empare d'une trousse de voyage posée sur l'un des lits jumeaux de la chambre d'hôtel. Il en extrait un tube d'aspirine et fait glisser deux cachets dans sa main avant de les avaler avec un verre d'eau.

Il est arrivé tard dans la nuit à Paris. Pour une raison inexpliquée, les passagers du vol El Al n'ont pu débarquer immédiatement et sont restés bloqués plusieurs heures dans l'avion. Une fois dans l'aéroport, les policiers de l'Air et des Frontières ont multiplié les difficultés, examinant attentivement les passeports de chaque voyageur en provenance de Tel-Aviv. Il régnait dans le hall de Roissy une ambiance pesante. David a remarqué qu'il y avait plus de militaires qu'à l'accoutumée, patrouillant par petits groupes, tenant en laisse des chiens d'attaque aux muselières dénouées. Il a cru déceler dans les regards des fonctionnaires et des employés de l'aéroport des expressions de mépris et d'hostilité. A minuit, son taxi l'a déposé devant le Concorde Lafayette.

Dans sa chambre, il a travaillé un peu. Il a relu ses notes et parcouru le programme de conférences qu'il doit donner à Paris et dans plusieurs villes de province. En quelques mois, depuis sa dernière venue en France, le climat s'est considérablement dégradé. Les derniers sondages donnent à la Fraternité Nationale une fourchette estimée entre 24 et 28 % des suffrages. Personne ne voit ce qui pourrait empêcher dans trois semaines, à l'issue des élections législatives, l'entrée en force du parti d'extrême droite au sein d'un nouveau gouvernement. La situation en France est qualifiée de pré-insurrectionnelle. Les socialistes préparent leur départ des ministères en passant au broyeur les dossiers les plus sensibles. Les ligues d'extrême gauche ont monté des réseaux de résistance dans les cités et tentent de prendre le contrôle d'un front antifasciste. Les islamistes ne restent pas inactifs. Des tracts appelant au djihad circulent dans les mosquées et sur Internet. Les Juifs de France n'ont jamais été aussi inquiets. Depuis plusieurs semaines, les agressions contre les synagogues, les centres communautaires et les particuliers se multiplient, et les pouvoirs publics sont aux abonnés absents. Ils ont, il est vrai, des préoccupations plus impérieuses et d'autres chats à fouetter.

Pour un nombre sans cesse grandissant de Juifs de France, l'heure de l'Alyah, du retour en Israël, a sonné. Cette fois ce n'est ni un rêve lointain ni un fantasme mais une réalité. Une urgence. Dans un passé encore proche, David venait une fois l'an pour populariser la cause des colonies au sein des communautés juives et récolter un peu d'argent. Mais face à la montée des périls, le Conseil des implantations juives de Judée-Samarie a décidé de tirer tout le parti de la situation et de mettre sur pied un dispositif d'accueil adapté aux circonstances. David a pour mission de rencontrer et de convaincre des milliers de familles juives de Paris, Sarcelles, Marseille ou Toulouse que leur intérêt est de s'établir sans délai dans les territoires. « Lorsque vous arriverez à Ben-Gourion, filez directement à Beth-El, Kochav Yaakov, Ariel ou dans n'importe quelle colonie de votre choix. Nous avons des maisons, des bungalows, des caravanes pour vous héberger. Il y a du travail pour tous, l'école pour les enfants, et un vrai projet sioniste. Ne traînez pas à Tel-Aviv à déprimer et à regretter la vie confortable que vous avez laissée derrière vous, oubliez l'Europe décadente, ses plaisirs faciles, ses excès et son aveuglement qui sont en train de la faire sombrer dans l'anarchie et la conduire au chaos. » Voilà le message que David Weinberg doit faire passer auprès des Juifs de France. Il tiendra une conférence presque chaque soir, à Paris, en banlieue ou dans les grandes villes de province.

Lundi, soirée-débat à la synagogue de la Victoire. Mardi, dîner au Consistoire. Le lendemain matin, il rencontre en privé les dirigeants des organisations juives, l'après-midi, il est l'invité du journal sur Radio Shalom. Le soir, de nouveau réunion avec les services de sécurité de la communauté. Vendredi, meeting à Villeurbanne. Dimanche soir, Grenoble. La semaine prochaine, retour sur Paris... Il feuillette ses dossiers. Certaines communautés, situées dans des banlieues difficiles, lui ont déjà fait parvenir des listes de candidats à l'immigration. Il examine les curriculum vitae, la composition des familles. Il essaye d'évaluer le degré de pratique religieuse et de motivation.

Après avoir rangé ses dossiers, il s'est servi une mignonnette de Chivas avec des glaçons, s'est allongé sur le lit et a regardé la télé en zappant. Séries, jeux débiles, rediffusions sportives. Il s'est attardé quelques secondes sur le canal interne de l'hôtel diffusant en boucle un film porno, puis a éteint le téléviseur.

Stressé par le voyage, il n'avait pas envie de dormir. Il a chaussé ses baskets, et est sorti marcher sans véritable but sur les avenues qui montent vers l'Étoile. Pour sentir l'atmosphère, pour se changer les idées aussi. La nuit était lugubre. Les rues désertes. Sur l'avenue de la Grande-Armée, à plusieurs reprises, des voitures officielles sont passées, encadrées des forces de sécurité, fonçant sirènes hurlantes en direction du Rond-Point des Champs-Élysées. Images de fin de règne.

Rue de Tilsitt il a poussé la porte d'un bar à hôtesses. Commandé un whisky au comptoir en regardant d'un air indifférent une blonde aguicheuse, juchée à son côté sur un tabouret. Il a eu une pensée furtive pour Ilana. Puis il a vidé son verre cul sec, est sorti du bar, et est rentré se coucher à l'hôtel.

Il a fini par trouver le sommeil.

Pendant la nuit la télévision s'est rallumée. Toute seule.

Surpris, David tourne la tête et ouvre les yeux. La présentatrice météo annonce une mauvaise journée pour tous ceux qui restent en France. Ilana ! Que fait-elle là ? Elle a l'air heureux et ne porte plus sa minerve. L'animation météo laisse apparaître une France aux teintes sépia. Il contemple le graphisme naïf de la carte.

David est assis dans la salle de classe de l'école communale de la rue de la Roquette où enfant il était élève. L'instituteur est chauve, il ressemble à Fabert et dispense son cours en articulant avec préciosité : « La France s'est construite au fil des âges dans un hexagone quasi parfait. Elle jouit de frontières naturelles que nul voisin ne songe plus à lui contester, même s'il a fallu quelques siècles de joyeuses batailles pour que les Gaulois et leurs descendants se voient reconnaître leur bon droit. La France fut dans le passé fille aînée de l'Église. Elle est aujourd'hui le berceau des droits de l'homme. C'est un pays sans territoires occupés, sans guerre civile et sans populations hostiles. »

– Que ce rêve est con ! marmonne David dans un flash de semi-conscience.

Il se retourne dans son lit et replonge dans le sommeil.

Il se lève pour la prière du matin. Il s'enveloppe dans son *talith*, enroule les lanières des *téphilines* sur son bras et regarde par la fenêtre. Des chars remontent l'avenue de la Grande-Armée. Les soldats juchés sur les tourelles sont hilares. La foule les acclame : « Fraternité ! Fraternité ! » Le gérant d'un magasin Tati est sur le pas de sa porte. Il expose des pyjamas rayés dans ses vitrines. « J'en avais marre du vichy rose », se justifie-t-il auprès de David avec un sourire gêné.

David s'est réveillé en sueur, avec la bouche pâteuse et une migraine lancinante. Après la douche, il s'est habillé et a téléphoné à Rachel pour donner des nouvelles.

Il se sent mieux. L'aspirine commence à agir. Il verrouille le coffre-fort dans lequel il a rangé son passeport, son billet d'avion et un pistolet Beretta .22. Il ouvre la porte de la chambre et descend à la salle à manger prendre le petit déjeuner.

A l'entrée du salon, les journaux du matin sont mis à la disposition des clients de l'hôtel. Bertrand Fabert sourit à la Une de *L'Européen*. La photo noir et blanc occupe toute la première page. Il s'agit d'un cliché relativement ancien, de l'époque de ses débuts en politique.

FABERT : UNE JEUNESSE D'EXTRÊME DROITE

RÉVÉLATION SUR LE PASSÉ TROUBLE
DU MINISTRE DES DROITS DE L'HOMME ET DE LA CITOYENNETÉ

Qui a tué Bertrand Fabert ? Plus de trois mois après son assassinat, et alors que l'enquête piétine, *L'Européen* est en mesure de verser au dossier une pièce peut-être déterminante. Avant de militer à gauche, Bertrand Fabert avait appartenu à un groupuscule néo-nazi dissous en 1975 par le ministère de l'Intérieur. Cette période de sa vie, jusqu'à présent ignorée, pourrait apporter de nouvelles pistes pour expliquer l'attentat dont il a été victime.

(Lire pages 2 et 3 l'enquête de Jérôme Drouin)

David prend un exemplaire du quotidien et s'installe à une table au fond de la salle à manger.

Tout en buvant le café que lui a apporté le serveur, il entame la lecture de l'article.

C'est un fait divers oublié qui remonte aujourd'hui à la surface. Plus de trente ans après, qui se souvient de « l'affaire Saint-Mérac » qui avait agité la France l'espace d'une semaine ? Un de ces événements qui enflamment les médias et l'opinion publique avant de s'éteindre et de s'effacer des mémoires comme s'ils n'avaient jamais existé. Rien n'aurait permis de supposer qu'on exhumerait un jour cet épisode, mais la mort tragique de Bertrand Fabert pourrait bien conduire les enquêteurs français à se pencher sur le passé du défunt ministre délégué aux Droits de l'homme et à la Citoyenneté.

Depuis des années, une rumeur courait à propos d'une « erreur de jeunesse » de Bertrand Fabert. Jugée fantaisiste par les uns, invérifiable par les autres, qualifiée de « légende grotesque et sans fondement » par son entourage immédiat, cette rumeur qui ne s'était guère propagée au-delà du cercle des initiés faisait état du passage de Bertrand Fabert au sein d'une organisation néo-fasciste dans les années 70, à l'aube de sa carrière politique.

Interrogé en marge d'une conférence de presse, alors qu'il venait de faire son entrée au gouvernement, Fabert avait lui-même démenti sans trop s'y attarder ce qu'il avait appelé un « ragot » dont il avait attribué l'origine « à une confusion homonymique entretenue par des adversaires en panne d'idées ». Les conseillers du ministre avaient même suggéré aux journalistes que la véritable personnalité désignée par la rumeur n'était autre que Jacques Renaud-Faber (sans t), obscur conseiller général du Var qui dans les années 80 avait rejoint les radicaux de gauche après avoir rompu un flirt un peu trop compromettant avec l'extrême droite.

Cependant, trois mois après la mort de Bertrand Fabert sur une route de Cisjordanie, des témoignages émanant de sources dignes de foi et ayant requis l'anonymat éclairent d'un nouveau jour le parcours et la carrière du ministre assassiné. L'histoire est ancienne, enfouie, méconnue. Elle n'en mérite pas moins d'être rappelée.

Aujourd'hui, à Saint-Mérac (Gironde), la plupart des habitants eux-mêmes ignorent tout du scandale qui avait placé leur paisible bourgade au cœur de l'actualité durant le week-end du 21 juin 1975. Peut-être parce que la population s'est considérablement rajeunie. En l'espace d'une génération, beaucoup de jeunes couples modestes fuyant les banlieues-dortoirs de Bordeaux sont venus s'établir dans le village. Les premiers ont racheté et restauré les vieilles maisons de pierre coincées entre l'église et le lavoir. Puis des lotissements plus modernes se sont construits à la périphérie. La rue principale porte le nom de Raymond Jaulin, aujourd'hui décédé, qui fut le maire de la commune durant plus de deux décennies. Le café et la supérette ont changé de propriétaires. Bâti au sommet d'un piton rocheux, le château de Saint-Mérac qui défraya tant la chronique domine toujours le village. Le domaine fut racheté dans les années 90 par une société hollandaise qui y installa un centre de vacances pour ses salariés. Mais lorsqu'on observe depuis la route la silhouette immuable de l'édifice qui apparaît à la cime des arbres et d'où se détachent deux imposantes tours XVIIIe, on imagine sans peine à quel point ce cadre fut prompt à exciter les esprits et à transformer une péripétie en psychodrame national.

Un beau matin de juin 1975, « ils » avaient fait leur apparition dans les rues du village. Arrivés bruyamment dans la nuit à bord de véhicules particuliers et de camionnettes, ils étaient descendus du château pour s'approvisionner en bière et en victuailles chez l'unique épicier de Saint-Mérac. Le crâne rasé, le regard mauvais, circulant par petits groupes, ils ne cherchaient pas à passer inaperçus. Certains portaient un blue-jean, d'autres un pantalon de toile kaki, mais tous étaient équipés de lourdes chaussures Rangers comme les affectionnent les militaires de toutes les armées du monde. Malgré la chaleur estivale, la plupart avaient revêtu un blouson de cuir orné d'une croix celtique en métal argenté.

Que venaient-ils faire à Saint-Mérac ? Très vite, la nouvelle fit le tour du village. Les jeunes fascistes avaient investi le château – prêté par un mystérieux propriétaire – pour y préparer un rassemblement de militants venus de toute l'Europe à l'occasion du solstice d'été. Dès le lendemain, la presse locale se fit l'écho de l'émotion des habitants et des protestations des associations d'anciens résistants. Les grands journaux nationaux relayèrent l'information. Les radios et « la » télé débarquèrent, faisant monter la tension d'un cran. La réunion des néo-nazis allait-elle pouvoir se tenir impunément ? De toutes parts, des appels furent lancés aux pouvoirs publics pour qu'ils prennent leurs responsabilités. Tous les grands ténors des partis politiques, de gauche comme de droite, dénoncèrent le scandale que constituerait une réunion de nostalgiques du IIIe Reich au cœur d'une région ayant payé un lourd tribu à la lutte contre l'occupation allemande.

La veille de la réunion, le ministre de l'Intérieur, Michel Poniatowski, annonça qu'il demandait au préfet de prendre toutes les dispositions pour prévenir le moindre trouble apporté à l'ordre public par les militants d'extrême droite. Combien seraient-ils ? Les estimations les plus alarmistes circulèrent. Le château de Saint-Mérac pouvait – disait-on – accueillir plusieurs centaines de personnes. La participation d'associations d'anciens Waffen SS permettait de supposer que les participants seraient près de deux mille. Dans la nuit, des barrages routiers furent mis en place par les forces de l'ordre afin de contrôler les accès à la localité. Au petit matin, une compagnie de gendarmes avait poussé les grilles du château. Agissant sur commission rogatoire d'un juge d'instruction, les enquêteurs qui entendaient procéder à la vérification des identités des occupants des lieux étaient également à la recherche d'éventuels documents ou objets constitutifs du délit d'apologie du nazisme et de la collaboration.

Sur place, ils ne trouvèrent qu'une trentaine de jeunes gens barricadés dans les étages et visiblement dépassés par le retentissement donné à leur réunion. Outre une baïonnette de la Wehrmacht et un drapeau à croix gammée, les gendarmes saisirent une abondante documentation des Faisceaux de Défense Européens. Le groupuscule se fixait pour mission de constituer des commandos paramilitaires clandestins, prêts à recourir à la violence, afin de provoquer un « sursaut » de la société française et de hâter « l'instauration d'un régime national et social ». Interpellés, puis placés en garde à vue, les jeunes militants fascistes (dont beaucoup étaient mineurs) furent inculpés du délit d'apologie du nazisme et laissés en liberté. La presse oublia l'histoire aussi rapidement qu'elle l'avait érigée en événement historique. « L'affaire Saint-Mérac » était terminée.

Après quelques semaines d'instruction, il apparut que les Faisceaux de Défense Européens ne constituaient qu'un groupe informel d'étudiants et de marginaux aux idées extrémistes dont la seule activité se résumait à des réunions politiques confidentielles et à des sorties en forêt qualifiées de « stages d'entraînement au combat » pour mieux soutenir le moral des militants. De fait, aucune action violente, aucun préparatif ne put être relevé à l'encontre des membres des Faisceaux de Défense Européens, en dépit des ambitions affichées dans la littérature officielle de l'organisation. Durant l'hiver 1977, la justice rendit un non-lieu dans la plus parfaite indifférence.

Pourquoi revenir aujourd'hui si longuement sur une affaire qui fut en son temps « gonflée » par les médias avant de retomber dans l'oubli ? Pourquoi s'intéresser à ce fait divers des années 70, époque où l'extrême droite rassemblait moins d'un pour cent des électeurs et où la Fraternité Nationale n'existait pas encore ? Tout simplement parce que l'un des jeunes militants des Faisceaux de Défense Européens s'appelait Bertrand Fabert. Selon nos informations, l'ancien ministre socialiste aurait été à l'âge de dix-sept ans l'un des fondateurs du groupuscule et y aurait joué un rôle prépondérant jusqu'à sa dissolution, quelques mois après le rocambolesque épisode de Saint-Mérac. Par quel « chemin de Damas » Fabert a-t-il opéré sa conversion idéologique au point de devenir l'une des figures emblématiques de la gauche ? C'est la question qui se pose aujourd'hui. « J'aimerais surtout comprendre comment Fabert a réussi à dissimuler un itinéraire aussi problématique », confie un responsable national du parti socialiste que nous avons contacté. Ce dirigeant du PS ne cache pas son embarras : « Bien sûr, il y avait quelques rumeurs, mais personne ne les avait jamais prises au sérieux. En général, ce genre d'accident de parcours dans la carrière d'un homme politique, même s'il ne s'agit que d'une erreur de jeunesse, est exploité par ses adversaires, y compris à l'intérieur du parti. Comment se fait-il que nous n'ayons rien su ? » A cet égard un détail troublant ne manque pas d'intriguer aujourd'hui certains milieux proches de l'enquête. Toute mention du passage de Bertrand Fabert au sein des Faisceaux de Défense Européens a été supprimée des dossiers des Renseignements généraux le concernant. Quant à la liste des adolescents interpellés à Saint-Mérac en juin 1975, elle a tout simplement disparu des archives centrales des RG.

Chantage, protection, compromis inavouable ? Qui avait intérêt à passer sous silence la genèse de la vie politique de Bertrand Fabert ? Aujourd'hui les enquêteurs vont devoir s'intéresser de très près à cette parenthèse méconnue de sa carrière. Si les autorités israéliennes ne font guère preuve de bonne volonté dans la transmission des informations relatives aux circonstances de la mort du ministre délégué aux Droits de l'homme et à la Citoyenneté sur une route de Cisjordanie, force est de constater qu'une nouvelle piste pourrait voir le jour ici, en France. Sans préjuger des résultats de l'enquête, les observateurs ne peuvent s'empêcher de relever que l'assassinat de l'ancien militant d'extrême droite est survenu à quelques semaines de l'arrivée probable au pouvoir de la Fraternité Nationale.

JÉRÔME DROUIN

9

Jacques Malaivre repose le journal sur son bureau. Le patron du DSP de la Fraternité Nationale s'accorde quelques instants de réflexion. Il vient d'achever la lecture de la presse du matin et s'est longuement attardé sur l'enquête de Jérôme Drouin. Tout en lisant, il a noté méthodiquement, de sa petite écriture fine et sèche, sur une feuille de papier blanc : « Saint-Mérac (Gironde), 1975, Faisceaux de Défense Européens ». Le reste ne l'intéresse pas dans l'immédiat. Pour le moment, il essaie de fixer sa pensée sur une idée nouvelle qui confirmerait une intuition qu'il sent naître en lui. Pourquoi le cas Fabert l'intéresse-t-il subitement ? Il fouille dans sa mémoire, cherche un indice.

Surtout ne pas répéter ni regarder sans cesse ces trois indications manuscrites couchées sur le bloc. Penser plutôt à l'époque, le milieu des années 70, se laisser porter par ses souvenirs, faire défiler des événements, des visages. S'il n'était pas entré en politique, Malaivre aurait pu être archéologue. Il connaît avec une précision redoutable l'histoire comme la préhistoire de l'extrême droite française, dans toutes ses strates. Les hommes, les réseaux. Les clans et les chapelles. 1975, c'était le temps où le fascisme ne passait pas, dans les médias. Personne, à part quelques spécialistes des Renseignements généraux, ne s'intéressait vraiment à l'action souterraine et marginale de petits groupes aussi fantomatiques que divisés. C'était avant que la Fraternité Nationale n'impose son leadership et fédère tous les courants d'une famille politique considérée comme maudite. Fabert avait donc été facho ? La belle affaire ! Malaivre connaissait la rumeur mais ne s'y était pas intéressé plus que ça, le champion des Droits de l'homme du parti socialiste n'ayant jamais représenté une cible prioritaire des campagnes de la Fraternité Nationale.

Il avale une gorgée de thé brûlant, repose la tasse, et se renverse dans son fauteuil en le faisant pivoter sur le côté. Il laisse quelques instants son esprit vagabonder en regardant *Le Songe du guerrier*, son tableau favori accroché sur la boiserie sombre qui prolonge la bibliothèque. Un glaive en bronze et un casque étincelant qui tranche sur la pénombre reposent sur le sol moussu. L'homme semble dormir mais ses yeux mi-clos lui donnent une curieuse expression. Est-il blessé ? Pleure-t-il un camarade tué au combat ? Implore-t-il son dieu ? Non. Il rêve. Enfant, Jacques Malaivre était fasciné par cette toile qui trônait au milieu du salon familial et que son père, Théodore Malaivre, avait achetée des années auparavant chez un antiquaire du Village Suisse. Depuis, le responsable de la Fraternité Nationale ne s'est jamais séparé de cette huile que certains experts ont attribuée à un élève de David. Lorsqu'il travaille dans la quiétude de son bureau, Malaivre la contemple, s'y attarde. Il la scrute, la consulte, n'a jamais fini d'en découvrir les détails. Parfois, il se remémore ses peurs d'enfant, lorsque seul au milieu du salon, il croyait déceler, certains après-midi, un bruissement inquiétant derrière les feuillages sombres. Aujourd'hui, il lui semble que son père lui parle à travers cette œuvre anonyme, que de là où il se trouve, il sait que Jacques a compris ; que le message a été reçu.

Jacques a la certitude que son père lui donnerait raison de son engagement à la Fraternité Nationale. Haut fonctionnaire, membre de plusieurs cabinets ministériels, gaulliste avant de rejoindre les giscardiens, Théodore Malaivre était un homme discret, presque effacé. Il n'élevait jamais la voix, émettait rarement une opinion personnelle et avait pour seul credo la détestation de tous les fanatismes. Mais les temps ont changé, la France aussi, et de nouveaux dangers la menacent. Il faut oser monter en première ligne, mener le combat sur le terrain de l'adversaire sans lui laisser le choix des armes ni la possibilité de les utiliser. Depuis des années, Malaivre a décidé d'accomplir sa mission sans craindre d'affronter les murmures réprobateurs de la foule des lâches et des peureux. Ceux-là n'ont rien compris et ne veulent rien comprendre de ce qui se prépare. Mais le jour venu, au soir de la grande catastrophe, ils se précipiteront en masse au-devant du vainqueur, feront acte de soumission et hurleront avec les loups. Puis ce sera la curée, et chacun pour soi.

Les Faisceaux de Défense Européens. Fabert avait donc été l'un de ses dirigeants. Et après ? Malaivre tente de rassembler dans sa mémoire les quelques connaissances qu'il a de la brève histoire de ce groupuscule. Il doit reconnaître qu'il ne s'est jamais vraiment intéressé à cette organisation qui n'avait plus fait parler d'elle après la pantalonnade de Saint-Mérac. Elle avait été dissoute quelques mois plus tard par le ministère de l'Intérieur sans que personne d'ailleurs s'en émeuve. La publication du décret au *Journal officiel* n'avait pas suscité le moindre entrefilet dans la presse. Les militants s'étaient dispersés dans la nature. Les Faisceaux avaient disparu comme s'ils n'avaient jamais existé. Curieux d'ailleurs. En général, on retrouve la trace de ce genre de mouvement sous une autre appellation, les types essaient de se réorganiser, et ils le font savoir. Là, rien. Comme si un mot d'ordre avait été donné ou une autorité suffisamment puissante avait imposé aux membres de se faire oublier. Tout au plus, quelques-uns d'entre eux – les plus chevronnés – avaient-ils dû rejoindre la Fraternité Nationale, à l'époque de Gamelin...

Malaivre se lève. Il se dirige vers *Le Songe du guerrier* et fait coulisser le tableau le long de la boiserie en noyer. Il actionne la combinaison à cinq chiffres, entrouvre la porte du coffre-fort mural et s'empare d'une chemise grise qui repose au-dessus d'une pile de dossiers. Il la compulse et en extrait une pièce, un document assez ancien, une sorte de formulaire jauni rempli à la main et qu'il parcourt rapidement.

– Nom de Dieu !

– Si je comprends bien votre déduction, mon cher Malaivre, Voiron a commencé à buter des ministres... Et il court toujours.

Le patron de la Fraternité Nationale, François Orvilliers de Bretagne, mordille nerveusement la branche de ses lunettes fumées. Assis derrière la vaste table Louis XIV aux ferrures dorées qui fait office de bureau présidentiel, il échange un regard grave avec Malaivre, avant d'abaisser à nouveaux les yeux sur la note de synthèse que le responsable du DSP vient de lui porter personnellement.

– Non, monsieur le président, je serais moins catégorique, répond Malaivre. En revanche, ce qui est certain, c'est que Georges Voiron et Bertrand Fabert se connaissaient. Ils s'étaient croisés dans leur jeunesse aux Faisceaux de Défense Européens.

– Comment se fait-il que nous ne l'apprenions que maintenant ?

– Nous avions trace dans nos archives du bref passage de Georges Voiron au sein de ce groupuscule, mais nous n'y avions attaché qu'un intérêt très relatif, explique Malaivre. En 1980, lorsque Voiron adhère à la Fraternité Nationale pour y intégrer les Groupes spéciaux, il remplit comme tous les membres du parti un formulaire où il indique de manière très détaillée quelles ont été ses activités politiques antérieures. En une ligne, il signale de manière laconique qu'il a appartenu aux Faisceaux de Défense Européens. Personne n'y a vraiment prêté attention. A l'époque, nous connaissions un afflux de nouveaux militants venus de tous les recoins de l'extrême droite française. Vous savez bien que du temps de Gamelin tous ces petits nazillons ont été accueillis à bras ouverts. On leur demandait juste d'être discrets et de se plier à la discipline de la Fraternité Nationale.

– Nous aurions dû faire le ménage beaucoup plus tôt, soupire Orvilliers de Bretagne.

Le président a remis ses lunettes fumées et tripote nerveusement sa chevalière. Comme tous les jours, il est habillé d'un blazer sombre agrémenté d'une pochette en soie.

Soucieux de son image, l'ancien avocat d'affaires veut donner une apparence de sérénité et montrer qu'il contrôle la situation. Mais Malaivre a perçu son trouble. Il le sent tétanisé par cette affaire, et dans l'attente que le chef du DSP lui suggère une ligne de conduite. Malaivre a remarqué que, malgré un visage impassible, ses oreilles sont cramoisies. Chez Orvilliers, c'est le signe d'une grande contrariété qu'il cherche à dissimuler.

– Mais si tel était le cas, pour quelle raison Voiron aurait-il tué le ministre socialiste des Droits de l'homme ? relance le président.

– Nous ne pouvons qu'échafauder des suppositions. Étaient-ils restés en contact ? Se sont-ils retrouvés récemment ? Je l'ignore. Chacun connaissait le passé de l'autre. Voiron peut avoir décidé de supprimer un témoin gênant ou au contraire d'attirer l'attention sur lui, de nous envoyer un signal. Je ne sais pas, je bâtis des hypothèses. Je cherche.

– Vous pensez que Voiron aurait pu se rendre en Palestine pour flinguer Fabert ?

Malaivre esquisse une grimace.

– Voiron est capable de tout. Selon mes informations, il n'a pas l'intention d'en rester là après la nuit d'émeute de Marseille. Il prépare de nouveaux attentats, dirigés en particulier contre nous. Rappelez-vous qu'il dispose de gros moyens. On peut toujours imaginer qu'il ait réussi à monter une opération à quatre mille kilomètres d'ici, à la barbe des Juifs et des Arabes... Bien que ça me paraisse improbable. Pour le moment, je ne travaille pas sur cette éventualité.

– Qu'est-ce que vous comptez faire ?

– Approfondir cette histoire de Faisceaux de Défense

Européens. Comme je vous l'ai dit, nous n'y avions pas attaché suffisamment d'importance. Nous allons rattraper cette petite bourde.

– De quelle manière ?

– Ce qui me paraît essentiel, c'est la connexion Fabert-Voiron. Je ne veux tirer aucune conclusion prématurée, je me limite à ce constat : les deux hommes ont une histoire commune et qui implique d'autres protagonistes, c'est dans cette direction qu'il faut creuser. Nous allons procéder de manière très classique : tout reprendre depuis le début.

– Je vous écoute.

– Notre objectif prioritaire – je me permets de vous le rappeler, monsieur le président – est de localiser Voiron et de le neutraliser. Pour l'instant, le gibier nous échappe. Mais nous allons le traquer sans relâche. Nous allons le pister. Il croit avoir effacé toutes ses empreintes sur le sol ? Eh bien, nous allons employer une technique qui tient à la fois de la chasse et de l'investigation policière.

Orvilliers ne parvient pas à dissimuler une impatience teintée d'irritation.

– J'apprécie votre langage coloré, Malaivre, mais soyez plus précis. Je vous rappelle que le Bureau politique vous a mandaté pour intercepter Voiron dans les meilleurs délais. Je ne doute pas un seul instant de vos compétences, mais nous avons besoin de résultats concrets et rapides, pas de beaux discours. A trois semaines des élections, nous ne pouvons nous permettre la moindre erreur sur ce dossier.

– Je continue, monsieur le président, vous allez comprendre. Voiron est un fauve. Comme tous les fauves, il se déplace et chasse sur son territoire. Mais ce territoire est trop vaste – la France entière, peut-être l'Europe – et nous avons perdu sa trace. Seulement voilà, depuis ce matin, il y a du nouveau. Nous avons retrouvé l'une de ses anciennes tanières : les Faisceaux de Défense Européens.

– Une très ancienne tanière, tout de même ! Vous pensez que cette nouvelle piste peut nous conduire jusqu'à lui ?

– Ce genre de fauve dégage une odeur suffisamment puissante pour en laisser la marque partout où il passe. Nous allons fouiller l'endroit, le passer au crible. La moindre empreinte, la plus petite brindille cassée nous donnera une indication, nous renseignera sur la direction prise par l'animal et...

– Malaivre ! Concrètement, comment comptez-vous opérer ?

Le responsable du DSP sort de son dossier un listing informatique frappé de la mention « CONFIDENTIEL », et jette un rapide regard vers Orvilliers, comme pour vérifier l'intérêt du président.

– J'ai ici la liste complète des membres des Faisceaux de Défense Européens. Il a fallu beaucoup de travail pour l'établir. Pour une raison que j'ignore, elle n'est plus disponible aux Renseignements généraux, même en activant nos contacts. Ne me demandez pas comment nous nous la sommes procurée. Disons simplement que les ordinateurs du parti sont plus puissants que la moyenne et que nos informaticiens ne viennent pas travailler avec des moufles.

– Bravo, Malaivre, c'est du bon boulot !

– Je vous remercie. Cette liste est une mine d'informations, encore faudra-t-il savoir les exploiter. C'est un document de travail, en quelque sorte. La note de synthèse qui l'accompagne confirme grosso modo l'article de *L'Euro-*

péen. A un ou deux détails près. Il va d'ailleurs falloir que nous approchions Drouin... ce journaliste qui a mené l'enquête, pour lui poser quelques questions. Je vais m'en occuper personnellement. Rassurez-vous, président, j'ai toujours été partisan de la méthode douce.

Orvilliers de Bretagne laisse échapper un rire satisfait.

– C'est la plus redoutable, surtout lorsqu'on vous connaît, Malaivre !

– Nous allons nous intéresser à tous ceux qui figurent sur cette liste. Nous disposons de leur état civil et nous avons retrouvé leurs adresses... Pour la plupart. Voici les cinquante-quatre citoyens français irréprochables qui ont milité dans leur jeunesse au sein des Faisceaux fondés par feu le ministre socialiste des Droits de l'homme.

– Il faisait vraiment partie des fondateurs, vous en êtes sûr ?

– Oh ! C'est un bien grand mot. Fabert n'avait pas encore dix-huit ans. Il appartenait au noyau originel qui a participé à la création de l'organisation. Voiron qui était son aîné de neuf ans les a rejoints plusieurs mois après. Quels étaient leurs rapports ? Lequel avait l'ascendant sur l'autre ? C'est ce que je vais m'atteler à comprendre.

Malaivre examine le listing d'un air pensif.

– Cinquante-quatre personnes ont ainsi côtoyé Voiron il y a une trentaine d'années. Fabert est mort. Quarante-neuf sont encore en vie. Chacune d'elles est susceptible de nous aider à retrouver Voiron.

– Vous voulez tous les interroger ? demande Orvilliers, inquiet.

– Je vous l'ai dit, nous allons travailler en douceur. L'enquête sera aussi discrète qu'efficace. J'ai la conviction que parmi les anciens des Faisceaux, certains détiennent à leur insu des éléments utiles. Une adresse ou un numéro de téléphone oublié dans un vieil agenda, une photo jaunie au fond d'un album. Peut-être le simple souvenir d'un lieu fréquenté jadis par Voiron, une brasserie, un musée, un cimetière... Que sais-je ? J'ai la conviction que nous trouverons l'indice déterminant.

Orvilliers hoche la tête.

– ... Et les gens, sur votre liste, quel est leur pedigree aujourd'hui ?

Malaivre esquisse un sourire.

– Trente ans après, la plupart sont des quidams, de bons pères de famille rangés des voitures. D'autres s'activent toujours à droite ou à l'extrême droite. J'en ai repéré deux chez nous. L'un à Marseille, l'autre à Perpignan. Des militants de base sans histoires, qui payent leur cotisation sans se faire remarquer. Certains sont passés à gauche, si, si. Au PS, chez les Verts. L'un est permanent à la Confédération Paysanne. Ah, ils se sont assez bien recyclés, ces nazis d'opérette ! Tous confortablement installés dans la vie. Et courageux avec ça : une bonne moitié est allée se réfugier dans la fonction publique. (Il consulte à nouveau la liste.) Il y en a un qui se détache du lot. Vraiment très curieux. Lui, visiblement, n'est pas rentré dans le rang. Mais nous n'en savons guère plus...

– De qui s'agit-il ?

– Eric Gandier. Nous ne savons plus rien de lui. Disparu, envolé. ATR.

– Pardon ?

– A.T.R., « Aucune Trace Retrouvée à ce jour ». C'est

une nomenclature exceptionnelle. Rarissime. Pour tout dire, c'est la première fois que je la rencontre.

– Ce n'est tout de même pas la première fois qu'un type disparaît sans laisser d'adresse ?

– Son cas est différent. Comme s'il n'avait jamais existé. C'est difficilement concevable. Aucun individu – même un clochard – ne disparaît des fichiers sans que subsiste une trace. On retrouve toujours un acte de naissance, un dernier domicile connu, une demande de RMI, un permis d'inhumer...

– Vous pensez qu'il est mort, que quelqu'un l'a assassiné ?

– Non, précisément ! Le décès d'une personne, même solitaire, ne passe pas inaperçu. Au contraire. D'un point de vue administratif, la mort déclenche de manière automatique toute une série d'actes et de courriers. La demande d'une administration, des relances bancaires pour fermer un compte, des mises en demeure pour des factures d'électricité ou des primes d'assurance impayées : là, le trou noir. Gandier n'a plus donné signe de vie depuis son interpellation à Saint-Mérac. Comme si quelqu'un l'avait volontairement fait disparaître de toute mémoire informatique.

– Mais qui aurait pu faire ça, et pour quelle raison ?

– C'est ce que nous devons déterminer. Ce qui paraît probable, en revanche, c'est que ça ne peut être le fait d'un individu. Seule une autorité disposant d'un pouvoir étendu a accès à tous les systèmes informatiques fonctionnant sur le territoire. (Malaivre glisse le document dans la chemise cartonnée.) Voilà où nous en sommes, monsieur le président. Je pense que nous touchons du doigt un aspect essentiel de l'enquête. J'ignore quels sont les liens qui unissent aujourd'hui Georges Voiron et Eric Gandier. Sont-ils alliés, sont-ils rivaux ? Je n'en sais rien. Il n'est même pas certain qu'ils soient restés en contact. Mais leurs routes se sont croisées il y a trente ans. Ils connaissaient Fabert tous les deux. L'histoire de l'un peut éclairer les zones d'ombre dans lesquelles se dissimule l'autre. J'ai le sentiment que l'affaire de Saint-Mérac recèle plus de secrets que n'en a révélé *L'Européen.*

Calé au fond de son fauteuil, Orvilliers de Bretagne, avec une moue dubitative, fronce les sourcils.

– A quoi songez-vous, Malaivre ? A un complot, une machination ?

– Je n'ai aucune idée préconçue. Mais dans cette histoire, il y a trop de coïncidences. Comme si l'épisode de Saint-Mérac n'était pas terminé. Comme si les prémices d'une intrigue qui se joue devant nous et dont nous avons du mal à démêler l'écheveau s'étaient mises en place à l'été 1975, dans un château, au sommet d'un piton rocheux du Bordelais.

– Bien. Je vois...

C'est par ces paroles laconiques que le président de la Fraternité Nationale a coutume de mettre fin à un entretien lorsqu'il estime que tous les aspects du problème ont été traités. Il ajoute :

– Il ne faut pas relâcher nos efforts. Nous sommes dans la dernière ligne droite. Je compte sur vous, Malaivre. Je profite de l'occasion pour vous dire combien j'apprécie la qualité de votre travail...

Orvilliers cherche ses mots. Pas une simple formule de politesse à l'adresse du patron du Département Sécurité et

Protection. Manifestement il veut souligner la solennité de l'instant.

– ... C'est à vous que nous devons d'avoir les meilleurs réseaux d'information.

– Je vous remercie, monsieur le président.

– Vous savez que la situation risque d'être fort tendue au soir des élections. Dès l'annonce des résultats, il faudra être en mesure d'assumer nos responsabilités.

– Tout est prêt, monsieur le président. Selon nos estimations, la gauche prépare une grève générale et une campagne nationale de *désobéissance citoyenne*. Ce ne sera pas vraiment la guerre civile, ils n'en ont ni les moyens ni vraiment la volonté. Mais ils ne nous feront pas de cadeaux. Ils vont essayer de paralyser le pays en mobilisant l'opinion autour d'un front antifasciste. Rassurez-vous, nous avons prévu une riposte efficace pour ne pas nous faire voler notre victoire.

– Je vous fais confiance, Malaivre, je connais les capacités du DSP...

Orvilliers poursuit sur le ton de la confidence :

– Vous n'ignorez pas que nous sommes en négociation avec la droite républicaine. Les tractations sont sur le point d'aboutir. Nous aurons tous les postes que nous avons exigés. Peut-être plus encore si la dynamique des urnes tourne à notre avantage. En ce qui vous concerne, nous envisageons de très hautes responsabilités, Malaivre.

Le chef du DSP demeure impassible. L'autre guette une réaction. Malaivre répond avec tact :

– Nous verrons cela en son temps. Je vous rappelle que je ne suis pas candidat à un portefeuille ministériel. Vous savez le peu de goût que j'ai toujours eu pour ce genre de fonction.

– Je suis au courant. Il y a suffisamment longtemps que nous travaillons ensemble. Mais j'ai mieux à vous proposer. Cela correspondra sans doute à votre profil et à vos talents.

Orvilliers baisse encore la voix, comme s'il craignait des oreilles indiscrètes.

– Dans un premier temps, la droite républicaine va garder Matignon et les Finances. Pour ne pas effaroucher les capitales européennes et les milieux d'affaires. Moi, je conserve la direction du parti. Mais nous aurons trois ministères clés. L'Intérieur, l'Éducation, la Défense. Quant à vous... (Il marque à nouveau un temps d'arrêt, avant de reprendre :) ...les socialistes et les trotskistes ont infiltré tous les rouages de l'État, y compris les milieux du renseignement. Quant à la droite molle, n'en parlons pas. Ce sont les pires. Ils seront les premiers à nous trahir dès que l'occasion leur en sera donnée. Vous-même êtes bien placé pour savoir que nous ne pourrons nous appuyer que sur nos propres forces. Lorsque nous prendrons possession des lieux, il nous faudra purger la machine, réorganiser à notre façon les services secrets français. Pour cela, nous avons besoin d'agents fiables et de responsables d'une loyauté à toute épreuve. Dans cette optique, le DSP a vocation à occuper une place éminente dans ce nouvel organigramme. Bien entendu, vous en demeurez le chef absolu.

10

Jérôme Drouin pénètre dans la grande salle style 1900 de La Bellissima, une brasserie à la mode de la place de l'Alma, et repère Jacques Malaivre assis seul à une table, les yeux baissés sur un livre, indifférent au brouhaha ambiant et au va-et-vient des serveurs. Avant de se rendre à ce déjeuner, Jérôme s'est attardé à la documentation de *L'Européen* pour consulter le dossier de la Fraternité Nationale et se documenter sur le patron du Département Sécurité et Protection. Tenter au moins de rassembler tout ce qui a été écrit à son sujet. Peu de chose, en fait. Malaivre est un homme discret. Il ne donne pas d'interviews et ne reçoit pas la presse. En parcourant le dossier, Drouin est tombé sur un reportage de *L'Express* remontant à plusieurs années et consacré aux conseillers d'Abel Gamelin. En quelques lignes, l'article se borne à signaler que Malaivre est chargé des questions de sécurité au sein du parti et décrit un homme affable, à la personnalité assez lisse, un quadragénaire au visage carré et aux cheveux poivre et sel.

– Jacques Malaivre ?... Bonjour, je suis Jérôme Drouin.

L'homme lève les yeux, dévisage un court instant le journaliste et lui tend la main en souriant.

– Merci d'avoir répondu à mon invitation, dit-il. Asseyez-vous, je vous en prie.

Il regarde Drouin s'installer dans le box, sur la banquette qui lui fait face. Pendant un bref instant, les deux hommes se mesurent du regard en silence, comme si chacun attendait que l'autre se dévoile et prenne la parole en premier. Peu de journalistes peuvent se vanter d'avoir rencontré en tête à tête le patron du DSP. Tout en demeurant dans l'ombre et en fuyant les médias, l'homme des services de sécurité de la Fraternité Nationale s'est bâti au fil des ans une réputation à la hauteur du pouvoir qu'il détient aujourd'hui. Il a su imposer à la presse un *gentlemen's agreement* qui se résume ainsi : « Ne vous intéressez pas à moi. Vous ne trouverez rien. » Les rares personnes l'ayant croisé, dans les coulisses des congrès du parti, dressent le portrait d'un technicien introverti, plutôt froid, convaincu de la justesse de sa cause. Un type finalement sans grand charisme, sans vocation à diriger une organisation politique comme la Fraternité Nationale. Tout le contraire d'un tribun. Jérôme n'en demeure pas moins sur ses gardes. Il a ouï dire de l'efficacité du DSP, « les réseaux Malaivre » comme on les surnomme dans les milieux bien informés. Depuis son bureau de Saint-Cloud, le chef de la sécurité a mis sur pied une centrale de renseignement aux ramifications nombreuses dont il ne sous-estime pas la puissance. Lorsque, la veille, Jacques Malaivre l'a appelé en personne pour lui proposer ce déjeuner, le journaliste n'a pas hésité. Très laconique, l'autre ne lui a pas vraiment donné les raisons de sa démarche, même s'il a laissé entendre que c'était à propos de l'affaire Fabert.

Drouin a bien sûr songé à une manipulation, à une tentative d'intox, voire... Mais il a accepté. Malgré ses réticences, Jérôme s'est convaincu qu'il n'avait, l'article étant publié, aucune raison de décliner l'invitation. Comment d'ailleurs laisser passer une telle aubaine ? Quel journaliste refuserait d'ajouter Jacques Malaivre à la liste de ses contacts ? Après tout, autant lier connaissance. Dans trois semaines ils seront au pouvoir.

– Vous lisez des poèmes... arabes ? relève Drouin en pointant le doigt vers un mince volume à la couverture beige, posé sur la table.

– Oui, j'aime beaucoup. C'est de la poésie syrienne contemporaine. Une traduction, bien sûr... Mais le style est vraiment époustouflant.

Le journaliste incline la tête pour marquer son intérêt teinté de surprise.

– Je ne pensais pas que le chef de la sécurité de la Fraternité Nationale était particulièrement féru de poésie...

– ... arabe ? raille Malaivre.

– Oui. Enfin... de poésie tout court.

– Ah ! là, là, vous êtes décidément tous les mêmes, les journalistes, soupire Malaivre l'air vaguement blasé. Les sempiternels clichés, les caricatures à trois balles.

Il fait signe au maître d'hôtel qu'il veut passer la commande et reprend :

– Vous croyez que nous sommes tous des brutes épaisses. Des nervis, d'affreux racistes, c'est ça, hein ? Que nous n'aimons pas les Sarrasins ?

– Non. Je n'ai pas dit cela. J'ai simplement noté que

vous lisiez de la poésie arabe. C'est la première fois que nous nous rencontrons. C'est tout.

– En général, vous passez pour quelqu'un d'assez bien informé, Drouin. Alors renseignez-vous. La Fraternité Nationale entretient les meilleures relations avec de nombreuses capitales du bassin méditerranéen, du Moyen-Orient et du golfe Persique. Lorsque nous serons au gouvernement, je ne suis pas certain que nous obtenions les Affaires étrangères, cependant je peux vous garantir que notre diplomatie va en surprendre plus d'un. Mais je ne vous ai pas invité pour discuter de ces questions. Commencez par faire votre choix.

Tout en détaillant la carte, Jérôme observe le jeu de Malaivre. Que me veut-il ? Pourquoi a-t-il organisé ce repas ? Le chef du DSP est en tout cas différent de l'image qu'il entretient auprès des médias.

– Je connais les préventions de votre journal à l'égard de mon parti et je devine aisément les vôtres, avertit d'emblée Malaivre. Je ne vous surprendrai pas en vous disant que je n'apprécie que très modérément la ligne de *L'Européen*, mais j'ai bien aimé votre série de papiers sur Fabert.

– Je vous remercie, répond l'autre avec une moue amusée. Je n'ai jamais douté que *L'Européen* soit lu avec attention sur les hauteurs de Saint-Cloud.

– Belle enquête, sincèrement ! surenchérit Malaivre. Et n'y voyez aucune flatterie de ma part, ce n'est pas mon genre.

– Loin de moi l'idée de vous prêter une telle intention.

Drouin boit une petite gorgée de Sancerre et repose son verre. Il se tient droit, appuyé contre le dossier de sa banquette, face à Malaivre. Le patron du DSP s'essuie le coin de la bouche avec sa serviette et poursuit :

– Sans m'y être intéressé plus que ça, j'étais au courant de la rumeur sur le passé de Fabert. Voyez-vous, Drouin, je ne suis pourtant pas le moins informé sur la place de Paris, eh bien, il y a des détails de votre enquête que j'ignorais.

– Lesquels, par exemple ?

– Des détails.

Les lèvres closes, il mastique sa viande avec application en regardant le journaliste. Comme si son silence soudain n'était motivé que par le seul respect de règles élémentaires du savoir-vivre. Drouin ne dit rien, décidé à ce que l'autre abatte ses cartes le premier. Malaivre continue sur un ton patelin :

– Je suppose que vous avez dû rencontrer pas mal de monde dans l'entourage de Fabert ?

– Pas mal, en effet.

– Allez, dites-moi si je me trompe : un tiers dans l'entourage familial, un tiers d'anciens de Sciences Po et de l'ENA, un tiers chez ses adversaires au parti socialiste.

– Assez bien vu, acquiesce Jérôme avec un sourire poli. Mais j'imagine que vous ne m'avez pas convié dans l'espoir que je vous cite mes sources.

Malaivre feint l'étonnement.

– Non, bien sûr, qu'allez-vous encore soupçonner, pourquoi voudriez-vous que j'aille refaire votre enquête ? A moins que vous ne prêtiez à la Fraternité Nationale la volonté d'espionner la moitié de la population française... et d'interner dans des camps l'autre moitié ? Il est vrai que beaucoup de vos confrères en sont convaincus... Dieu merci, il n'est pas interdit de réfléchir de façon moins primaire.

– Qu'attendez-vous de moi, exactement ?

Le patron du DSP passe machinalement ses doigts sur la nappe blanche en repoussant des miettes de pain sous le rebord du cendrier.

– En fait, c'est plutôt votre avis qui m'intéresse, votre opinion sur cette affaire.

– Mais encore ?

– Comment expliquez-vous ce mystère sur l'itinéraire de Fabert, ce black-out à propos de son passage au sein des Faisceaux de Défense Européens ?

– Vous vous doutez bien que si j'avais un élément de réponse, je l'aurais écrit dans mes articles. Il n'y a que des hypothèses.

– Selon vous, Fabert était protégé ?

– C'est possible. Mais par qui et pourquoi, je n'en sais rien.

– Dans ce cas, cela pourrait expliquer la disparition de son dossier des archives des Renseignement généraux. Plus de trace des Faisceaux, plus de risques qu'un syndicat de policiers balance l'info à la presse ou à un parti politique.

– Qui aurait pu faire ça ? se hasarde à interroger à son tour le journaliste.

– Ce genre de dossier s'égare rarement. Si vous voulez mon avis, seule une autorité placée au sommet de la hiérarchie policière ou administrative dispose du pouvoir de le faire disparaître. Pour quelle raison ? J'en suis réduit comme vous, mon cher Drouin, aux supputations. Vous voyez, ajoute-t-il sur le ton de la boutade, il arrive que le patron du DSP, auquel on attribue des pouvoirs démoniaques, bute sur une difficulté.

– Et qu'est-ce qui pousse la Fraternité Nationale à s'intéresser de si près à l'assassinat de Bertrand Fabert ?

– Vous aimeriez bien le savoir, hein ? lance Malaivre d'un air narquois. Eh bien, je ne vous le dirai pas. Pas aujourd'hui en tout cas. Peut-être la prochaine fois.

– Nous sommes appelés à nous revoir ?

– Pourquoi pas ? Je suis sûr que nous pouvons trouver un terrain d'entente, malgré nos divergences politiques.

– Vous ne manquez pas d'optimisme.

Malaivre ne se démonte pas.

– En ce qui me concerne je ne serais nullement gêné par le fait que nous puissions échanger de manière régulière nos points de vue, confronter nos analyses. Je ne vous demande pas de renier vos opinions ni de trahir votre déontologie, Drouin.

– Vous auriez peu de chance de réussir.

Malaivre ne relève pas.

– Mais je pense qu'il serait bon que nous demeurions en contact.

– Je suppose que ce ne serait pas pour disserter sur l'actualité. Vous n'avez pas la réputation d'aimer perdre votre temps ni d'inviter les journalistes à déjeuner pour le seul plaisir de leur compagnie. Alors, qu'attendez-vous de moi ?

– Nous allons vivre des temps troublés, Drouin. Il va falloir éviter le pire. Personne ne souhaite la guerre civile en France. Pas moi, en tout cas. En revanche, je vous le dis franchement, je peux avoir besoin de vos services, de vos compétences. Vous êtes légèrement au-dessus de la moyenne de vos confrères. J'ai de l'estime pour vous. Je pense que nous pourrions travailler ensemble.

– *Travailler* ? J'ai déjà un employeur. Cela me suffit amplement.

– Ne me faites pas dire ce que je ne vous ai pas dit, reprend le patron du DSP sans s'offusquer. Je n'ai pas l'intention de vous manipuler. Pour le reste, c'est vrai, il peut m'arriver de demander un service à un journaliste. Je fais presque le même métier que vous, Drouin. Je collecte des informations. Je suis prêt à frapper à toutes les portes. Je n'ai pas l'esprit obtus. Vous prenez un café ?

D'un geste discret, Malaivre appelle le maître d'hôtel. Drouin allume une cigarette et aspire profondément la première bouffée.

– En admettant que j'accepte, que m'offrez-vous en échange ?

– Disons que ce serait donnant donnant. Je n'exerce sur vous aucun chantage et n'y voyez aucune menace. Mais lorsque nous serons au pouvoir, vous allez devoir sacrément dépoussiérer votre carnet d'adresses. Venez, ce n'est pas la peine de rester ici. Allons marcher un peu.

En sortant du restaurant, le journaliste remarque une Peugeot 605 aux vitres fumées garée le long du trottoir. Malaivre adresse un signe au chauffeur, puis continue de marcher en compagnie de Drouin. Les deux hommes traversent la place de l'Alma et s'engagent sur la promenade plantée de marronniers qui longe le cours Albert-1er. En se retournant, Jérôme aperçoit la voiture, roulant au pas, qui les suit à moins d'une dizaine de mètres. Le Patron du DSP n'a pas choisi par hasard cet endroit désert qui garantit à l'entretien son caractère confidentiel. Ils dépassent le Grand

Palais et arrivent à la hauteur du pont Alexandre-III où ils s'appuient sur la balustrade en contemplant le fleuve que remonte une péniche.

– Parmi les interlocuteurs que vous avez rencontrés durant votre enquête, y avait-il des anciens des Faisceaux Européens ?

– Très franchement, aucun.

– Qui avez-vous vu ?

Jérôme manifeste sa réticence par un brusque mouvement de tête.

– Drouin, je ne vous demande pas de me livrer des noms, précise Malaivre. Racontez-moi simplement comment vous avez procédé.

– Je n'ai recueilli que des témoignages indirects, consent à lâcher le journaliste. Des amis de Fabert, de ses années de jeunesse, des membres de sa famille, des cousins éloignés qui se souvenaient plus ou moins de l'épisode de Saint-Mérac. J'ai effectué des recoupements.

– Et dans l'entourage politique, au parti socialiste ?

– Très peu. Ils n'étaient au courant de rien, à part quelques-uns qui avaient eu vent d'une rumeur à laquelle ils n'avaient pas accordé de crédit.

– Ils mettaient ça sur le compte d'une campagne de diffamation ?

– Exactement. Un truc foireux qui ne vaut même pas la peine qu'on s'y intéresse.

– Jusqu'au jour où l'on retrouve une à une les pièces du puzzle et que l'on parvient à les ordonner.

– Oui. En fait c'est un ancien camarade de fac que j'ai retrouvé...

Drouin ne peut s'empêcher de pincer les lèvres comme

s'il se reprochait d'en avoir trop dit. Penché sur le parapet, le visage tourné vers la Seine, Malaivre le relance.

– ... Je vous écoute.

– Un type très marqué à droite qui était avec Fabert en première année de droit à la faculté de la rue d'Assas. Ils avaient sympathisé avant que Fabert n'opère son virage à gauche.

– Que vous a-t-il dit ?

– Il m'a confirmé tout ce qui se murmurait et m'a fourni quelques éléments tangibles.

– Il vous a donné des détails ?

– De quel genre ?

– Je ne sais pas. S'est-il rappelé certaines anecdotes, certaines gens que Fabert fréquentait ? A-t-il cité des noms, des lieux, vous a-t-il montré des photos ou des documents qu'il aurait conservés ?

– Pas que je me souvienne, mais il faudrait que je relise mes notes.

– De qui s'agit-il ? demande Malaivre.

– Je ne vous le dirai pas. Il a accepté de me recevoir et j'ai promis de ne pas révéler son identité.

Le patron du DSP se remet à déambuler le long du pont Alexandre-III tout en invitant le journaliste à le suivre, en direction de l'esplanade des Invalides. Malaivre s'approche du trottoir et fait signe au chauffeur de la 605 de s'arrêter à sa hauteur. Il ouvre la porte arrière du véhicule.

– Vous montez ? Nous serons plus à l'aise pour poursuivre cette conversation.

Il débarrasse la banquette d'une pile de quotidiens et s'installe dans la voiture en compagnie de Jérôme.

– Continuez tout droit, ordonne-t-il à son chauffeur, je vous indiquerai ensuite.

Il actionne la vitre de séparation avec le conducteur et allume la radio.

– Drouin, je vais prendre un risque calculé et jouer franc-jeu avec vous. Quoi qu'il advienne, prenez cela comme une marque de confiance.

Sur ses gardes, le journaliste acquiesce d'un geste poli de la tête.

– Le nom de Voiron, cela évoque quelque chose pour vous ?

– Voiron ?

– Oui, Georges Voiron.

– Non, ça ne me dit rien.

– Bien. Maintenant, écoutez attentivement ce que je vais vous dire : si jamais, d'une manière ou d'une autre, lors de votre enquête, vous entendiez ce nom, ou si vous tombiez sur un indice qui s'y rattache, même de manière lointaine ou indirecte, prévenez-moi immédiatement. C'est aussi dans votre intérêt. Pour votre sécurité.

– Il serait peut-être souhaitable que vous me fournissiez plus de précisions sur cette affaire ?

– Pour le moment, c'est impossible. Mais sachez que vos révélations sur le passé de Fabert risquent de susciter quelques réactions.

– Je m'en doutais un peu.

– Des mémoires vont se réveiller, des gens vont se décider à parler. Il y a fort à parier que certains vont tenter de prendre contact avec vous, pour vous proposer toutes sortes d'informations, exactes ou frelatées.

– J'ai un peu l'habitude, c'est mon métier.

– Dans le cas qui nous occupe, Drouin, faites très attention. Ces gens ne sont pas forcément les mieux intentionnés et peuvent se révéler dangereux. Restez en alerte, soyez vigilant si l'on vous fixe un rendez-vous de manière impromptue. Si je peux vous donner un conseil, ne vous y rendez pas seul. Prévenez-moi.

– Vous vous rendez compte de ce que vous me demandez ?

– Tout à fait ! C'est votre intérêt tout comme le mien. Je vous garantis que nous vous laisserons faire votre travail. Mais en cas de problème, il serait préférable que nous soyons dans les parages.

11

Sur les trottoirs en terre battue de petits groupes hâtent le pas. On dirait un théâtre d'ombres. Ils sont venus seuls, en couple ou en famille. Le plus souvent ils avancent vers le pavillon d'Armenonville en chuchotant comme s'ils craignaient d'être repérés. Le bois de Boulogne est plongé dans le noir. « Mais pourquoi la police n'est-elle pas plus présente ? » s'interroge Jérôme Drouin.

A travers les arbres il entr'aperçoit les faisceaux lumineux de torches électriques qui déchirent le noir de la forêt. Un hurlement se fait entendre, au loin derrière un massif : « A mort les Juifs ! » Bruits de feuillages et de branches cassées. « Ils sont là-bas ! » Une dizaine de jeunes du service d'autodéfense de la communauté juive se précipitent et s'enfoncent dans l'obscurité pour en découdre avec les inconnus qui rôdent aux alentours. Qui sont-ils ? Des fascistes, des antisionistes, des islamistes ? En tout cas, ils ont eu vent de la réunion organisée par la Coordination des associations juives. S'ils n'attaquent pas encore de plein front, ils n'hésitent plus à agresser ceux qui ont commis l'imprudence de s'aventurer seuls dans le bois de Boulogne. A 20 heures, France Info a rapporté qu'un automobiliste porteur d'une kippa a été sorti de sa voiture et sévèrement passé à tabac alors qu'il cherchait une place avenue du Lac. Des véhicules ont été incendiés.

Depuis une semaine, on ne compte plus le nombre de synagogues visées par des cocktails Molotov, les violences perpétrées devant des écoles juives, contre des restaurants et des boucheries casher. Les centres communautaires sont assaillis de lettres et d'appels téléphoniques anonymes et les particuliers ne sont pas plus épargnés. Il y a ceux qui veulent fuir, et ceux qui veulent rester coûte que coûte en France, qui espèrent encore un sursaut républicain à moins d'un mois du premier tour des élections législatives. Mais tous sont terriblement inquiets et se posent la même question : Quelle vie nous réserve Israël ?

La réunion du pavillon d'Armenonville, organisée dans la hâte, a été annoncée sur les ondes de Radio Shalom et par des messages diffusés sur Internet.

C'est la présence de David Weinberg qui a incité Jérôme Drouin à venir assister au meeting. Aucun journaliste n'a encore rencontré le porte-parole des colons depuis la mort de Bertrand Fabert. Personne d'ailleurs ne semble être vraiment au courant de sa venue à Paris. Ni les médias, ni le juge d'instruction français chargé de l'enquête. Les autorités ont, il faut le dire, d'autres urgences à traiter. Alors que les banlieues s'embrasent, une ambiance de fin de règne s'est emparée des ministères comme des beaux quartiers. La crise politique paralyse chaque jour un peu plus le pays. Certains, à gauche, déclarent vouloir entrer en résistance, mais la majorité des citoyens a choisi l'attentisme. La France assiste, médusée, à la prise du pouvoir par l'extrême droite.

Jérôme continue de progresser dans l'obscurité. Il suit en silence la cohorte qui se presse vers le pavillon dont on distingue les lumières à une centaine de mètres. Des sirènes de police retentissent dans la nuit, du côté de l'avenue de Longchamp. Crissements de freins et portières qui claquent. On entend des cris. Les CRS se sont décidés à passer à l'action. Mais contre qui ? Cinq policiers casqués sortent du bois, à reculons, en position de repli, tirant par les épaules un homme couché sur le sol. Jérôme s'approche pour observer la scène. Accroupis sur le trottoir, les CRS interrogent sans ménagement un jeune Juif groggy au visage ensanglanté. C'est l'un des membres du service d'autodéfense qui s'est lancé quelques instants auparavant à la poursuite des hommes embusqués dans les bois. Les forces de l'ordre l'ont-elles interpellé ou au contraire sauvé d'une tentative de lynchage perpétrée par les autres ? Sont-elles intervenues pour mettre fin à un affrontement entre les deux camps ? Plusieurs personnes, parmi celles qui se rendent à la réunion, tentent de porter assistance au blessé. Un officier les en dissuade, leur barre le passage et leur ordonne de continuer leur route.

Drouin garde présentes à l'esprit les récentes protestations des responsables de la communauté juive se plaignant que les pouvoirs publics ne faisaient pas toujours la distinction entre les agresseurs et les agressés. Des rumeurs alarmistes affirment que la police est déjà largement acquise à la Fraternité Nationale.

Le bâtiment a pris les allures d'un camp retranché. Protégée derrière des barrières métalliques, une sono montée sur un camion diffuse des chants en hébreu que Jérôme ne comprend pas mais dont le caractère à la fois martial et romantique ne lui échappe pas. Les militants sionistes sont armés de longues hampes de bois au bout desquelles flottent des drapeaux israéliens. Disposés en colonnes, ils forment une étrange haie d'honneur qui accueille les arrivants. D'autres membres du service d'ordre, moins soucieux des apparences, équipés de simples battes de base-ball, se donnent des airs de cogneurs et n'attendent manifestement que l'affrontement. Certains laissent apparaître sous leur blouson de cuir une chemise vert olive marquée en jaune de lettres hébraïques. Il y a parmi eux de vrais durs, qui sont passés par l'armée israélienne, ont connu l'épreuve du feu et sont redescendus en France pour entraîner les jeunes Juifs. Ils ont recruté les sportifs, les étudiants, mais aussi les voyous désœuvrés et les frimeurs du Sentier plus accoutumés à flamber dans les stations à la mode qu'à souffrir dans une base du Néguev. Depuis quelques semaines, cette milice se montre au grand jour. Elle est tout autant un symbole qu'un signal. Les Juifs de France assurent désormais leur propre sécurité et entendent le manifester publiquement face à un État défaillant. Si l'heure du retour à Sion semble avoir sonné pour la plus grande communauté d'Europe, le départ se fera dans la fierté d'une souveraineté reconquise. Pas dans la honte ni dans la précipitation.

Mais l'heure n'en n'est pas moins à l'inquiétude. Après avoir subi une fouille corporelle et répondu aux questions d'un adolescent suspicieux sur les raisons de sa venue, Jérôme Drouin pénètre dans la grande salle où plusieurs centaines de personnes sont déjà assises. Les visages sont graves, parfois défaits. Il remarque une jeune femme qui pleure discrètement. Dans les travées et sur les côtés, des gens discutent. Certains n'en finissent pas de commenter la situation politique et d'échafauder des scénarios. Dans un renfoncement, deux hommes sont en conciliabule. Ils parlent affaires. Il faut vendre, sauver ce qui peut encore l'être. Ils échangent des cartes de visite, consultent leurs palm-pilots. Chacun a conscience qu'il ne s'agit pas d'un meeting ordinaire.

Avant que les orateurs ne prennent la parole, le journaliste déambule à travers les stands de fortune dressés dans les galeries qui jouxtent le salon d'honneur. On pourrait se croire dans un congrès professionnel, n'eût été l'inquiétude palpable et le caractère improvisé de l'organisation. Des prospectus s'étalent sur les tables. L'Agence juive a dépêché des délégués pour informer des possibilités d'immigration en Israël. Des dossiers administratifs visant à faciliter les démarches sont à la disposition de ceux qui souhaitent les remplir. El Al offre des conditions avantageuses pour des billets aller simple, à condition de réserver sur-le-champ. Le bruit court que les vols sont déjà surbookés et que l'autorisation de la compagnie d'atterrir à Paris pourrait être reconsidérée par les autorités françaises à l'issue des élections. Des sociétés immobilières présentent leurs dernières réalisations à Tel-Aviv, Jérusalem et Ashdod. Une agence parisienne est même venue proposer ses services. Ses dirigeants affirment être en mesure de racheter au meilleur prix un volume important d'appartements dans n'importe quel quartier de la capitale et en banlieue.

– Trois mille euros le mètre carré pour un cinq-pièces donnant sur le parc Monceau ! Mais vous êtes pires que les nazis, vous profitez de la situation, bande de charognards !

Retenu par ses amis, un petit homme trapu, transpirant dans sa chemise blanche, tente de renverser la table sur laquelle se trouve une pile de prospectus. La représentante de l'agence demeure impassible.

– Il faudrait visiter votre appartement, monsieur. S'il est vraiment exceptionnel, nous sommes prêts à le réévaluer. Mais vous savez, tous les prix ont baissé. Vous êtes au courant, j'imagine, de la situation. Il n'y a malheureusement pas que les Juifs qui s'en vont. Les Anglais, les Américains, les Allemands, les Hollandais, tous quittent la France ! récite-t-elle avec application.

La musique s'arrête soudain et une voix invite tous les participants à gagner leurs places.

La salle est comble, beaucoup restent debout, à l'instar de Jérôme Drouin qui s'appuie contre un pilier à droite de l'estrade où prennent place les intervenants.

André Blumenfeld, le président de la Coordination des associations juives, est entouré de plusieurs personnalités de la communauté. Que seront-ils en mesure de promettre au public venu les écouter ? Que peuvent aujourd'hui les représentants des Juifs de France sinon leur conseiller de quitter la France ?

Blumenfeld prend la parole le premier. C'est un chirurgien réputé, à la carrure impressionnante et aux cheveux argent dont le franc-parler lui vaut depuis de longues années de solides inimitiés, notamment auprès des médias.

– Merci d'être venus ce soir aussi nombreux, commence le président de la C.A.J. Je ne vous apprendrai rien en vous disant que l'heure est grave. Sachez que les institutions de la communauté sauront se montrer à la hauteur de la situation et prendre les décisions qui s'imposent. En attendant je demande à chacun de conserver son sang-froid...

Jérôme Drouin observe avec attention un barbu portant

la kippa qui vient de rejoindre la tribune. Il s'assied en bout de table, recouverte d'une feutrine verte, un carton indique son nom : David Weinberg. Le porte-parole des colons scrute la salle d'un regard impénétrable. A quoi songe-t-il ? Probablement se concentre-t-il sur son intervention. Il semble ne pas prêter grande attention aux propos du président. Il est le seul Israélien parmi les orateurs. La présence de l'ambassadeur d'Israël a été annoncée puis annulée à la dernière minute pour des raisons de sécurité. Weinberg va sans doute en profiter pour occuper tout le terrain. Il aura les coudées franches. A la différence de l'ambassadeur, il n'a pas à redouter d'incident diplomatique et n'a que faire de la frilosité de certains notables de la communauté.

– ... Voilà longtemps que nous avions averti le gouvernement de la montée des périls, poursuit Blumenfeld. On nous écoutait poliment, en acquiesçant, mais sans jamais attaquer le mal à sa racine. Aujourd'hui nous voyons le résultat. La France a perdu ses repères et s'apprête à offrir la direction des affaires du pays à un parti dont je préfère ne pas prononcer le nom ici ce soir...

Les yeux baissés, Blumenfeld lit le texte de son discours dont chaque mot a été soigneusement pesé.

– ... Quelle mesure prendre face à la montée des périls ? Que devons-nous faire aujourd'hui ? Faut-il considérer la République Française comme un territoire définitivement perdu ? Devons-nous partir en masse, résister pacifiquement, ou attendre que passe l'orage ?

Une rumeur sourde monte de la salle. Des sifflets sont lancés sans qu'il soit possible de déterminer s'ils traduisent une expression de défiance ou de solidarité à l'adresse du président.

– Chut ! laissez-le parler, il n'a pas terminé ! proteste un homme dans le public.

Blumenfeld s'interrompt, le temps que le calme revienne. Mais la tension est trop forte. Des cris fusent. Parfois des injures. Chacun veut exprimer son angoisse, sa colère, son désarroi. Ou simplement manifester sa présence

– *Judenrat ! Judenrat* ! vocifère un vieil Ashkénaze à l'accent polonais en pointant un doigt accusateur vers la tribune.

– Assez de bla-bla, on part tous en Israël ! s'époumone un grand gaillard bronzé en mettant ses mains en porte-voix.

Le chef de la communauté juive réclame le silence d'un geste, et signifie d'un hochement de tête qu'il a entendu les protestations.

– Fidèle à sa tradition d'indépendance, la Coordination des associations juives ne donnera aucune consigne...

– C'est une honte ! Bandes de lâches !

La salle continue de plus belle. Blumenfeld reprend sous les huées.

– ... La CAJ ne donnera aucune consigne mais sera présente et saura faire entendre sa voix auprès des pouvoirs publics français et des institutions européennes. Dans ces heures difficiles, la CAJ n'abandonnera pas la communauté juive de France et chaque Juif, chaque famille, doit savoir qu'elle peut compter sur ses dirigeants. Pour le reste, la question du départ en Israël relève de la conscience de chacun et d'une décision individuelle.

Dans le brouhaha général une femme, au premier rang,

se lève et se saisit d'un des micros posés sur la table des orateurs. Elle est grande, brune, maquillée avec soin mais sans ostentation.

– Monsieur le président Blumenfeld, permettez-moi de vous exprimer ma déception, et je pense que mon sentiment traduit celui de beaucoup de personnes présentes ici ce soir...

Qui est-elle ? Une mère de famille sans doute, une femme juive parmi tant d'autres. Elle s'exprime d'une voix ferme mais dans laquelle on devine des accents d'angoisse qu'elle essaye de dominer. Le silence revient dans la salle. Elle poursuit.

– ... Qu'attendons-nous de vous ? Certainement pas de bonnes paroles, mais des informations et des consignes précises. Que devons-nous faire aujourd'hui ? Et demain ? Pouvons-nous encore envoyer nos enfants à l'école ? Est-il prudent de se rendre à la synagogue ? Les fichiers des fidèles ont-ils été placés en lieu sûr ? Quelles précautions particulières devons-nous prendre dans la rue, chez les commerçants, à la banque, avec nos voisins, devons-nous ôter nos noms de nos boîtes aux lettres ? Je ne sais plus...

Elle cherche à retrouver le fil de sa pensée. Un homme en colère en profite pour se lever et interpeller à son tour les responsables communautaires de la tribune.

– Mais êtes-vous seulement en contact avec les autorités ? Et que comptez-vous faire au lendemain des élections ? J'en suis à me demander si vous avez arrêté une stratégie ou si vous naviguez totalement dans le brouillard. Allez-vous rencontrer les dirigeants de la Fraternité Nationale ou au contraire les boycotter, avec les conséquences que l'on peut imaginer ? Et en ce qui concerne le problème de l'Alyah, pensez-vous un seul instant qu'il ne s'agisse que d'une question individuelle ? Avez-vous au moins un plan, un dispositif prévu en cas de départ massif des Juifs ? Etes-vous en contact avec les Israéliens ? S'il n'y a pas assez d'avions, devrons-nous chacun nous débrouiller dans l'improvisation ? Faudra-t-il s'attendre à des scènes de panique et de désespoir dans les aéroports, aux contrôles douaniers ? Quelles sommes d'argent avons-nous la garantie de pouvoir emmener ? Etes-vous au courant des rumeurs de restrictions sur les sorties de capitaux ? Monsieur Blumenfeld, vous êtes peut-être déjà propriétaire de votre appartement sur l'avenue Dizengoff à Tel-Aviv. Mais moi je ne suis qu'un modeste enseignant. Si je choisis de partir en Israël, qui va m'aider, qui va me conseiller ? Où vais-je habiter ? Je ne parle même pas l'hébreu. J'ai deux enfants à élever, j'ai tout bâti, ici, en France. Qu'allons-nous devenir ?

Un murmure approbateur accompagne la fin de son intervention. André Blumenfeld est ébranlé. Il se tourne des deux côtés de la tribune. Il semble chercher du secours auprès des deux autres orateurs. David Weinberg lui fait un rapide signe de la main. Avant même que le président de la Communauté juive ne le présente, le porte-parole des colons s'adresse à la salle.

– Bonsoir. Certains me connaissent déjà, d'autres non. Je suis David Weinberg. J'habite en Israël, dans un village juif de Samarie qui s'appelle Beth-El. Je suis l'un des responsables du Conseil des localités juives de Judée-Samarie.

Il a prononcé une formule magique : « *J'habite en Israël.* » Jérôme Drouin est frappé par le silence presque religieux qui succède soudain au bruit et au tumulte. Il perçoit que Weinberg jouit d'un statut particulier qui le différencie des autres intervenants. C'est un colon. Il arrive d'une terre incertaine et dangereuse. Le monde entier éprouve la plus grande méfiance pour ces Juifs insensés qui ont choisi de s'installer avec femme et enfants dans ces collines du pays biblique où personne ne les a invités. Mais pour le public parisien du pavillon d'Armenonville, il fait figure d'homme providentiel. Il est de cette minorité de Juifs français qui a su abandonner une vie confortable en Europe pour réaliser un rêve bimillénaire. Lui a osé, lui a réussi. Il est aujourd'hui « l'Israélien », celui que l'on admire, que l'on envie, et que l'on jalouse même. Il indique le chemin à suivre.

– Et je n'ai qu'un seul message à vous délivrer ce soir, poursuit-il, qu'une seule invitation à vous transmettre : votre place, à chacun d'entre vous, est en Eretz Israël. Et vous y êtes attendus.

De timides applaudissements saluent la déclaration liminaire de David Weinberg qui marque une pause pour souligner la solennité de ses propos. Chacun voudrait se persuader que le représentant des colons n'est pas venu assener quelques slogans faciles en guise de paroles de réconfort.

– Oui, je le répète, vous y êtes attendus. Demain, la semaine prochaine, quand vous voulez, dès lors que vous aurez pris la décision de partir, quels que soient votre âge ou votre situation familiale ou financière. Et je peux vous assurer d'une chose : les habitants juifs de Judée-Samarie ne vous abandonneront pas. Si vous nous rejoignez, sachez que vous serez accueillis, aidés, qu'on a déjà mis sur pied toute une organisation pour faire face aux événements qui menacent la communauté juive de France.

C'est un souffle d'espoir qui traverse l'assistance. On le sent en observant les visages, les regards. Tous sont suspendus aux lèvres de l'orateur. C'est la première fois que Jérôme assiste, dans ces circonstances, à une réunion de la communauté juive qu'il ne connaît que de l'extérieur. Dans l'après-midi, à la documentation de *L'Européen*, il s'est plongé dans le dossier consacré aux Juifs de la diaspora. Il a parcouru des dizaines d'articles et de reportages. Quelle est la nature de ce lien si particulier qui unit les Juifs du monde entier à Israël ? Ce soir, dans l'atmosphère survoltée du pavillon d'Armenonville, il saisit mieux les propos d'un intellectuel juif dont il a lu la longue interview quelques heures auparavant. L'immense majorité des gens présents connaît déjà Israël pour y être allé en vacances. Depuis des années ils chérissent dans leur cœur un pays ensoleillé dont ils ne fréquentent bien souvent que les grands hôtels, les plages et les sites touristiques. Ce sont des dentistes, des avocats, des médecins, des cadres et des hommes d'affaires fiers de leur réussite en *galoute*, les pays de l'exil selon la tradition juive. Dès qu'ils débarquent de l'avion à l'aéroport Ben-Gourion de Lod, ils sont habitués à être traités en hôtes de marque. On les reçoit comme de riches cousins revenant fortune faite au pays. On les remercie d'avoir choisi de dépenser leur argent en Israël. On les félicite de leur courage de venir en famille passer leurs congés dans un pays en guerre. Ils éprouvent le sentiment grisant de participer à ce combat, d'être enfin rentrés chez eux, d'avoir regagné le pays de leurs pères, de leurs ancêtres.

Mais cette joie sincère, cet enthousiasme sont chez beaucoup teintés d'amertume. Ils conservent en leur for intérieur une insatisfaction qu'ils n'expriment pas toujours, un complexe même, celui d'être restés en diaspora et de ne participer à la renaissance du peuple juif dans sa pleine souveraineté que quelques semaines par an. En secret, ils souffrent de n'être que des touristes dans leur propre patrie. Le pays de leurs rêves est le pays du rêve inaccompli.

Et parce qu'ils conservent le sens des réalités, ils savent bien que dans les circonstances présentes, leur installation en Israël ne se fera pas avec la même facilité que lorsqu'ils viennent en vacances. Cette fois, ils n'auront pas de suite réservée dans un hôtel du front de mer et aucun groom ne leur portera leurs valises. Ils sont au courant que la vie – la vraie – est dure en Israël et que personne ne s'y fait de cadeaux. Que vaudront leurs diplômes de médecin ou d'ingénieur ? Quelle place auront-ils dans un pays préoccupé d'abord par sa propre survie ? Ils pressentent que leurs frères juifs ne seront plus aussi accueillants lorsqu'il s'agira de trouver un logement, un travail ou de décrocher un contrat face à un concurrent.

Tout cela, David Weinberg l'a apparemment bien compris. Il a eu tout le loisir de prendre le pouls de la salle, d'observer les réactions et d'entendre les cris de protestation qui résonnent comme autant d'appels au secours. Il poursuit :

– Dans l'aventure humaine, il y a deux manières d'appréhender les grands événements. Soit de les subir, soit de devenir à son tour un acteur de l'Histoire. La crise qui agite la France n'est pas fortuite. Elle vient rappeler aux Juifs l'hostilité du monde à leur égard. Soyez-en persuadés, cette haine est éternelle, aussi longues que soient les périodes d'accalmie. Pendant des décennies, vous vous êtes sentis en sécurité ici, à Paris, vous avez cru que l'existence serait plus aisée, qu'il était possible de rester Juif tout en demeurant en diaspora. Aujourd'hui c'est fini. La France s'enfonce dans la barbarie après des années de décadence qui en étaient les prémices. Cette société n'a plus d'avenir. Il vous faut la quitter.

Weinberg boit une gorgée de son verre d'eau et réajuste sa kippa d'un mouvement de la main, puis il reprend, face au public silencieux :

– Je sais très bien ce que vous ressentez ce soir. Moi aussi j'ai été confronté à la peur de l'inconnu lorsque, à dix-huit ans, j'ai tout lâché pour faire mon Alyah. Mais rassurez-vous, les bouleversements que vous vous apprêtez à connaître sont une chance pour vous et pour Israël. Nous allons tous vivre ensemble un moment décisif dans l'histoire du peuple juif. Ne vous trompez ni de combat, ni d'endroit. Nous assistons ici au naufrage de la société française, mais il ne s'agit, au regard de la destinée humaine, que d'une péripétie. En revanche, l'installation des Juifs de France en Judée et en Samarie constituera un véritable séisme qui bouleversera en notre faveur l'équilibre de la région. Nous sommes d'ores et déjà en mesure d'accueillir tous ceux qui le souhaitent dans l'ensemble de nos *yichouvim* et nous nous préparons à une immigration massive dans les mois qui viennent. Demain – la semaine prochaine ! – il peut y avoir dix mille Juifs de plus dans les territoires. Dans six mois, vous serez cinquante mille à nous rejoindre, peut-être cent cinquante mille l'année prochaine. Nous vous promettons un toit, un travail et surtout une existence de vrai Juif, une fierté retrouvée. Bien sûr, les débuts sont parfois difficiles.

Les logements sont souvent d'un confort spartiate, la vie est fort différente de celle que mènent la plupart d'entre vous ; mais elle est ô combien plus exaltante. Votre arrivée représentera une étape décisive dans le combat que nous menons depuis des décennies pour la terre d'Eretz Israël. Personne ne sera laissé sur le bord du chemin. Nous vous fournirons les moyens et l'énergie de reconstruire votre vie. Vous apprendrez rapidement l'hébreu, et bientôt vous le parlerez comme n'importe quel Israélien, en oubliant qu'un jour vous formiez vos pensées dans une autre langue. Nous inculquerons à vos enfants et à vos jeunes l'amour d'Israël, la force et le courage de le défendre. Nous leur donnerons une place et un avenir au sein de la fine fleur du peuple juif. Contrairement à ce que s'autorisent à écrire certains intellectuels de la gauche israélienne, l'épopée du sionisme n'est pas terminée. Elle ne fait que commencer !

Une ovation accompagnée d'un tonnerre d'applaudissements retentit dans la salle. David Weinberg est acclamé par ces hommes et ces femmes auxquels il a presque fait oublier qu'ils se trouvent encore à Paris et qu'il y a moins d'une heure ils marchaient craintivement dans les allées obscures du bois de Boulogne.

Jérôme Drouin remarque un jeune couple assis à quatre rangées du pilier où il se trouve. Tout en applaudissant, ils se regardent en souriant et échangent quelques paroles. Malgré la clameur, le journaliste croit pouvoir déchiffrer le sens de leurs propos : « Et si on y allait, si on partait tout de suite en Israël ? » Ils ont l'air heureux, ils rayonnent. Ils sont conquis par le charisme de Weinberg. Chacun semble se poser la question en cherchant dans le regard de l'autre la confirmation qu'il ne s'agit pas d'une décision insensée, ni d'un rêve irréalisable.

Jérôme demeure abasourdi. Il a du mal à concevoir que des citoyens français puissent ainsi, à l'aube du XXIe siècle, s'expatrier vers une contrée qu'il connaît mal et qu'il imagine peu ou prou comme une sorte de Far-West oriental peuplé de soldats, de moines, de fous de Dieu en armes et de Palestiniens révoltés. Comment ces citoyens français peuvent-ils du jour au lendemain aspirer à devenir des Israéliens ? Il a entendu dans les discours qu'on évoquait à plusieurs reprises « *le peuple juif* ». C'est une expression qu'il connaît mais qu'il pensait réservée aux livres d'histoire et à laquelle il n'avait jamais vraiment réfléchi. « Ils se considèrent donc comme faisant partie d'un autre peuple ? », songe-t-il incrédule en promenant son regard sur le public. Mais qu'ont-ils de différent ? Lui qui n'est pas entré dans une église depuis des années ne parvient pas à comprendre par quel processus une simple religion permet de revendiquer l'appartenance à une autre nation que celle au sein de laquelle on est né et dont on partage au quotidien l'existence. Et si le porte-parole des colons n'était qu'un manipulateur ? Un de ces hommes qui par la magie du verbe séduisent les assemblées, annihilent chez les individus tout sens critique et toute autonomie ? A une autre époque, il aurait pu être l'un de ces sergents recruteurs qui, juchés sur des tréteaux, enrôlaient dans les régiments du Roy les jeunes gens des villages après leur avoir fait miroiter l'aventure, la fortune et la gloire.

Les applaudissements s'arrêtent. Sur l'estrade, David Weinberg s'éponge le front avec un mouchoir. Au milieu de la salle, un vieux monsieur s'est levé. Malgré ses épaules voûtées par le poids des ans, il conserve une prestance que l'on ne rencontre pas toujours chez les personnes de sa génération. Il est vêtu d'un costume gris perle et d'une cravate en soie aux motifs géométriques sobres. Il porte un Borsalino et sa barbe blanche est taillée avec soin. Il attend que le silence se fasse avant de prendre la parole.

– Je ne fais pas partie des orateurs prévus ce soir mais je pense avoir quelque autorité pour donner mon point de vue sur tout ce qui a été dit. Les questions qui viennent d'être évoquées sont suffisamment graves pour que nous en débattions. Je m'étonne d'ailleurs qu'aucun rabbin n'ait été convié à la tribune...

Il a parlé d'une voix grave et pleine d'assurance. Il s'agit manifestement d'un homme habitué à s'exprimer en public. André Blumenfeld réagit le premier :

– Mais nous sommes très honorés de votre venue, monsieur le rabbin Meyerson. Seules les circonstances de cette réunion m'ont empêché de saluer votre présence dans la salle. Bien entendu, nous vous écoutons. Vous savez à quel point la communauté juive apprécie toutes vos interventions.

A son tour, David Weinberg s'adresse au vieil homme :

– Je souhaite moi aussi rendre un hommage d'autant plus chaleureux à Samuel Meyerson qu'il fut mon premier maître et que c'est avec lui que j'ai fait ma bar-mitsva, il y a maintenant plus de trente ans. Je tiens à souligner publiquement combien la richesse de son enseignement a été déterminante pour moi comme pour toute une génération de jeunes Juifs dont beaucoup vivent aujourd'hui en Israël.

A nouveau, des applaudissements ponctuent le compliment du porte-parole des colons. Meyerson semble apprécier l'honneur qui lui est fait. Un air de contentement se lit sur son visage hâlé parsemé de rides. Un organisateur lui apporte un micro qu'il saisit. Ignorant les personnalités à la tribune, il se tourne vers le public.

– Je partage l'inquiétude que suscitent en chacun d'entre nous les événements qui agitent notre pays. Je ressens moi aussi l'angoisse qui vous étreint. J'ai entendu ce soir de très beaux discours, pleins d'émotion. Mais le rabbin que je suis se doit de vous mettre en garde...

Une rumeur parcourt le salon d'honneur du pavillon d'Armenonville. Meyerson ne se laisse pas démonter. Il se redresse et balaye l'assistance d'un regard perçant.

– ... Ces événements que nous vivons ne surviennent pas par hasard. C'est Dieu qui nous les envoie. Hachem veut nous éprouver. Il nous invite à réfléchir sur nos responsabilités, à effectuer notre examen de conscience et à reconnaître nos erreurs et nos fautes. Nous en avons tous commis. Tous !

Il a haussé la voix pour terminer sa phrase et a levé l'index en signe d'avertissement. Ses doigts sont affectés d'un léger tremblement, à peine perceptible. Pour quelle raison Jérôme Drouin est-il intrigué par le personnage de Meyerson ? Est-ce seulement sa voix de stentor, sa manière de s'adresser à l'auditoire ? Il ne ressemble pas à l'idée que le journaliste se fait d'un prêtre. Il est vrai qu'il n'est pas un rabbin ordinaire. Sa réputation a déjà franchi les strictes limites de la communauté juive. Auteur de plusieurs livres à succès sur le judaïsme destinés au grand public, Samuel Meyerson est parfois sollicité par les journalistes lorsque ces derniers souhaitent recueillir un avis éclairé sur les questions de religion. Il est considéré à la fois comme un érudit, un intellectuel et un pédagogue. Jérôme l'avait déjà entr'aperçu lors d'une émission télévisée consacrée à la montée des intégrismes au sein de la société française. Peut-être à cause de sa tenue et de son teint bronzé, on pourrait le prendre pour un riche retraité, voire un play-boy vieillissant mais toujours soucieux de plaire et de séduire.

– Bien sûr qu'il faut aller en Israël ! continue Meyerson. Nos cœurs, nos âmes ne se sont jamais détournés de Sion et de Jérusalem. Mais attention ! Il faut d'abord comprendre ce qui nous arrive, par quels actes nous avons réveillé la colère d'Hachem. C'est lui qui permet aujourd'hui aux ennemis du peuple juif de nous tourmenter. C'est sa manière à lui de nous interpeller, de nous inviter à la repentance, à la Téchouva. Je le répète, nous avons tous fauté.

– Taisez-vous, ça suffit ! On s'en fiche de vos remontrances. Si vous ne voulez pas partir, ne découragez pas les autres.

C'est un militant sioniste, debout dans une travée, qui a crié pour manifester son désaccord. Loin de s'offusquer, Meyerson se retourne vers le jeune homme.

– Sachez que rien ne servira de monter en Israël sans avoir au préalable scruté l'ensemble de nos actes. Le sionisme ne doit être ni une idolâtrie, ni une imposture. Quelle sorte de Juifs voulons-nous être ? Serons-nous vraiment des hommes meilleurs en terre promise que dans l'exil ? Souvenez-vous de ce qui est écrit dans la Torah : cette terre est un pays où coule le lait et le miel. Mais c'est aussi une terre qui vomit ses habitants, lorsqu'ils désobéissent aux prescriptions d'Hachem et se dérobent au service divin.

Où veut-il en venir ? Après le discours enflammé de

Weinberg, les admonestations du rabbin font l'effet d'une douche froide. La salle n'accroche pas et Meyerson s'en rend compte. On perçoit comme un malaise entre le public et lui. Au fil de son allocution il semble avoir perdu de sa sérénité. L'homme paraît anxieux, tourmenté. Ses propos sont décousus et on a du mal à en dégager le fil conducteur. Mais il persiste.

– Prenons garde de ne pas apporter avec nous nos pratiques malhonnêtes et idolâtres. La société qui nous rejette, c'est nous qui l'avons créée. Une société sans avenir, sans âme, un Golem ! Un monde corrompu, où tout se vend et tout s'achète, où seules importent l'apparence et l'illusion de la réussite. Ce monde, à son tour, a donné naissance à des êtres sans croyance, sans morale ni conscience. Trop de Juifs aujourd'hui ne sont que des *goyims* déguisés. Et ce sont nos enfants, nos créatures ! C'est nous qui les avons engendrés, par nos actes, nos excès et nos turpitudes. Ils sont notre œuvre. Je... J'ai tellement vu de choses étranges dans ma vie de rabbin, je pourrais vous raconter tellement d'histoires à peine croyables. Me croiriez-vous seulement si je révélais les péchés dont j'ai été le témoin, les compromissions auxquelles je me suis associé, les transgressions sur lesquelles j'ai fermé les yeux ? Pour qui ? Pour quoi ? Peut-être par goût du pouvoir, des honneurs ? Par faiblesse aussi. Mais je ne suis pas le seul à en avoir profité, croyez-moi. D'autres sont au courant. Si je voulais... il est sans doute trop tard. Ce qu'il reste à implorer, c'est le pardon d'Hachem.

L'assistance demeure muette. A la tribune les invités ne dissimulent par leur gêne. André Blumenfeld affiche un visage fermé, qui se veut un mélange de compassion et d'indifférence. Lorsque des cataclysmes surviennent, lorsque les repères se dissipent et qu'une société s'effondre, il arrive que les plus solides des individus perdent pied à leur tour et révèlent leurs failles et leurs défaillances. Meyerson s'est rassis, prostré, l'air absent, les yeux perdus dans le vide. Par moments, il hoche la tête et marmonne des paroles peu audibles, comme s'il ruminait une idée dont il ne parvient pas à se défaire.

– Votre attention, s'il vous plaît. Un peu de silence ! La police nous ordonne d'évacuer la salle.

Micro en main, un responsable de la sécurité s'est posté en bas de la tribune. Il porte le cheveu ras et est vêtu d'une tenue paramilitaire de toile noire sans le moindre insigne distinctif. A ses pommettes et ses yeux rougis par le froid, on devine qu'il a passé de longues heures à l'extérieur du bâtiment.

– Les CRS nous ont fait savoir qu'ils doivent impérativement lever le camp et qu'ils ne sont plus en mesure d'assurer la protection des alentours du pavillon d'Armenonville après 23 heures. Nous vous demandons de sortir dans le calme par petits groupes et de ne pas vous attarder à la sortie. Le service d'ordre de la communauté est réparti sur les principaux axes du bois de Boulogne afin que vous puissiez regagner sans crainte vos voitures ainsi que la station de métro Porte Maillot. Pour le reste, nous vous remercions d'être venus participer dans des conditions difficiles à cette réunion d'information. N'oubliez pas de prendre la documentation qui a été mise à votre disposition. Nous vous conseillons de rester en contact avec Radio Shalom qui vous informera en continu sur l'évolution de la situation. Je vous remercie. Je vous souhaite une bonne fin de soirée.

Un courant d'air froid parcourt le vaste salon d'honneur.

Les portes vitrées donnant sur le bois ont été grandes ouvertes pour faciliter une évacuation rapide du public. Sans grand enthousiasme, les gens se lèvent dans un tumulte où se mêlent le bruit des chaises et les conversations particulières. Les plus disciplinés se dirigent vers le hall, d'autres s'attardent, saluent une connaissance ou commentent les événements. Quelques-uns, plus hardis, tentent de prolonger le débat avec les orateurs autour desquels ils forment un petit cercle. Jérôme Drouin se fraye un passage. Il croise David Weinberg au moment où ce dernier parvient à prendre congé d'un groupe de jeunes Juifs venus le féliciter.

– David Weinberg ? Bonjour, nous ne nous sommes jamais rencontrés, mais nous avons, je crois, une amie commune, Ilana Mizrahi.

– Oui, et vous êtes ?

– Je m'appelle Jérôme Drouin. Je suis journaliste à *L'Européen*. J'enquête sur la mort de Bertrand Fabert et je...

– Ah, c'est vous !

– Pardon ?

– C'est vous, l'enquêteur vedette !

– Pardonnez-moi, mais je saisis mal votre ironie.

– Ça n'a pas grande importance. Les journalistes ont le droit de raconter n'importe quoi. Le mensonge est une donnée de la création et chaque être humain est libre de choisir entre le vrai et le faux, entre le bien et le mal.

David Weinberg a prononcé cette dernière phrase en affichant un sourire un peu forcé. La manière dont il le dévisage ne laisse guère de doute à Jérôme sur le sentiment d'hostilité dont il est animé à son égard.

– Ecoutez, je ne prétends pas être infaillible, mais je

cherche à faire honnêtement mon métier, rétorque Drouin. En tout cas, je ne pense pas que l'on puisse m'accuser de proférer des mensonges. Si j'ai écrit une erreur ou une inexactitude, dites-le-moi. C'est précisément dans ce but que je cherchais à vous rencontrer.

– Qu'est-ce que vous voulez savoir ?

– Ce qui s'est passé à Beth-El le jour de la visite de Bertrand Fabert. Ce qu'il vous a réellement confié durant l'interview dans le studio d'Arouts Chéva et pourquoi l'enregistrement a disparu.

– Il n'a pas disparu. Les agents du Shin Beth sont venus le saisir, c'est tout. C'est une procédure assez classique dans ce genre d'affaires. Tout ce qui a été colporté sur de pseudo-révélations faites par Fabert ne relève que du fantasme.

– Fabert ne vous a pas parlé de la présence d'un Palestinien du Hamas à Neuilly ?

– Pas autant que je m'en souvienne.

– Ce n'est pas ce qui se raconte en Israël..., rétorque Jérôme, sceptique.

– Méfiez-vous des racontars. Beaucoup de gens parlent sans savoir.

– Ils mentent ?

– Non. Je n'ai pas dit ça. Ils peuvent se tromper. J'ignore d'ailleurs qui sont vos informateurs et je m'en fiche complètement.

– Eh bien laissez-moi vos coordonnées, je serais vraiment très heureux que vous m'aidiez à faire la lumière sur cette affaire, lance Jérôme sans vraiment y croire.

Weinberg demeure sur ses gardes. La proposition du journaliste n'a pas l'air de l'emballer.

– Très franchement, je ne vois pas de quelle manière je

pourrais vous être utile. J'ai lu vos articles. Je sais que l'opinion publique se passionne pour le passé de Bertrand Fabert. Mais ça me paraît très franco-français. Que voulez-vous que je vous dise de plus ?

– Ce que vous a révélé Fabert.

Le porte-parole des colons lève les yeux au ciel en laissant échapper un soupir.

– Je vous le répète, il ne m'a rien dit de très palpitant. Il a exposé sa vision du conflit israélo-arabe et a émis quelques idées pour parvenir à la paix. C'est un exercice dans lequel excellent les hommes politiques, en particulier français, lorsqu'ils viennent en Israël. J'avais accepté cette interview pour faire plaisir à des journalistes israéliens qui accompagnaient Fabert. C'est tout.

Le salon d'honneur du pavillon d'Armenonville est maintenant quasi désert. Seuls s'attardent dans les allées quelques participants qui n'en finissent pas de discuter par petits groupes. Des militants rangent les chaises et démontent la sono. Weinberg consulte sa montre.

– Maintenant, excusez-moi, il est tard, je dois rentrer à mon hôtel. Ravi d'avoir fait votre connaissance. Je vous souhaite bonne chance pour la suite de vos enquêtes. Si vous voulez me joindre vous n'avez qu'à m'envoyer un e-mail. Mes coordonnées sont sur le site Internet de Beth-El.

Il a conclu sur un ton suffisamment laconique pour que Drouin comprenne que cette invitation n'est qu'une formule de politesse. Le porte-parole des colons se retire après avoir échangé une rapide poignée de main avec le journaliste. Avant de quitter la salle, il salue un couple d'Israéliens avec lequel il se met à discuter en hébreu. Drouin s'apprête à partir à son tour.

– Vous êtes journaliste, c'est ça, hein ?

Il se retourne. Le rabbin Meyerson s'est approché de lui. Le vieil homme le fixe de ses yeux tristes et inquiets. De près, il paraît plus âgé. Son visage parcheminé et sa barbe blanche lui confèrent l'aspect d'un sage antique.

– Je vous ai entendu discuter avec Weinberg. Vous êtes bien journaliste ?

– Oui, vous avez bien entendu. Je travaille à *L'Européen.*

Une lueur de satisfaction passe dans le regard de Samuel Meyerson.

– Vous avez une carte de visite ?

– Euh... oui, bien sûr. Tenez.

De ses doigts noueux, le rabbin prend la carte avec précaution, comme s'il s'agissait d'un manuscrit précieux, et la consulte attentivement. Il relève la tête.

– Je vous appellerai. Je peux vous raconter ce qui se passe dans la communauté juive. Je pense que ça vous intéressera. A bientôt, monsieur Drouin.

– Au revoir, monsieur le rabbin. N'hésitez pas à m'appeler quand vous le désirerez.

Jérôme laisse le vieil homme s'éloigner, puis se dirige vers la sortie. Dans le hall d'accueil du pavillon, il remarque deux policiers en civil dont l'un porte une oreillette reliée à un talkie-walkie. Il se souvient de l'avoir aperçu parmi le public durant la réunion. C'est un fonctionnaire des Renseignements généraux. « Le ministère de l'Intérieur a probablement de bonnes raisons de vouloir se tenir informé de l'ambiance qui règne actuellement chez les Juifs », se dit le journaliste en s'engageant d'un pas rapide dans l'allée obscure du Bois de Boulogne menant à la Porte Maillot.

Elle est venue travailler seule. Les autres filles ont trouvé que ça ne valait pas la peine. Trop de flics dans le bois, trop de violences. Ça fait fuir les clients. Mais Stella s'en fiche. Le danger ? Elle ne le craint pas. Les hommes, elle les connaît. Depuis qu'elle est arrivée à Paris, elle n'a jamais manqué une nuit, elle a toujours rapporté de l'argent. Les Français aiment les grandes blondes slaves et payent le prix demandé. Parfois un peu plus. C'est vrai, la soirée a été calme, côté commerce s'entend. Peu de voitures sont passées. Les accès au bois de Boulogne avaient été restreints, des allées interdites à la circulation, et la police quadrillait le secteur. Mais à partir de 3 heures du matin, les affaires ont repris. Gentiment. Cinq passes, des clients sans histoires. Le dernier l'a déposée à proximité du pavillon d'Armenonville.

Le jour commence à se lever. La chaussée est jonchée de cailloux et de débris de verre calcinés. On s'est battu au cocktail Molotov. Stella s'en fiche. Elle ne pense qu'à sa nuit de travail et au sommeil qui commence à la gagner malgré le café et la coke. Elle a hâte de rentrer dormir chez elle, dans le studio qu'elle partage avec une autre fille à Bondy. Elle allume une cigarette et attend. « Encore un et j'arrête. »

Dans la blancheur du petit matin, elle remarque une Jaguar garée à une centaine de mètres le long du trottoir. A travers le pare-brise, on devine la silhouette d'un homme assis à l'intérieur, à la place du conducteur. Elle s'approche. C'est un vieux. Le type porte un chapeau et est engoncé dans un caban. Il la regarde fixement. Qu'est-ce qui peut motiver sa présence à une heure si matinale si ce n'est la recherche d'amours tarifées ? Elle passe, lui sourit. Il ne bouge pas, la tête curieusement penchée sur le côté. Est-ce un timide, un voyeur, un détraqué ? Elle se penche à la hauteur de la vitre et lui fait des signes de la main. Il continue de l'ignorer, en regardant dans le vide, droit devant lui. C'est ça la vie d'une pute. Parfois, les clients vous harcèlent, d'autres fois c'est à la fille de faire du forcing, de s'adapter à la situation. De toute façon, le gars n'a pas l'air méchant ou dangereux. On verra bien. Elle met la main sur la poignée, ouvre doucement la portière et se met à hurler.

Le corps sans vie du rabbin Meyerson glisse, et tombe sur la chaussée.

12

Un hennissement annonce l'ouverture de la porte du box. Les sabots ferrés des pur-sang anglais résonnent sur les pavés Philippe-Auguste qui couvrent la grande cour rectangulaire du haras de la Reine. Un petit crachin d'avril tombe sur Senlis et ses environs.

En silence sur leurs montures, les deux hommes prennent le sentier qui mène du bâtiment à la forêt domaniale. Le cérémonial qui accompagne leur rendez-vous hebdomadaire est immuable. D'abord le cheval, oublier le reste. Surtout, ne rien dire, ne pas parler. Jacques Malaivre respire à pleins poumons les senteurs de fougères humides et laisse resurgir en lui ses souvenirs d'adolescent, lorsqu'il rêvait de conquérir le monde. S'il avait été militaire, il aurait été cavalier, conquérant arabe, cosaque du tsar, hussard de l'empereur ou chevalier des croisades, qu'importent l'époque et la nationalité. L'homme et le cheval, voilà, se dit-il, ce qui résume toute l'histoire de la civilisation depuis que les peuples des steppes d'Asie centrale ont su conquérir l'animal guerrier et paysan par excellence. Si tout s'écroulait aujourd'hui, si le chaos nous ramenait des siècles en arrière, que resterait-il à la France pour reconstruire sa puissance et son unité, si ce n'est ses chevaux ? C'est finalement ce que le pays de Clovis et de Napoléon a produit de meilleur. La couronne d'Angleterre avait ses navires, la Maison de France ses grandes écuries. L'équitation, songe Malaivre, c'est encore ce qui illustre aujourd'hui le meilleur de l'esprit français. Comme au temps des tournois de chevalerie, c'est autour des champs de course que se côtoient l'aristocratie et le petit peuple.

– Tenez, on va prendre ce sentier à gauche, suggère l'homme qui accompagne le patron du DSP. C'est boueux, les promeneurs et les voitures ne s'y aventurent pas.

Il s'engage sur le chemin qui s'enfonce dans la forêt. Malaivre accélère l'allure et arrive à la hauteur de son coéquipier. Aucun bruit, hormis le cliquetis des harnais et le battement des sabots qui cinglent la gadoue, ne vient troubler la quiétude du lieu. Comme tous les lundis matin les bois sont déserts. Les deux cavaliers ralentissent le pas. Malaivre est le premier à rompre le silence.

– Comment ça va, chez vous ?

– On travaille. On se prépare à essuyer un petit grain.

– Et la situation... ?

– Évolutive.

– Je m'en doute. Mais encore ?

– Tous les clignotants sont au rouge. Chaque jour, nos rapports de synthèse font état de situations alarmantes un peu partout en France. Les syndicats préparent une riposte, mais ils sont divisés. L'extrême gauche se renforce et s'organise pour mener des actions violentes. Les socialistes réfléchissent à une stratégie d'opposition et ont peur de se faire déborder par les gauchistes qui sont mieux implantés qu'eux dans les cités.

– Vous avez des remontées sur ce qui se passe dans les mosquées ?

– Les esprits sont très échauffés et les imams essaient de canaliser leurs ouailles.

– Vous voulez dire qu'ils essaient de les calmer ?

– Non, pas exactement. Selon les renseignements qui nous parviennent, ils attendent leur heure et cherchent à exploiter au mieux les événements. Les mosquées n'ont jamais été aussi fréquentées. Les jeunes des banlieues en ont fait leurs lieux de ralliement. Ils perçoivent parfaitement que tout est en train de foutre le camp. De leur part, c'est à la fois un réflexe identitaire et une façon de se protéger. A la mosquée, ils se sentent plus en sécurité. Ils savent aussi que nous avons plus de mal à les y surveiller et à être informés de ce qui se trame.

– Les imams, quels discours tiennent-ils ? s'enquiert Malaivre

– Ils disent tous peu ou prou la même chose. Nous cherchons d'ailleurs à identifier ceux qui inspirent leurs prêches. Il semble que les mots d'ordre soient élaborés à l'étranger. En Arabie Saoudite ou au Pakistan. En gros, ils expliquent aux jeunes que la guerre civile va éclater en France mais qu'il faut laisser les mécréants se déchirer entre eux et ne pas participer aux émeutes. Le Djihad, ce sera pour plus tard. En attendant, les imams les invitent à fortifier leur foi de musulmans et à se purifier.

Une petite pluie continue de tomber sur la forêt. Protégés par l'épaisseur des feuillages, les deux hommes continuent de progresser côte à côte sans hâter leur monture. Qui pourrait suspecter, à la vue de ces cavaliers vêtus de cirés sombres, qu'il s'agit d'un rendez-vous de travail entre un dirigeant de la Fraternité Nationale et un commissaire divisionnaire des Renseignements généraux ?

– Dites-moi, relance Malaivre, quel est selon vous le scénario le plus probable au lendemain des élections ?

– Comme je vous l'ai indiqué, nous nous attendons à des troubles. Il ne faut pas être sorcier pour ça. Mais nous hésitons entre deux options. Soit une agitation semi-pacifique à base de grèves et de manifs qui paralyserait le pays et les institutions, soit une explosion de violence généralisée dès le soir des résultats, peut-être même quelques jours avant, entre les deux tours de scrutin. Dans tous les cas, nous avons pris nos dispositions.

– Le gouvernement a encore le contrôle de la police ?

– Difficile à dire. Plus personne ne fait confiance à personne. Au ministère de l'Intérieur et à la préfecture, tout le monde s'espionne et se tire dans les pattes. Les flics de gauche constituent des réseaux pour aider les socialistes lorsqu'ils auront perdu le pouvoir. Mais nous les avons repérés.

– Vous êtes sûrs de la fiabilité de vos services ? Nous comptons sur vous pour ne pas nous faire voler notre victoire. Nous avons besoin de vos hommes et de vos moyens.

– N'ayez aucune crainte à ce sujet. Nous saurons agir avec efficacité dès qu'il le faudra.

Au loin sur le sentier, au détour d'un virage, un marcheur vient de faire son apparition. Un bâton à la main, il avance sans se presser. Il porte en bandoulière un panier ou une sorte de sacoche. On dirait un chercheur de champignons. En avril, en région parisienne ? réfléchit Malaivre. Oui... peut-être des morilles ? Les deux hommes interrompent leur conversation et arrêtent leurs chevaux. Malaivre sort une petite paire de jumelles de la poche intérieure de son ciré. Il fait le point sur le visage du promeneur et l'observe attentivement. Le type a l'air d'un retraité. Il avance lentement sans donner l'impression de prêter une attention particulière aux cavaliers et à leurs montures. Il est vêtu d'une vareuse kaki et coiffé d'une casquette de marin en gros drap bleu foncé. Le patron du DSP ajuste la netteté et actionne le moteur de l'appareil photo numérique intégré. Dans le viseur, un voyant lumineux lui indique que la transmission a démarré. A Saint-Cloud, les ordinateurs de la Corvette analysent déjà les clichés. Il remet les jumelles dans son blouson et échange un regard entendu avec le commissaire divisionnaire. Malaivre croit deviner une lueur d'envie dans ses yeux.

– Bel outil, lâche le policier. Je ne savais pas que la Fraternité Nationale disposait du dernier cri en matière de technologie.

– On n'est jamais assez prudent, rétorque le patron du DSP sur un ton laconique. C'est vrai, ça fonctionne assez bien et à une vitesse stupéfiante.

Ils se sont remis en route. Le vieux promeneur n'est plus qu'à quelques dizaines de mètres devant eux. Du haut de leurs chevaux, ils lui adressent un salut poli. L'homme leur répond par un bonjour d'usage, avant de continuer son chemin.

– Je pense que j'aurais déjà été bipé s'il y avait eu le moindre problème, poursuit Malaivre après avoir attendu que le marcheur se soit éloigné.

– Si rapidement ?

– En général, l'ordinateur identifie immédiatement le

groupe ethnique auquel l'individu appartient, cela fait gagner du temps pour aller chercher dans les fichiers, explique le responsable de la Fraternité sans dissimuler son enthousiasme. Ensuite, une série de paramètres – écartement des yeux, des pommettes, distance de la lèvre supérieure à l'arcade sourcilière, signes particuliers... – permet de sélectionner moins d'une dizaine de photos d'identité parmi toutes celles qui sont stockées dans notre banque de données. L'opération se déroule en une fraction de seconde. Une petite équipe d'analystes n'a plus qu'à examiner et comparer les clichés avec celui qui a été envoyé. En moins d'une minute, ils sont capables d'identifier une personne hostile, ou tout au moins dont la présence en un lieu est éminemment suspecte.

– Et... ce randonneur, vous pensiez que...

– Je ne pensais rien. Je vérifiais, c'est tout. L'autre soir, j'étais installé à une terrasse de café dans le quartier de l'Opéra. J'avais un rendez-vous. J'ai repéré un gars qui attendait sous un abribus de l'autre côté de l'avenue. Deux bus sont passés, il n'est pas monté. Je l'ai chopé avec les jumelles. Le temps qu'il se rende compte que je l'observais, j'avais déjà reçu son pedigree par texto : c'était un flic ! Une barbouze socialiste. J'en savais assez sur lui pour l'appeler sur son portable et lui dire que j'avais repéré son manège. Je n'ai pas eu besoin de le faire. Dès qu'il a compris qu'il était grillé, il est parti.

– Vous avez archivé tout le trombinoscope de la police ? demande, incrédule, le commissaire des Renseignements généraux.

– Non, pas toute la police. Seulement ceux dont nous avons des raisons de penser que nous devons nous méfier.

Ajoutez à cela les militants des groupes anti-fascistes, des syndicalistes, des journalistes, les fonctionnaires de certains services et les barbouzes des officines parallèles, cela ne fait somme toute que quelques centaines de personnes.

Ils arrivent dans une vaste clairière au sol sablonneux entourée de hêtres et de bouleaux. La pluie s'est arrêtée et un timide rayon de soleil perce les nuages grisâtres.

– Vous avez des tuyaux sur l'assassinat du rabbin Meyerson ? demande le policier.

Malaivre esquisse une moue négative.

– Votre question m'intrigue.

– Pourquoi donc ?

– Ôtez-moi d'un doute, vous étiez bien présent, il me semble, au pavillon d'Armenonville, le soir où il a été tué ?

Le policier ne peut s'empêcher de manifester sa surprise.

– C'est la surveillance du rabbin qui justifiait votre présence ? insiste Malaivre.

– Non, absolument pas ! Compte tenu des événements, nous avions établi une couverture très classique de la soirée des organisations juives. Nous voulions seulement savoir qui étaient les orateurs et connaître la teneur des interventions. Selon nos rapports, le rabbin a pris la parole, de manière assez confuse d'ailleurs. Mais personne ne s'explique les raisons du meurtre.

– En ce qui nous concerne, je peux vous garantir que la Fraternité Nationale n'est mêlée ni de près ni de loin à cette affaire. Nous tenons nos troupes. Nous avons quelques excités, mais je ne les vois pas aller tuer un vieux Juif de sang-froid, au milieu du bois de Boulogne. Maintenant... il y avait pas mal de groupes incontrôlés cette nuit-là. Des skin-heads, des islamistes, des voyous inorganisés. Si j'apprends quelque chose, je ne manquerai pas de vous en informer.

– Je vous remercie, c'est important. Le ministère de l'Intérieur nous a fait savoir qu'il s'agit d'une affaire prioritaire.

– Vous croyez qu'ils cherchent à l'exploiter contre la droite nationaliste, à quinze jours des élections ?

– Je l'ignore. Tout ce que je sais, c'est qu'ils sont comme des fous. Ils veulent qu'on mette le paquet sur cette enquête.

– Vous avez cherché du côté des néo-nazis ?

– Nous n'excluons aucune piste. Mais nous n'avons pas le sentiment que ça vient de chez eux.

– Qu'est-ce qui vous fait dire ça ?

– Le modus operandi. Le soir du meeting, les skin-heads étaient venus en bande. S'ils avaient attaqué le rabbin, il aurait été lynché par un groupe, nous l'aurions retrouvé roué de coups. Ils l'auraient sorti de sa voiture, peut-être même en auraient-ils profité pour la voler. Dans ce genre de situation, les émeutiers s'acharnent aussi sur le véhicule, donnent des coups de pied dans les portières. On retrouve des traces de lutte.

– Comment a-t-il été tué ?

– Il a été étranglé.

– Avec une cordelette ?

– Non, à mains nues. L'assassin avait des gants. Il n'a laissé aucune empreinte.

– Il aurait agi seul ? s'enquiert Malaivre l'air suspicieux. Vous pensez à un tueur solitaire ?

– Solitaire et méticuleux. La Brigade criminelle a passé la Jaguar du rabbin au crible. Ils n'ont pas décelé le moindre indice. D'après l'autopsie, les marques de strangulation semblent indiquer que l'étrangleur était assis à la droite de Meyerson.

– L'assassin serait monté dans la voiture sans que le rabbin se débatte ou appelle au secours... une prostituée peut-être ?

– Peu probable. Les putes qui pètent les plombs attaquent les clients à la bombe lacrymo ou avec des armes blanches. Et elles emportent le portefeuille avant de prendre la fuite. Le tueur a agi en professionnel. Meyerson a été exécuté sans un cri, sans un témoin. Froidement. Ça ne cadre pas avec un meurtre raciste classique. Celui qui a fait ça ne s'est pas laissé aller à des actes de violence superflue. Il a agi dans le noir, sans précipitation, sans éveiller l'attention de quiconque. Cela fait penser aux méthodes de certains commandos...

– Un ancien militaire...

Malaivre a marmonné ces derniers mots comme s'il se parlait à lui-même.

– On dirait que ça vous inspire, relance le policier. Vous avez une idée du genre de type qui aurait pu faire le coup ?

– Ça dépend, lâche-t-il, énigmatique, tout en poursuivant à haute voix sa réflexion. Mais pourquoi se serait-il attaqué à Meyerson en particulier ?

– Mais de qui donc parlez-vous ?

– Je vais vous expliquer. Venez, nous allons faire quelques pas. J'ai envie de marcher un peu.

Il descend de cheval et l'attache au tronc d'un frêle bouleau. Le temps que l'autre mette pied à terre et le rejoigne, il a déjà fait quelques pas sur le sable gris de la clairière, parsemé de mousses et de petits rochers de grès. Il s'arrête, scrute les alentours, puis observe les bois à la jumelle.

– Vous avez remarqué quelque chose d'anormal ? demande le flic.

– Non, je m'intéresse à la nature, réplique Malaivre, pince-sans-rire. Mais compte tenu de ce que je vais vous dire, je préfère m'assurer que le calme de la forêt n'est pas trompeur.

– Et à quoi voyez-vous ça ?

– Ah, ce sont mes petits secrets de garde-chasse ! Je suis un gosse de la campagne, vous savez. Il y a mille signes perceptible – si on vous a appris à les déceler – qui vous indiquent une présence incongrue, même camouflée. Les oiseaux, par exemple, perçoivent très vite le danger. Leur absence ou même leur manière de voler, de se tenir en haut des arbres sont autant d'indications. Et bien d'autres indices, mais ce n'est pas de cela que je voulais vous entretenir.

Les deux hommes se mettent à arpenter le périmètre sans trop s'éloigner des chevaux.

– Vous voulez que je vous donne une info sur Marseille ? murmure Malaivre à l'adresse du policier.

– Marseille ? Vous parlez de l'attentat du transformateur, la nuit des émeutes autour du stade ?

– Par exemple.

– Ne me dites pas que ce sont des gars de chez vous ?

– Des gars ? Non, *un* gars. Un seul type. Et il n'est plus chez nous. C'est bien là tout notre problème.

– Comment s'appelle-t-il ?

– Georges Voiron. C'est son vrai nom. Mais vous ne trouverez rien sous cette identité, même dans les fichiers de la Sécurité sociale. Cela fait vingt ans qu'il n'a plus d'état civil.

– Mais comment vit-il, sur quel réseau peut-il s'appuyer ?

– C'est trop long à vous expliquer en détail. Pour nous résumer, disons que c'est une de nos anciennes recrues qui a su, avant de disparaître, se bricoler sa petite structure parallèle. Désormais, il est incontrôlable et dangereux. Et encore, le mot est faible.

– Vous pensez qu'il ne travaille pour personne, qu'il n'est manipulé par aucune organisation ?

– Non, c'est un cas à part. Un solitaire qui veut mener sa révolution fasciste. Mais attention, ce n'est ni un fou ni un crétin. Il est coriace et n'avait – jusqu'à présent – commis aucune erreur.

– Jusqu'à présent ?

– Oh, à peine une négligence, plutôt une toute petite baisse de vigilance, mais que nous avons su exploiter en trimant comme des fourmis. Ce n'est pas à vous que j'expliquerai que les bonnes vieilles méthodes sont les plus efficaces.

Le commissaire reste en alerte, il attend que Malaivre poursuive son récit. Il a compris qu'au bout du compte le responsable de la Fraternité Nationale allait lui demander un service. Mais c'est donnant donnant. En échange, il veut en savoir un peu plus.

– Nous l'avons repéré en faisant un effort d'imagination et en nous mettant à sa place, poursuit Malaivre. Ce n'était pas trop difficile, c'est nous qui l'avons formé aux techniques de la clandestinité. Nous avons tout repris à zéro, passé en revue les procédures que nous enseignons à nos militants depuis des années. Nous avons épluché les vieux manuels qu'il était susceptible d'avoir utilisés. Et nous nous sommes posé la question suivante : comment aurions-nous fait pour nous rendre le plus discrètement possible à Marseille ? Nous avons bâti un certain nombre d'hypothèses et finalement conclu qu'il avait opté pour le train et qu'il était arrivé moins de 48 heures avant l'attentat. Bingo ! Nous avions vu juste.

– Mais vous m'avez dit qu'il se déplaçait sous de fausses identités ?

– Précisément ! Nous avons passé au crible les listings de la SNCF. Parmi les voyageurs arrivés à Marseille par la gare Saint-Charles, un nom nous a fait tiquer. Claude Dominique.

– C'est banal pourtant ?

– Oui, c'est un truc que nous employons nous-mêmes au DSP lorsque nous envoyons nos agents sur certaines missions. Deux prénoms mixtes accolés, idéal pour brouiller les pistes. En cas de vérification, on ne sait pas quel est le nom de famille et si on a affaire à un homme ou une femme.

– Et alors, c'était lui ?

– Sans aucun doute. Nous avons poussé nos recherches. Nous avons trouvé un Dominique Claude à Marseille et un Claude Dominique à Bandol. Mais après enquête, il s'est avéré qu'ils n'avaient pas pris le train ce jour-là.

– Et le vôtre, d'où venait-il ?

– Le billet avait été acheté le matin même à la gare de Mâcon. Payé en liquide bien sûr. Là non plus, aucun Claude Dominique dans toute la Saône-et-Loire. Vous voyez, pas si courant le nom !

Le commissaire des RG affiche un air suspicieux. Visiblement la démonstration de Malaivre ne le satisfait pas.

– C'est maigre comme indice, et comment comptez-vous le retrouver maintenant ?

Le patron du DSP s'arrête brusquement de marcher et regarde le flic en souriant.

– L'histoire n'est pas terminée. C'est précisément à la gare de Mâcon que Voiron a commis une petite erreur.

Malaivre prend son portefeuille dans sa poche et en extrait un carton rectangulaire de bristol blanc sur lequel le policier aperçoit une suite de numéros écrits à la main.

– Lorsque pour des raisons de discrétion on préfère acheter un billet de train en liquide, il est imprudent de retirer l'argent au distributeur dans le hall de la gare, poursuit Malaivre. Mais après tout, c'était peut-être le seul en service et il n'avait pas de raison de penser que nous allions remonter jusque-là.

– Vous avez identifié les coordonnées de sa carte de crédit ? demande l'autre, estomaqué. Elle est à quel nom ?

– Au nom d'Invexpart, une société domiciliée dans les îles Caïman, un paradis fiscal. Dès que nous avons flairé la piste de Mâcon, nous avons envoyé des équipes de dépanneurs interroger les disques durs des distributeurs d'argent dans un rayon de plusieurs kilomètres autour de la gare. Nous avons consulté le relevé des retraits effectués le matin de l'attentat contre le transformateur de Marseille. C'était un pari, un coup de poker. Nous n'avons pas eu à chercher trop loin. Une vingtaine de personnes ont utilisé les services du distributeur dans les heures qui ont précédé le passage du TGV Paris-Marseille. Notre attention a tout de suite été attirée par les quatre cents euros retirés sur le compte d'Invexpart.

– Et qu'est-ce qui vous prouve que c'est le porteur de

cette carte au nom de... comment dites-vous déjà, Invespart... ?

– Invexpart. Nous avons étudié de très près tous les retraits effectués ce jour-là à la gare de Mâcon et dans les environs. Nous avons identifié tous les titulaires des comptes. Il s'agissait soit de voyageurs dont nous avons retrouvé les noms sur les listes de la SNCF, soit de gens habitant la région et qui avaient une raison valable de se trouver là. La seule carte qui ne collait pas, c'était celle au nom d'Invexpart... les îles Caïman !

Tout en marchant, le patron du DSP a accompagné son exclamation d'un geste de la main évoquant un bateau qui vogue ou un oiseau qui s'envole au loin.

– Vous êtes vraiment certain que votre Voiron est le véritable utilisateur de cette carte ? C'est tout de même assez ténu, relance le policier.

– Je ne suis sûr de rien, mais j'ai dans l'idée que... ! voilà tout, maugrée Malaivre. Nous avons fait le rapprochement entre les deux seuls paramètres qui ne collent pas : Claude Dominique et Invexpart. Mettez-les côte à côte, construisez une équation avec ces deux inconnues et vous avez de fortes chances de trouver le résultat : Georges Voiron. CQFD. Maintenant, je reconnais que ma démonstration ne sera parfaite que le jour où nous aurons coincé ce salopard. Et je compte sur vous pour nous donner un coup de main.

– De quelle façon ?

– En nous aidant à le localiser. Voici les coordonnées de sa carte bancaire. Il en a d'autres, mais j'ai toutes les raisons de penser qu'il utilise celle-ci régulièrement. Il a déjà commis une erreur à Mâcon, il recommencera. Un jour, il va louer une voiture... Ou se trouver à un péage sans liquide pour payer. Il franchira le guichet avec sa carte. Je sais que la police de l'autoroute a les moyens de repérer en temps réel le passage de truands ou de terroristes grâce à leurs coordonnées bancaires. Si vous nous prévenez immédiatement, nous nous donnerons les moyens de l'intercepter.

– En douceur ?

– Nous lui tomberons dessus au moment où il s'y attendra le moins. Avant qu'il ait pu provoquer une vraie catastrophe. Selon nos renseignements, il envisage de perpétrer un attentat de grande ampleur quelques jours seulement après les élections. Et ce ne sera qu'un début, une sorte de cadeau de bienvenue pour saluer notre arrivée au pouvoir et se rappeler à notre bon souvenir.

– Vous allez le supprimer ?

– Disons, le neutraliser. Tout dépendra de son état d'esprit et de ses bonnes dispositions. Nous avons tout de même quelques questions à lui poser. Et je vous garantis qu'en échange de votre aide vous aurez la primeur de ce qu'il nous aura raconté. Après, on verra.

– Vous pensez qu'il pourrait être l'assassin du rabbin Meyerson ? reprend le commissaire.

– Ce n'est qu'une hypothèse. Mais ça correspond assez bien au profil de l'homme que nous traquons.

13

Lorsqu'il a poussé la porte du magasin d'antiquités, elle était assise au fond de la pièce dans un fauteuil de cuir coincé entre une table massive, un bahut campagnard et une horloge. Elle a poursuivi sa lecture, se contentant de lever la tête pour répondre poliment au bonjour de ce client inconnu. Il a commencé à s'intéresser à une console en merisier appuyée contre le mur de grosses pierres apparentes. Il a passé ses doigts sur la corniche pour apprécier la qualité de l'ouvrage, puis il s'est approché d'une banquette Louis-Philippe tapissée d'un velours grenat.

Le silence n'est troublé que par le mouvement régulier du balancier de l'horloge dont on entend résonner le mécanisme dans le caisson. Il flotte une odeur d'encaustique et de vieux bois. La boutique est encombrée de meubles, de vaisselles et de bibelots qui racontent l'histoire d'un ordre ancien. Rouets de paysanne, berceaux, prie-dieu, lampes à pétrole. Ils lui rappellent des époques lointaines où des populations soumises et contentes de leur sort n'avaient d'autre préoccupation que de travailler, d'obéir et de sauver leurs âmes.

– Combien cette armoire ?

L'antiquaire s'est levée de son fauteuil et s'est approchée avant de répondre. C'est une belle femme d'une soixantaine d'années, à l'allure soignée et à la chevelure blonde.

– Trois mille euros. C'est une armoire chapeau-de-gendarme en chêne, un modèle très recherché par les amateurs. Ah ! bien sûr, il faut avoir une hauteur sous plafond suffisante. C'est pour un appartement ou une maison de campagne ?

– Ce serait pour la campagne, je pense acheter quelque chose dans les environs. Une ancienne ferme ou une grande maison de village.

Voiron perçoit chez l'antiquaire le regain d'intérêt suscité par son propos. Il devine sans mal les interrogations qu'il a fait naître chez elle. Qui est cet homme ? Que vient-il faire dans la région ? Quelle est sa fortune et son mode de vie ? Il la regarde. S'il n'est pour elle qu'un visiteur anonyme, lui la connaît déjà. Elle s'appelle Jacqueline Fressinat, elle est née le 27 avril 1945, à Provins. Elle habite au 7, rue Du Guesclin, à la sortie de la ville, dans un ancien presbytère qu'elle a aménagé avec goût au fil des ans. Le jour où il a repéré cette boutique d'antiquités située sur le bord du canal du Petit Morin, en retrait de la place du marché de Crécy-la-Chapelle, il a tout d'abord vérifié au greffe l'état civil de sa propriétaire. Pendant quelques jours, il a surveillé ses allées et venues. Discrètement, il s'est livré à une enquête de voisinage. Il a fouillé son passé. Elle est célibataire sans enfant. Elle n'a jamais été mariée. Une à deux fois par an, elle s'offre des vacances dans des clubs ou dans des voyages organisés, proposés par une agence de Crécy-la-Chapelle. Dans sa jeunesse, elle a suivi des études d'histoire de l'art à Paris et tient ce magasin depuis plus de trente ans.

– Vous recherchez une résidence secondaire ou vous comptez vous établir dans la région ?

– Un peu les deux, répond Voiron tout en examinant d'un œil expert un tableau représentant la Vierge Marie entourée d'anges et de dévots. Je travaille dans l'import-export. Je suis établi à Luxembourg mais mes affaires m'appellent fréquemment en Seine-et-Marne. Et puis, cela fait longtemps que je voulais me rapprocher de Paris. L'idéal serait que je trouve un pied-à-terre assez spacieux pour l'arranger à ma convenance. Vous avez de beaux meubles et de jolis objets.

L'antiquaire ne peut dissimuler un air de contentement. Elle n'est visiblement pas insensible au charme de cet homme mûr à la carrure solide et au regard d'acier. Voiron est vêtu d'un col roulé en cachemire et d'une veste en tweed qui lui donnent l'apparence d'un gentleman-farmer.

– Je passe beaucoup de temps à chercher, répond-elle, flattée. Je ne rate aucune foire à la brocante ni aucune vente aux enchères. Et puis, ici les gens me connaissent bien et me font confiance. Lorsqu'il y a une succession ou un simple grenier à vider, ils me sollicitent. Certaines familles font appel à moi depuis deux générations ! s'exclame-t-elle avec un sourire un peu gêné, comme si elle s'en voulait d'avoir trahi son âge.

Il lui renvoie son sourire, appuyé d'un haussement du sourcil admiratif. Elle rougit. Elle se saisit d'un petit vase en porcelaine posé sur une étagère et l'examine machinalement pour tenter de se donner une contenance et masquer son trouble.

– ... Oui, dit-elle après un moment de silence, quand on se donne du mal, on trouve de belles choses...

– Surtout que Crécy est une ville prospère, surenchérit Voiron, j'ai entendu dire que certaines familles sont considérées comme les plus grosses fortunes de la région ?

– Oh ! Il ne faut rien exagérer. Ça reste de la petite industrie locale.

– Ah bon ? Je croyais que c'était surtout l'agriculture qui rapportait ici.

– En dehors de la ville, oui. Vous avez quelques grandes exploitations. Mais à Crécy, les gens vivent plutôt du commerce et de l'industrie. Au début du siècle, il y avait pas mal de fabriques dans le coin. Mais beaucoup ont fermé. Aujourd'hui il ne reste guère que la briqueterie.

– Elle appartient à des gens d'ici ?

– A la famille Malaivre, tout le monde les connaît à Crécy. Leur usine est après la gare, lorsque vous longez la voie ferrée en direction de Lagny.

– Ah oui, je suis passé devant en voiture. J'ai vu les bâtiments et les cheminées. Mais tout était si désert... Je me suis demandé si elle n'était pas désaffectée.

– Non, ils travaillent toujours. Évitez d'acheter une maison dans ce secteur. C'est bruyant. Certains jours les camions n'arrêtent pas de tourner.

– A qui appartient-elle, dites-vous ?

– Aux Malaivre. J'ai bien connu les deux frères, Philippe et André. Ils avaient hérité de l'usine fondée avant guerre par leur grand-père. Mais au fil des ans, c'est devenu moins florissant. Ils ont licencié dans les années 70. André est mort. Philippe est parti vivre dans le Sud. Un des fils a repris l'affaire. Mais elle tourne au ralenti. Que voulez-vous ! Ce n'est plus ce que c'était.

– Je vois.

Voiron se met à faire quelques pas dans la boutique et contemple un vaisselier dans lequel a été disposée une batterie de casseroles en cuivre. Manifestement, l'antiquaire est bavarde. Raison de plus pour ne pas la brusquer. L'arrivée de ce client inespéré au milieu de ce morne après-midi est pour elle l'occasion de trouver une oreille attentive.

– Il est beau ce grand lustre. Vous le vendez combien ?

– 4 000 euros.

– Ah, tout de même !

– Il est en cristal de Bohême XVIIIe. Toutes les pièces sont d'origine, c'est un travail d'artisan exceptionnel.

– Effectivement.

– Il vient d'ailleurs de chez les Malaivre, lance-t-elle comme pour en souligner la valeur. Je l'ai récupéré il y a trois ans lors du décès d'André. Comme toujours, des disputes, des mesquineries ont opposé les héritiers. Ils n'ont pas réussi à s'entendre sur le partage de certains meubles et objets de prix. Ils ont préféré les vendre.

– Les successions ! soupire Voiron. C'est Sacha Guitry – je crois – qui disait que l'on ne connaît bien les gens que lorsqu'on les a vus hériter.

– Ça, les Malaivre, pour les connaître, je les connaissais bien, poursuit l'antiquaire. J'étais, comment dire... une amie de la famille. J'étais invitée aux baptêmes, aux communions, aux mariages, aux enterrements. A la mort d'André, en plus du lustre, ils m'ont demandé si j'étais intéressée par des bibelots et des papiers qui s'entassaient au grenier. J'ai enlevé quatre malles. C'était moyennement intéressant. Mais comme ils m'avaient cédé le lustre et des meubles à de bonnes conditions, je les ai débarrassés de tout ça pour leur rendre service.

– Vous les avez gardées ces malles ? demande soudain Voiron.

– Elles sont dans ma remise. Pourquoi, qu'est-ce qui vous intéresserait ?

– Je collectionne les cartes postales, les vieux outils aussi.

– Je regarderai si vous voulez. Mais il y avait surtout des livres, des missels, des photos de famille et des souvenirs en tout genre. Et aussi de vieux papiers sans intérêt. Je n'ai pas tout trié. De temps en temps je vais y puiser un objet. Lorsque je suis en panne de missel ancien, par exemple. Les clients en achètent souvent. C'est un cadeau assez classique pour les premières communions.

La puissante Volvo glisse silencieusement sur la petite route départementale qui sillonne la région, entre les champs de maïs et de betteraves de la Brie.

Jacqueline regarde défiler le paysage tout en écoutant le concerto pour piano et orchestre de Mozart que Claude Dominique a sélectionné dans le lecteur de CD. Le saint-émilion du déjeuner lui a légèrement tourné la tête, même si elle a pris soin de n'en boire que quelques gorgées. Elle laisse son esprit vagabonder. Ce Claude Dominique est un homme sympathique et pour tout dire séduisant. Bien sûr, elle n'est pas du genre à céder au premier venu et ne souhaite pas une liaison sans lendemain. Et lui, d'ailleurs, quelles sont ses intentions ? Rien ne permet d'affirmer qu'il est à la recherche d'une aventure. Il est riche, cultivé et bien éduqué, voilà tout, songe-t-elle. Et puis, il doit être plus jeune que moi. Ça ne collerait pas. Quel âge a-t-il ? Plus de cinquante, sûrement. Soixante ? Alors il est bien conservé.

Claude Dominique est revenu ce matin au magasin, détendu, chaleureux, et a salué Jacqueline comme s'ils se connaissaient depuis longtemps. Il lui a dit qu'il s'était décidé pour l'armoire chapeau-de-gendarme et qu'il préférait verser des arrhes afin de la retenir, le temps de concrétiser l'achat d'une résidence dans les environs. Il a aussi acheté la scène d'adoration de la Vierge et a payé en liquide après voir marchandé symboliquement.

– Je vais la mettre à l'arrière de ma voiture et l'emporter à Luxembourg en attendant, a-t-il précisé.

– Vous avez visité beaucoup de maisons autour de Crécy... ? Vous avez vu quelque chose qui vous plaît ? lui a demandé Jacqueline.

– Je n'ai pas encore arrêté mon choix. Je préfère continuer à prospecter.

C'est alors qu'elle lui a proposé de lui montrer un ancien relais de poste à vendre au centre du vieux Crécy, ainsi qu'un petit manoir sur les hauteurs de Guérard, à quelques kilomètres de la ville. Claude a tout de suite accepté.

– Mais en échange, permettez que je vous invite à déjeuner, lui a-t-il lancé.

Ils ont marché dans les vieilles ruelles, vestiges d'un chemin de ronde du XIIe siècle, et qui enjambent les canaux aménagés autour des deux rivières, le Petit et le Grand Morin, traversant Crécy-la-Chapelle.

Lors du déjeuner à l'Auberge des Templiers, l'un des

restaurants réputés de la ville, Claude Dominique s'est un peu livré. Il lui a raconté sa vie en Afrique, comme ingénieur dans les pétroles, puis sa reconversion dans les affaires. Il voyage beaucoup à l'étranger pour décrocher des contrats, parfois dans des pays peu hospitaliers. Il s'est intéressé à la vie culturelle de la région et a posé deux ou trois questions sur les notables de la ville. Puis il a demandé discrètement l'addition.

En regagnant sa voiture, garée sur le parking devant le magasin de Jacqueline, il s'est arrêté quelques instants devant le vieux monument aux morts dressé sur une petite place arborée qui surplombe le canal. La stèle, érigée en 1904, salue la mémoire des soldats français tombés pour la France en Crimée, en Italie et dans les colonies lors des campagnes de 1870 et 1871.

– Tenez, regardez : *Léonce Malaivre, capitaine, mort à 22 ans sous les balles prussiennes*. C'est un des ancêtres de vos amis ?

– L'arrière-grand-père, a-t-elle expliqué. Il a tout juste eu le temps de laisser une descendance avant d'aller se faire tuer. Vous voyez, c'est une vieille famille créçoise installée depuis toujours dans la région.

Après avoir chargé le tableau de la Vierge dans le coffre de la Volvo, ils sont partis jeter un coup d'œil au manoir de Guérard.

– Je pense que cela vaut le détour, lui a dit l'antiquaire. C'est une belle demeure avec un parc préservé. Elle est en vente depuis plusieurs années, le prix est négociable.

Jacqueline était heureuse de trouver prétexte à fermer une heure ou deux son magasin. De toute façon, les clients ne sont pas légion en semaine.

Claude Dominique interrompt Mozart pour écouter le flash de 15 heures sur RTL. Un réseau pédophile démantelé dans le Doubs. La Bourse en baisse. Situation de plus en plus confuse à une semaine du premier tour, le Premier ministre socialiste annonce que rien n'est encore joué et appelle tous les républicains à faire barrage à la Fraternité Nationale.

– Ah là là, la politique, quel panier de crabes ! s'exclame l'homme d'affaires. Si les gens travaillaient un peu plus et profitaient de l'existence au lieu de croire tout ce qu'on leur raconte... enfin !

– Oui, c'est sûr que ça ne va pas être facile après les élections, reprend-elle d'un air pincé. Espérons que l'économie ne va pas trop en souffrir.

– Dites-moi, Jacqueline – je saute du coq à l'âne – vos amis, les Malaivre, ils sont de la famille de l'ancien ministre ?

– Quel ministre ?

– Sous Pompidou ou sous Giscard, il n'y a pas eu un Malaivre au gouvernement ? Peut-être secrétaire d'Etat ou délégué interministériel ?

– Non, vous confondez. C'est Théodore Malaivre. Il travaillait dans les cabinets ministériels. Il a fait une belle carrière mais il n'a jamais été ministre. C'était un cousin de Philippe et d'André. Il était originaire de Maisoncelles.

– D'où ?

– De Maisoncelles-en-Brie. Un village assez arriéré à quelques kilomètres d'ici.

– Pourquoi arriéré ?

– C'est une sorte de trou perdu sur un plateau au milieu

des champs. Dans les années 60, il était habité par des gens frustes, surtout des ouvriers agricoles.

– Eh bien, pour quelqu'un de fruste, il s'en était plutôt bien tiré ce Théodore-là !

– Oui, c'est vrai. C'était un peu l'enfant prodige du village. Ses parents étaient des gens simples mais il s'était révélé bon élève. L'instituteur et le curé l'avaient poussé. Ensuite, il était monté à Paris. Mais les Malaivre de Maisoncelles et ceux de Crécy ne se fréquentaient pas. Pour tout dire, ils étaient brouillés.

– Ah ! Remarquez, c'est classique, surtout lorsqu'il y a de grosses différences sociales, ou lorsqu'une famille réussit mieux qu'une autre.

– Non, c'était une brouille plus grave et plus ancienne. Il y avait vraiment de la haine entre eux. Un drame avait eu lieu, puis une histoire très bizarre...

– Quel genre d'histoire ? relance-t-il, visiblement intéressé.

– Ça...

– Des coucheries, des histoires de fesses ? Comme toujours !

Il joue sur le registre grivois. Jacqueline Fressinat se sent rougir. Elle se met à rire d'une manière gênée.

– Non, pas vraiment. Enfin si, d'une certaine manière. Pas des coucheries dans le sens vulgaire. Mais une rumeur a circulé, un enfant aurait été un bâtard. En tout cas, c'est comme ça que certains l'appelaient.

– Mais qui ça ?

– Théodore Malaivre ! le petit surdoué d'Émile et Violette que les cousins de Crécy considéraient comme des péquenots.

– Théodore Malaivre, le haut fonctionnaire, aurait été un enfant adultérin, et alors ? C'est ça qui aurait provoqué la brouille ?

– C'est plus compliqué, reprend Jacqueline. « Le bâtard », c'était le surnom que lui donnaient les cousins de Crécy. Je me souviens avoir entendu ce sobriquet autrefois, à table, lorsque j'étais invitée à déjeuner chez les Malaivre. Mais au fur et à mesure qu'il a grimpé dans la carrière à Paris, ils se sont perdus de vue et ont arrêté d'en parler. Lui d'ailleurs, ne revenait presque jamais à Maisoncelles.

– Vous avez parlé d'un drame ? reprend Claude Dominique.

– Dans les années 40. A Maisoncelles, un enfant est mort en jouant. Un accident. Cet enfant, c'était Paul Malaivre, de Crécy, le frère de Philippe et André. Il était en vacances chez les cousins de ses parents. Jeanne Malaivre, la mère de Paul, en a terriblement voulu à Émile et à sa femme, de ne pas avoir mieux surveillé son fils.

– C'est de là qu'est née la haine que ceux de Crécy nourrissaient à l'égard des cousins de la campagne ?

– Et elle n'a fait que croître ! D'autant plus que quelques années après, un enfant est arrivé à Maisoncelles, chez Émile et Violette.

– Comment ça, arrivé ?

– Les mauvaises langues ont raconté qu'il avait déjà deux ans lorsque le curé l'a baptisé et que personne dans le village n'avait été au courant de sa naissance. Alors, les bruits ont commencé à courir. Certains disaient qu'ils avaient adopté l'enfant, pis, qu'ils l'avaient volé !

– C'est difficilement croyable. A qui auraient-ils pu prendre un enfant ?

– On ne sait pas. Mais c'était juste après la guerre. Il s'en est passé des drôles de choses sous l'Occupation, si vous voyez ce que je veux dire, répond Jacqueline avec un air lourd de sous-entendus. Et puis ensuite, il y a eu la bagarre avec le curé du village et les études payées à Paris.

– Une bagarre avec un curé ?

– Des gens de Maisoncelles ont accusé le curé, je crois qu'il s'appelait le père Anglade, de vouloir en faire un prêtre contre la volonté des parents. Il faut dire que le gamin était vraiment en avance sur son âge. Il était très différent des autres. Premier de la classe à l'école du village mais plutôt renfermé et solitaire. Après sa première communion, le curé avait voulu l'inscrire au petit séminaire. Il avait prétendu que c'était la vocation de Théodore. Qu'il irait loin dans cette voie et que les parents étaient d'accord.

– Et ce n'était pas vrai ?

– Ce n'était pas tout à fait exact. A l'époque – d'après ce que j'ai entendu dire – l'affaire était remontée assez haut. L'évêque de Meaux s'en était même mêlé pour demander au père Anglade de ne plus s'occuper de l'enfant. Certains disaient que Émile et Violette Malaivre s'étaient laissé manipuler. Mais je n'en sais pas plus. Cette histoire, je la connais parce que les Malaivre de Crécy me l'avaient plus ou moins racontée, mais ils restaient tout de même assez discrets. André m'a laissé entendre un jour qu'il y avait eu comme un arrangement, et qu'il ne fallait plus en parler, que c'était du passé.

– Curieux tout de même, et donc Théodore a quitté le village et est monté à Paris ?

– Oui, c'était vraiment un fort en thème. Pour qu'il

échappe à l'emprise du curé, Émile et Violette l'ont envoyé dans un pensionnat.

– C'était ça, l'arrangement ?

– C'est le bruit qui a couru. Là aussi les gens se sont posé des questions. Ils n'étaient pas bien riches, Émile et Violette. Ils travaillaient à la ferme. Avec quel argent ont-ils pu envoyer Théodore étudier dans un pensionnat chic à Paris ? Qui a payé ?

– L'évêque, peut-être. Les autorités ecclésiastiques ?

– Non, je ne vois pas pourquoi ils auraient fait ça.

– Alors qui ?

– Les commères n'ont pas chômé, comme souvent dans les villages. Certains ont même raconté que des gens très importants étaient venus de Paris pour négocier avec les parents de Théodore. Qu'on les avait aperçus dans de grosses voitures garées devant chez eux. D'autres disaient qu'une riche famille suisse payait les études.

– La vraie famille de l'enfant ?

– Je ne sais pas. C'étaient encore des racontars. En tout cas Théodore a fait de brillantes études. Après le lycée, il a été reçu à Sciences Po, puis à l'ENA. Très jeune il a commencé à travailler dans les cabinets ministériels, sous de Gaulle, puis Pompidou. Il ne revenait pas souvent à Maisoncelles-en-Brie. Mais le jour où il est mort, je me souviens, l'église du village était pleine à craquer. Des hauts fonctionnaires, des députés. Il était devenu quelqu'un d'important.

– Il est enterré à Maisoncelles ?

– Oui, avec Émile et Violette. Vous voyez, les gens sont médisants. Ils étaient probablement ses vrais parents.

Ou bien le mystère est intact, et personne ne l'a jamais éclairci.

– Il n'y a plus aucun Malaivre à Maisoncelles ? demande Claude après avoir observé un bref moment de silence.

– Non. Théodore n'a eu qu'un fils qui n'a jamais gardé d'attaches avec le village. Il a d'ailleurs marché dans les traces de son père.

– Il travaille dans les ministères ?

– Non, mais il fait de la politique. Remarquez, il n'a pas exactement les mêmes idées que son père. Il paraît qu'il milite à l'extrême droite, à la Fraternité Nationale. Mais je ne l'ai jamais rencontré.

Depuis sa fenêtre, la femme observe, dissimulée derrière les rideaux. C'est le claquement des portières et les éclats de voix qui ont attiré son attention. « D'habitude, songe-t-elle, Jacqueline revient plus tôt de son magasin. Et ce soir elle n'est pas seule. Qui est donc cet homme qui l'accompagne ? Tiens, ils vont directement à la remise, c'est peut-être un client. Curieux, tout de même. Jacqueline n'amène jamais d'acheteurs chez elle, et elle interdit à tous l'entrée de la grange où elle entrepose ses marchandises. Il doit s'agir d'une grosse affaire. Et elle va se faire payer en liquide, comme toujours ! »

Une douleur rhumatismale vient tirer Suzanne de ses pensées. Elle se dirige vers la cuisine. 7 heures, il va falloir préparer à dîner. Mais elle n'a pas vraiment faim. Rien ne lui donne envie. Rien ne parvient à la sortir de cet état d'ennui et de désœuvrement qui la gagne depuis le milieu de l'après-midi. C'est un sentiment qui l'envahit chaque jour un peu plus. Autrefois, elle sortait faire des courses, se promenait. Elle regardait des feuilletons à la télévision, faisait des mots fléchés. Le soir, elle s'endormait en faisant des projets pour le lendemain. Désormais, lorsqu'elle se couche, elle prend un somnifère pour ne pas se réveiller en pleine nuit, seule dans le noir, à attendre indéfiniment que le matin vienne la délivrer du supplice de l'insomnie. Dans la journée, elle traîne. Elle attend l'heure des infos à la télé mais ne parvient pas à s'y intéresser. Par moments, elle songe à sa jeunesse et rumine de vieux souvenirs qui ne la font plus rêver.

Elle ouvre le réfrigérateur. Il y a une tranche de jambon encore emballée dans le papier de la boucherie et un reste de chou-fleur au gratin dans une barquette en alu. Elle réchauffe le chou-fleur au micro-onde et met le jambon dans une assiette qu'elle dépose sur la table du salon. Elle retourne à la fenêtre. La voiture du type est garée le long du mur du presbytère. Jacqueline est toujours avec lui dans la remise, au fond du jardin. Suzanne prend deux couverts dans le buffet, un verre, la carafe d'eau qu'elle installe sur la toile cirée à côté du jambon. Elle va chercher le gratin à la cuisine et entame son repas en écoutant le journal régional de France 3. Des Kurdes font la grève de la faim dans une église de Bobigny pour obtenir le droit d'asile en France. Elle dîne sans appétit, coupe la télé et part à la cuisine faire la vaisselle. Elle revient au salon, nettoie les miettes sur la table, regarde à nouveau dehors et va s'asseoir sur le canapé.

« Mais nom de Dieu, que font-ils ! » Depuis une heure Suzanne n'en finit pas de se relever pour aller guetter au carreau. La nuit est tombée, la chambre est plongée dans l'obscurité. De la fenêtre qui surplombe le jardin de l'ancien presbytère, elle essaye de deviner ce qui se passe chez sa voisine. Le type n'est pas un client. Lorsqu'ils sont sortis de la remise, Jacqueline l'a invité à pénétrer chez elle. Ils se sont installés dans le salon au rez-de-chaussée et ont allumé un feu de cheminée. A un moment, Suzanne a cru qu'il s'en allait. Il est sorti, s'est dirigé vers sa voiture, a ouvert la portière arrière et a pris une sacoche sur la banquette. Puis il est allé chercher quelque chose dans le coffre. Il regardait autour de lui de manière bizarre. On aurait dit qu'il se méfiait. Il est reparti vers chez Jacqueline une bouteille de vin à la main. Ils ont sans doute dîné ensemble. Les fenêtres du salon étaient allumées. Maintenant, tout est éteint. C'est certain, il dort chez elle. Avec elle. A aucun moment Suzanne n'a aperçu la moindre lumière dans la chambre d'amis. C'est bien la première fois que Jacqueline reçoit un homme !

Qui est ce type ? Il n'habite pas la région. Sa voiture est immatriculée à l'étranger. Suzanne a remarqué un gros « L » à côté de la plaque minéralogique, cela doit signifier Luxembourg ou Liechtenstein, elle ne sait pas très bien. Jacqueline Fressinat aurait donc un amant dans ces contrées-là, mais où l'aurait-elle rencontré ? C'est en tout cas la première fois qu'il vient ici. Et elle ne quitte pas souvent Crécy. « Ça ne colle pas », se dit la vieille femme de plus en plus intriguée. Elle contemple la façade grise de l'ancien presbytère éclairée par les lampadaires de la rue. Que se passe-t-il à l'intérieur ? Va-t-il rester toute la nuit et repartir demain matin ? A moins qu'il ne s'en aille plus rapidement, dans la soirée ou au milieu de la nuit ? Ce serait un peu cavalier. Une aventure passagère ? Ça ne ressemble pas du tout à Jacqueline Fressinat.

Une fenêtre s'allume, quelqu'un s'est levé dans la maison. C'est lui ! Suzanne a le temps d'apercevoir à travers les carreaux dépolis une silhouette furtive qui passe dans le couloir du premier étage. Il n'est pas couché. Il est habillé. Et Jacqueline, où est-elle ? La lumière s'éteint à nouveau. Peut-être s'en va-t-il ? Non, il est maintenant dans le bureau attenant à la chambre. Il est penché sur un secrétaire et donne l'impression de fouiller dans un tiroir. Sans doute lui a-t-elle demandé d'aller chercher quelque chose. Mais pourquoi ne le fait-elle pas elle-même ? Le faisceau lumineux d'une torche électrique apparaît soudain à travers la lucarne pratiquée au milieu du grand toit de tuiles. Le type est au grenier. « Ma parole, il visite la maison de fond en comble ! » Suzanne ne se lasse pas d'observer la scène. Elle éprouve la jouissance de celui qui pénètre sans y être autorisé dans la vie des autres. Elle essaye de comprendre ce qui se joue sous ses yeux, de trouver une logique au ballet nocturne de l'inconnu dans la maison. Cet événement imprévu est venu bousculer la monotonie de ses journées et lui a fait oublier les angoisses sournoises qui la minent lorsque tombe le soir.

« Que tu es bête ! Les plombs ont sauté, voilà tout. Il a pris un fusible et une lampe de poche dans le tiroir du secrétaire et maintenant il est à la recherche du disjoncteur. La lumière va bientôt revenir. » Mais la lumière ne revient pas. « C'est trop long, se dit-elle, pour une simple panne de courant. Dans ces cas-là on allume des bougies. Et puis je n'ai pas vu Jacqueline. Le gars a l'air de se balader tout seul dans les étages. Le voilà, il sort ! »

L'homme referme doucement la porte du presbytère et se dirige vers sa voiture. Il tient dans une main sa sacoche et dans l'autre un grand sac qu'il range dans le coffre du véhicule. Il emporte des objets. Il s'en va. Non, pas tout de suite. Il se retourne, regarde autour de lui, toujours avec cet air méfiant. Suzanne demeure immobile, dissimulée dans le noir derrière ses voilages. Elle sent son cœur battre et retient son souffle. Il fait quelques pas au milieu de la cour et lève la tête en direction de la fenêtre éteinte de la chambre de Jacqueline. Que fait-il maintenant ? Il entre dans la remise ! Jacqueline n'a jamais confié les clés à quiconque et ne laisse personne s'y introduire en son absence. Mais que cherche-t-il ? Et pourquoi Jacqueline ne se réveille-t-elle pas ? Et s'il l'avait... « Oh non, mon Dieu, ce n'est pas possible ! »

Surtout, pas de bruit inutile. Voiron avance à pas feutrés dans l'étroit couloir formé par deux rangées d'armoires et de buffets alignés côte à côte. Le faisceau de sa torche lui indique le chemin. Au bout de la remise, un petit escalier de bois mène à la mezzanine. Les malles des cousins Malaivre y sont entreposées. Il a tout son temps pour en examiner le contenu. Lorsqu'il a quitté la chambre, Jacqueline dormait profondément. Elle ne se réveillera pas avant demain matin. L'effet des gouttes de Noctonix qu'il a versées dans sa tisane est puissant et provoque même parfois une légère amnésie. Sans gravité. Il n'est pas sûr qu'au réveil elle parvienne à reconstituer l'enchaînement des événements et à se souvenir de sa soirée. Après le dîner, il a noté qu'elle commençait à s'assoupir et qu'elle luttait contre le sommeil. Il s'est levé pour prendre congé et la remercier de son hospitalité. Il s'est approché d'elle, lui a pris les mains en souriant et l'a attirée vers lui. Ses lèvres ont rencontré les siennes. Elle s'est laissé faire sans protester. Elle a émis un cri étouffé, presque un soupir, comme si elle voulait jouer la surprise, mais c'était pour masquer son émotion. Ses épaules tremblaient légèrement. Puis elle s'est abandonnée. Dans la chambre, ils sont restés allongés sur le lit l'un contre l'autre. Il l'a caressée, a fait glisser sa robe. Jacqueline a dû être une très belle femme dans sa jeunesse.

Il parvient en haut de l'escalier. Les deux caisses écrues aux armatures de fer rouillées sont entreposées dans un recoin contre le mur. En silence, Voiron fait glisser la plus grosse des malles et la place au milieu de la mezzanine. Il réajuste l'oreillette de son scanner tout en réglant la fréquence. La nuit est calme, aucun mouvement suspect n'est à signaler aux alentours. Les gendarmes de Crécy-la-Chapelle ont effectué une dernière ronde de routine dans les rues de la ville vers 23 heures, et sont partis procéder à un contrôle routier en direction de Coulommiers. Il fait basculer le couvercle de la malle et commence à en examiner le contenu à la lueur de sa torche. Il compulse rapidement les cartes postales anciennes rangées dans une boîte à chaussures que Jacqueline lui a déjà montrées avant le dîner. Rien de très passionnant. Beaucoup de vues d'Arcachon en noir et blanc envoyées aux Malaivre, le plus souvent durant des périodes estivales. Un membre de la famille devait y avoir une maison de vacances. La plupart des cartes sont signées Henri ou Madeleine. D'autres ont été écrites par Philippe et André et sont adressées aux « chers parents ». Il feuillette un vieil album de photos. Des portraits accompagnés de scènes familiales classiques. Promenades dans la campagne. Repas de fête. Premières communions, mariages, souvenirs de voyages. Pas d'indication de dates ni de lieux. Quelques vues de plage avec des enfants qui jouent et une maison dans les pins. Arcachon ? Du fatras de bibelots, il extrait un cadre poussiéreux renfermant un papillon exotique noir et vert, une boîte à biscuits métallique contenant des pièces d'échecs en ivoire et en ébène. Le jeu est dépareillé.

Au fond de la malle, des dossiers qui partent en lambeaux, des actes de vente, des feuilles d'impôts et de vieilles factures. Une pile d'actions des mines de Penarroya dont les coupons n'ont pas été détachés. Le titre est ornementé d'une quadrichromie représentant un mineur andalou sur fond de montagnes. Bon pour la brocante. Il dénoue le ruban défraîchi qui entoure une pile de lettres. Il les parcourt rapidement avant de les glisser dans sa sacoche. Il les lira en détail plus tard. Il examine les livres. Un manuel de catéchisme, un exemplaire des *Loups*, de Guy Mazeline, prix Goncourt 1932. Le lecteur s'est arrêté à la page 62. Au-delà, il n'a pas jugé bon de détacher les feuillets au coupe-papier. Un guide Michelin 1947, sans intérêt. *La France juive*, d'Edouard Drumont. Un scripteur anonyme a souligné des passages au crayon noir et porté des annotations minuscules dans les marges. Peut-être une piste. Il prend le volume et le fourre dans la sacoche. Puis il range soigneusement les documents et les bibelots dans la malle dont il referme le couvercle.

Le deuxième coffre est fermé par un cadenas rudimentaire. Quand il a visité la remise avec Jacqueline, l'antiquaire ne parvenait pas à se souvenir où elle avait rangé la clé. D'un geste précis, Voiron introduit un crochet dans la serrure et en vient à bout en quelques secondes. L'intérieur de cette malle est capitonné d'un tissu gris agrémenté de motifs géométriques. Elle est remplie de vieux vêtements féminins. Des colliers à grosses perles et des bijoux fantaisie ont été jetés en vrac dans un sac à main. Sous une pile de vieux rideaux en dentelle déchirés, Voiron découvre un grand carton à chapeau fermé par une ficelle. Il dénoue le lien et ouvre la boîte. Des petits objets religieux et des souvenirs personnels y ont été entreposés. Une montre-gousset aux aiguilles manquantes, gravée des initiales HM sur le dos en métal argenté. Un petit crucifix sur lequel on a fixé un rameau de buis desséché. Une médaille militaire de la Première Guerre mondiale. Dans une sorte de tabatière en bois, il trouve une mèche de cheveux et une couronne dentaire en or, gardés peut-être en mémoire d'un être cher. Voiron vérifie que la tabatière ne comporte pas un double fond ou un compartiment secret comme c'est parfois le cas. Il déplie le papier de soie protégeant la reliure en cuir d'un vieux missel. Le nom de son propriétaire est marqué sur la page de garde, d'une écriture ancienne à l'encre violette : « Amélie ». Au milieu du livre, un petit carton intercalé en guise de marque-page. C'est un souvenir de première communion, une sorte de vignette pieuse envoyée aux proches pour remercier ou simplement faire part. Sur la photo, un jeune garçon en aube blanche, les mains jointes, affiche un sourire un peu crispé. *Théodore, 4 avril 1950.* Une main rageuse a ajouté : « *Quelle fière allure il a, le petit youpin !* » C'est toujours écrit à l'encre violette, les pleins et les déliés sont du même tracé que le nom d'Amélie en tête du missel. Qui était-elle ? Une grand-mère, une tante ou une amie ? Jacqueline n'a pas évoqué son nom. Quelqu'un en tout cas d'assez proche pour partager avec les cousins de Crécy le secret des origines de l'enfant d'Émile et de Violette Malaivre.

Un immense sentiment de jubilation envahit soudain Georges Voiron. Sans se laisser déconcentrer, il glisse la photo du premier communiant dans son portefeuille, remet le carton à chapeau au fond de la malle sous les habits et fait disparaître toute trace de son passage dans la remise. Il regagne sa voiture. L'horloge du tableau de bord indique 1 heure du matin. Tout est calme autour du presbytère. D'après les informations reçues sur son scanner, les gendarmes de Crécy-la-Chapelle sont maintenant postés à l'entrée de l'autoroute A4 pour effectuer des contrôles d'alcoolémie sur les automobilistes. Il rentrera à Paris par la nationale, en évitant les péages. C'est toujours plus discret.

Il démarre le moteur de la Volvo et allume ses phares. Le portail du presbytère est resté ouvert. Il s'engage sur le petit chemin qui mène à la route principale.

Le père de Jacques Malaivre était donc juif ! Voiron s'était toujours douté qu'il y avait quelque chose qui clochait chez le patron du DSP. Trop différent des autres. Avec ce côté grand seigneur et ce mépris dans le regard. Tout cela n'était qu'une façade pour qu'on n'aille pas s'intéresser à sa vie privée et farfouiller dans ses petites affaires. Jacqueline avait vu juste. Théodore était un enfant adopté, sans doute pendant la guerre. Tout s'explique. Ce n'est pas possible qu'il n'en soit rien resté chez le fils. D'ailleurs, qu'est-ce que c'est que cette histoire de première communion ? Probablement du bidon, du camouflage pour respecter les conventions et se faire ouvrir les portes de la société. Ils sont bien tous pareils ces résidus de ghetto. Faux jetons comme pas deux, intrigants et calculateurs. Quel jeu joue Jacques Malaivre aujourd'hui, et pourquoi a-t-il caché à la Fraternité Nationale son ascendance juive ? Il doit y avoir une raison. Ce qui est sûr, c'est qu'il n'aurait jamais obtenu la direction des services de sécurité du parti si la chose avait été connue. Tout en conduisant, Voiron réfléchit. Il détient ce qu'il cherchait depuis longtemps. Un élément susceptible de faire exploser le patron du DSP en plein vol, en pleine ascension vers le pouvoir. Malaivre est juif et ne veut pas que ça se sache. Il faut continuer à enquêter. Il n'y a plus qu'à tirer sur le fil pour dérouler la pelote.

Il arrive à l'intersection du sentier et de la petite départementale qui descend sur Crécy. Il ralentit, met sa flèche et attend le passage d'un camion avant de tourner. « Dans une heure je suis à Paris », se dit-il. Le pare-brise et les vitres de la Volvo volent en éclat. Avant que Voiron ait pu esquisser le moindre mouvement de défense, tout est fini. Deux hommes en tenue de combat et cagoulés le sortent de son véhicule en une fraction de seconde pendant qu'un troisième lui encapuchonne le visage. On lui attache les pieds et les mains derrière le dos avec un câble qui s'enfonce douloureusement dans ses poignets et ses chevilles et qui lui interdit tout mouvement. Il est traîné sur le sol et hissé à bord de ce qu'il devine être une camionnette. Il entend la porte du fourgon se refermer. Le véhicule démarre. L'opération n'a pas duré plus d'une minute. Ce sont des professionnels. Il s'est fait piéger comme un débutant. Il aurait dû se méfier de ce camion qui allait trop lentement sur la route et qui n'avait d'autre but que de le forcer à s'arrêter au carrefour. Une seconde d'inattention a suffi au commando pour jaillir du talus et le neutraliser. Lorsque les vitres de la voiture ont été brisées, il a eu le temps d'entr'apercevoir une dizaine d'hommes qui encerclaient le véhicule et le tenaient en respect avec des armes de poing.

Voiron est un soldat. Il sait qu'il a perdu la guerre.

14

La Mercedes est garée sur le bord de la route, à une dizaine de mètres du carrefour. Assis à l'avant, à côté du conducteur, Jacques Malaivre regarde la fourgonnette s'éloigner dans la nuit. Tout s'est déroulé comme prévu. Aucun coup de feu n'a été tiré, aucun bruit entendu. Voiron n'a eu le temps ni de se défendre ni de crier. La neutralisation a eu lieu loin du presbytère et des autres habitations du voisinage, à l'abri des regards indiscrets. L'un des membres du commando termine de balayer avec minutie les débris des vitres et du pare-brise qui jonchent le sol afin de faire disparaître toute trace de l'intervention. A l'aide d'un treuil, la Volvo est enlevée sur le plateau du camion équipé du gyrophare orange des dépanneuses. Les deux chauffeurs, habillés de vareuses et de casquettes de SOS Assistance Route, remontent dans la cabine et, sans échanger une parole, démarrent en direction de Coulommiers. La route est déserte. L'homme qui se trouve dans la voiture avec Malaivre est un grand type brun, à la peau mate et aux cheveux courts. Il annonce, laconique, dans son talkie-walkie :

– Dépannage terminé. Levez le dispositif.

Trente secondes plus tard, une voix lui répond :

– Dispositif levé. Circulation rétablie.

La deuxième équipe vient d'enlever les barrières de chantier et les panneaux de déviation destinés à empêcher le passage intempestif d'automobilistes durant l'opération. Cette fois, c'est terminé. La traque s'achève. Voiron est définitivement sorti du circuit et personne ne s'inquiétera jamais de sa disparition.

Le chef du commando pose le talkie-walkie sur la console située entre les deux fauteuils et actionne le contact. La Mercedes s'élance sur la route.

– Je pense que nous l'avons intercepté au bon moment, lâche Malaivre avec un soupir de soulagement.

– Que faisait-il dans la région ?

– A votre avis ?

– Il enquêtait sur vous, sur votre passé ?

– Il semble bien.

– Nous sommes arrivés à temps ! reprend l'homme au volant. Vous êtes sûr qu'il travaillait en solitaire, qu'il n'avait pas de complice ?

– Apparemment pas. Mais il faut vérifier. Que comptez-vous faire de Voiron ?

– Nous l'emmenons en lieu sûr. Nous allons lui poser quelques questions.

– Et vous pensez qu'il va vous répondre ?

– Peut-être, fait l'autre avec un petit sourire. Voiron n'est pas idiot et nous avons étudié sa psychologie. Il sait que sa vie ne vaut plus très cher, mais il pense qu'il conserve jusqu'au dernier moment une chance infime de pouvoir la sauver.

– Que peut-il négocier, selon vous ?

– Ce qu'il vient de découvrir sur vos origines. C'est pour cela que j'ai tenu à ce que vous n'apparaissiez pas pendant l'opération. Nous devons l'amener à supposer qu'il peut traiter avec d'autres responsables du parti.

– Vous allez lui faire croire que c'est un commando de la Fraternité Nationale qui l'a arrêté ? demande Malaivre, incrédule.

– Dans les conditions où il sera détenu, il n'aura aucune raison d'en douter. S'il veut essayer de sauver sa peau, il nous racontera son enquête par le menu. Nous allons lui tendre des perches, lui faire comprendre qu'il peut encore se rétablir s'il nous aide à vous démasquer. Nous lui laisserons entendre que vous n'êtes plus en odeur de sainteté dans votre parti et qu'il peut contribuer à votre chute.

– Vous avez l'intention de lui laisser la vie sauve ?

Le chef du commando secoue la tête.

– Lorsqu'il aura vidé son sac, nous le liquiderons. Mais il est impératif de procéder à son débriefing. Il nous faut absolument savoir ce qu'il sait de vous et s'il a conservé des traces écrites de ses investigations. Nous devons mettre au jour son réseau de caches et tout nettoyer. Nous ne pouvons nous permettre aucune négligence en ce qui vous concerne. Vous êtes trop important pour nous. Cela fait des années que nous investissons sur votre carrière à la Fraternité Nationale. Vous êtes désormais notre agent le plus important en France.

Les deux hommes se taisent. La Mercedes vient de quitter la départementale pour s'engager sur une petite route qui monte à flanc de coteau. Un panneau indicateur apparaît dans la lumière des phares : MAISONCELLES-EN-BRIE, 7 KILOMÈTRES.

– Finalement, le hasard vous a un peu aidé, relève le conducteur à l'adresse de Malaivre.

– Oui, mais nous avions mis toutes les chances de notre côté. Voiron était un fauve trop habitué à ne plus chasser qu'en territoire urbain. Sa jungle, c'étaient les villes, les caves, les cités. Il se mouvait à sa guise, noyé dans la foule indifférente et anonyme. Poursuivant sa proie, il est sorti de son domaine. Il s'est aventuré à rôder près des villages. C'est sans doute ce qui l'a perdu. Il se croyait à l'abri des erreurs. Il était convaincu d'avoir pensé à tout. Mais il avait perdu certains réflexes et négligé la vieille méfiance paysanne.

– Qui l'a repéré ?

– Une de ces femmes de la campagne qui passent leur vie à guetter à la fenêtre.

– Il y en a tant que ça ?

– Elles sont partout même si vous ne les voyez pas, explique le patron du DSP. Lorsque vous traversez à pied un hameau, vous apercevez parfois leur visage furtif derrière les rideaux. Elles vous toisent comme un ennemi. Vous devinez dans leurs yeux la peur et l'hostilité. Pour elles, l'étranger est suspect, le nouvel arrivant toujours de mauvais augure. Elles épient en permanence, espionnent chez le voisin, s'inquiètent des allées et venues. C'est ainsi que les villageois se protègent des maraudeurs et des envahisseurs.

– Et Voiron s'est fait prendre aussi bêtement ?

– Oui, parce qu'il ignorait à quel point nous étions sur ses traces. Il était convaincu que sa couverture continuait de le protéger. Lorsqu'une habitante de Crécy a appelé la gendarmerie pour signaler un individu suspect qui avait garé sa voiture dans la cour du presbytère, l'officier de permanence ne s'est pas alarmé outre mesure. Mais il a tout de même vérifié l'immatriculation pour s'assurer que le véhicule n'était pas volé ou recherché. Une procédure de routine. La Volvo de Voiron était immatriculée au Luxembourg, au nom de sa société, Invexpart. C'est l'apparition de ce mot clé sur les ordinateurs de la gendarmerie qui a tout déclenché. Cela faisait plusieurs jours que nous étions en alerte. Des amis bien placés nous ont informés dans la soirée que Voiron était localisé en Seine-et-Marne. Je vous ai prévenu immédiatement. La suite vous la connaissez.

– Que va-t-il se passer maintenant, de votre côté ?

– Je contrôle la situation, répond Malaivre. En tant que chef du DSP je ne rends compte qu'au président de la Fraternité Nationale. Le cloisonnement de nos services de sécurité m'autorise à ne pas lui révéler les détails techniques de l'opération. Quant au Bureau politique, ils voudront surtout ne rien savoir et n'être impliqués en rien dans cette affaire. Depuis des semaines, ils sont tétanisés à l'idée d'être éclaboussés par un scandale à la veille des élections.

– Maisoncelles-en-Brie. Nous y voilà.

La Mercedes traverse à vive allure le village endormi. Jacques Malaivre ne peut s'empêcher de ressentir une nostalgie empreinte d'émotion. Maisoncelles n'a guère changé depuis l'époque où il venait rendre visite à ses grands-parents Émile et Violette en compagnie de son père. Les façades des maisons affichent toujours le même crépi désolé.

Ils passent sans s'arrêter devant la rue du Lavoir, menant à la ferme Montroger et au verger des Batheux où les enfants allaient chiper des poires à la fin de l'été. Émile et Violette habitaient une modeste demeure au milieu de cette venelle tortueuse.

– Je vous dépose. Où avez-vous garé votre voiture ? demande le chef du commando.

– A la sortie du village, derrière le cimetière. Il y a un parking discret.

– Attendez quelques minutes après mon départ pour reprendre la route. Il est plus prudent que chacun regagne Paris par ses propres moyens et par un itinéraire différent. On n'est jamais assez prudent.

– Rentrez par Joinville, suggère Malaivre. Je passerai par Lagny. Vous restez longtemps en France ?

– Quelques jours. Le temps de régler le dossier de votre ami Voiron. Ensuite, je retourne à Jérusalem.

– Je vous déconseille d'emprunter les aéroports français. La situation est imprévisible.

– Merci. Bien entendu, nous restons en contact. Nous allons avoir besoin de vous, Jacques. Soyez prudent. A bientôt.

– Au revoir, Ilan. A bientôt.

Le patron du DSP claque la portière de la Mercedes, qui effectue une manœuvre et disparaît dans la nuit.

Malaivre reste un bref instant devant l'entrée du cimetière, à écouter le silence de la nuit. A travers la grille il distingue dans l'obscurité le contour des tombes qui forment des masses sombres entre les allées de gravier. Le caveau familial est au fond du cimetière, coincé entre le mur et un petit massif de cyprès. Théodore Malaivre y repose au côté d'Emile et Violette, ses parents adoptifs. Jacques se souvient des obsèques de son père, un lundi pluvieux de janvier. C'était il y a plus de vingt-cinq ans. Il se revoit au même endroit, seul, à la fin de la cérémonie. C'est ce jour-là de janvier 1978 que tout avait commencé.

Deuxième partie

15

Maman n'est même pas venue ! Les yeux rougis par les larmes et les nuits sans sommeil, Jacques se tient face à la tombe autour de laquelle s'affairent trois fossoyeurs. Durant toute la messe, il a espéré que sa mère le rejoindrait au premier rang. Au téléphone, elle avait promis qu'elle ferait de son mieux pour venir de Genève et arriver à l'heure. C'est dans l'église bondée que Jacques a réalisé sa solitude. Fils unique d'un enfant unique. Il enterre son père sans frères ni sœurs, sans oncles ni tantes pour pleurer avec lui et l'entourer dans cette épreuve. Pourtant, plus d'une centaine de personnes ont assisté aux obsèques, parmi lesquelles des camarades de promotion de l'ENA de son père, des collaborateurs du ministère de la Coopération, des politiques. Après la messe, ils ont accompagné le cercueil de Théodore Malaivre jusqu'au cimetière. Ils ont signé les registres de condoléances, quelques-uns sont venus serrer la main de Jacques et lui prodiguer des paroles de réconfort. « J'avais beaucoup d'estime pour votre père. C'était un esprit exceptionnel. Un grand serviteur de l'Etat. Un homme de qualité, disparu trop tôt. » Visages graves, mines de circonstance.

Jacques a souri poliment à tous ces inconnus sans trop savoir quoi leur répondre.

Puis ils sont remontés un à un dans leur voiture.

– Monsieur Malaivre !

L'employé des pompes funèbres de Crécy-La-Chapelle le tire de ses pensées.

– Monsieur Malaivre, nous allons démonter la tente. Voulez-vous emporter les registres tout de suite ? Sinon vous pouvez passer à nos bureaux.

– Je vous remercie. Je passerai.

Il jette un dernier regard au cercueil recouvert de terre et aux fleurs disposées autour de la tombe. « Papa était un type important », se dit-il. Les ministères de la Coopération et de la Défense ont envoyé une couronne. La veille de l'enterrement, Jacques a reçu à Paris un télégramme de condoléances de la présidence de la République signé Valéry Giscard d'Estaing. Tout s'est arrêté si brutalement, de manière tellement absurde. Un appel téléphonique du ministère en milieu d'après-midi. Jacques était dans sa chambre en train de réviser un cours de droit public. Une secrétaire au bout du fil : « Monsieur Malaivre a fait un malaise, il est à l'hôpital du Val de Grâce, il faudrait vous y rendre. » Jacques a pris le métro, légèrement inquiet, mais à mille lieues d'imaginer le pire. Pour un jeune homme de dix-neuf ans, la mort d'un père est une idée un peu irréelle, une perspective lointaine et abstraite. Un malaise ? Sans savoir pourquoi, il s'attendait à ce qu'on lui annonce un accident cardiaque bénin, voire un simple épuisement, conséquence d'un rythme de travail trop intense. Aux urgences, le médecin l'a reçu avec les égards dus aux circonstances, mais sans chaleur particulière. « Votre père a été victime d'une rupture d'anévrisme. Lorsque l'ambulance est arrivée, il n'y avait plus rien à faire. Je suis désolé. » Sur le coup, Jacques n'a même pas pleuré. Hagard, il est rentré chez lui. C'est en arrivant à la maison qu'il s'est effondré en larmes. Sur le répondeur, un message l'attendait, l'informant que le ministère prenait en charge les obsèques...

Jacques se recueille encore quelques instants devant la tombe, puis se dirige à travers les allées vers la sortie. C'est fini. Son père est enterré. Il est orphelin. Il a une mère absente qui a refait sa vie en Suisse et qu'il ne voit guère. Des cousins éloignés à Crécy qu'il n'a jamais rencontrés. Quelques amis. Dans l'immédiat, il va quitter cet endroit sinistre et redescendre à la gare prendre le premier train pour Paris. Cela fait quatre jours qu'il n'est pas retourné à la fac. Il faut se remettre au travail et préparer les partiels de février. C'est peut-être le meilleur moyen de vivre son deuil, de surmonter l'épreuve. Bûcher d'arrache-pied. Être fort, se conduire comme un homme et se dépasser. C'est ce que papa aurait voulu. Que je prenne modèle sur lui et que je devienne quelqu'un. Que je réussisse, comme lui. Mieux que lui. Il se remémore les paroles de réconfort d'un haut fonctionnaire venu lui présenter ses condoléances. *C'était un grand serviteur de l'Etat.* Mais que faisait-il au juste ? Jacques se souvient d'une dispute entre ses parents, peu avant leur divorce, alors qu'il était à peine adolescent.

Sa mère reprochait à son père son manque d'ambition politique, et pour tout dire d'arrivisme. En épousant Théodore Malaivre, elle avait rêvé d'une existence mondaine aux côtés d'un personnage promis à un brillant avenir. Au lieu de cela, elle partageait le quotidien un peu terne d'un haut fonctionnaire pour qui le service de l'État passait avant la carrière personnelle. Comme toujours, sa mère avait été humiliante et injuste. Sans un mot, son père avait mis son pardessus, pris sa pipe, et était sorti. Il était rentré tard, après minuit. Il avait allumé une lampe dans le salon. S'était versé un whisky. Dans l'entrebâillement de la porte de sa chambre, Jacques avait observé son père : il était resté de longues minutes au milieu du salon à contempler le tableau du guerrier franc accroché au-dessus de la commode Louis XV. Il s'était assis dans un fauteuil, avait fumé sa pipe en silence, puis avait déplié une couverture sur le canapé et s'était couché.

– Vous êtes le fils de Théodore ?

Jacques lève les yeux. Devant la grille du cimetière se tient un petit homme engoncé dans un manteau d'hiver, coiffé d'une toque en astrakan usée. Son regard est pétillant et il affiche un curieux sourire qui tranche avec la tristesse de l'instant.

– Oui, c'était mon père. Vous êtes venu pour l'enterrement, je suppose ? La cérémonie est terminée, je suis désolé.

– J'étais là. Je ne voulais pas vous importuner. J'ai attendu que les gens soient partis. Je tenais à ce que nous nous rencontrions seul à seul.

– C'est très aimable à vous, poursuit Jacques, un peu décontenancé.

L'homme s'approche, soulève courtoisement sa toque et lui tend la main. Jacques remarque sa calvitie auréolée de rares cheveux grisonnants.

– Je m'appelle Jonas. J'étais un ami de votre père. Nous

travaillions ensemble depuis longtemps. C'était vraiment un être exceptionnel.

– Merci. C'est ce que m'ont dit beaucoup de gens aujourd'hui.

– Ceux-là ne savaient rien de votre père ! Ils ignoraient tout de lui.

Il a prononcé cette phrase sur un ton catégorique mais sans se départir de son sourire. Il s'adresse au jeune étudiant comme s'il était venu accomplir une mission.

– Votre père passait pour quelqu'un d'effacé, continue Jonas, mais au fond de lui, je peux vous l'assurer, c'était un combattant. Le guerrier est un rêveur, Jacques...

Le jeune homme ne peut s'empêcher de sursauter. *Le guerrier est un rêveur*, cette formule, combien de fois l'a-t-il entendue lorsque son père contemplait le tableau accroché dans le salon ? L'espace d'une seconde, il a cru entendre sa voix lui adressant un message par l'intermédiaire de cet étranger.

– Venez, marchons un peu.

Ils cheminent le long de la route qui mène du cimetière au village. L'étudiant a froid et remonte le col de son vieux caban.

– Excusez-moi, mais je n'ai pas retenu votre nom.

– Jonas. Jonas Van Kote.

– Vous êtes français ?

– Non, flamand.

– Vous travailliez avec mon père au ministère ?

– Non.

– Mais vous m'avez dit que vous travailliez avec lui ?

– Pas au ministère. Nous nous rencontrions à l'extérieur.

– Vous n'êtes pas fonctionnaire ?

– Je suis universitaire.

– Vous enseignez quoi ?

– Les langues orientales.

– C'est intéressant. A Paris ?

– Non. A Bruxelles. Je fais de fréquents allers-retours entre la France et la Belgique. Je collabore aussi à des revues et je participe à des colloques. Mes activités me conduisent un peu partout en Europe. Lorsque j'ai appris le décès de votre père, je me trouvais à Düsseldorf. J'ai réussi à me dégager et rentrer à temps pour vous rencontrer.

– Pardonnez mon étonnement, reprend Jacques, mais j'ignorais les relations que vous entreteniez avec mon père. Il ne m'avait jamais parlé de... de langues orientales. Ce n'était pas du tout sa spécialité. Il travaillait je crois sur des dossiers très techniques au ministère de la Défense.

– Il y avait parfois des problèmes de traduction, sur certains contrats d'exportation, répond Van Kote de manière laconique.

Ils arrivent à l'entrée du village. La voiture de Jonas est garée sur un terre-plein qui fait office de parking.

– Jacques, vous n'allez pas rentrer à Paris en train. Je vous ramène chez vous.

– C'est très aimable, mais ce n'est peut-être pas votre route. J'habite...

– Boulevard Magenta, je connais. Allez, montez.

Sur la route, Jonas continue d'évoquer ses liens d'amitié avec Théodore Malaivre. Il parle du défunt d'une voix douce qui a quelque chose de réconfortant. Il s'intéresse aussi à Jacques. L'interroge sur ses études, ses projets professionnels. Arrivé au pied du domicile familial des Malaivre, il lui tend sa carte de visite.

– Tenez, vous pouvez m'appeler à ce numéro. Ce sont les coordonnées de mon bureau. Il y a toujours une secrétaire pour prendre les messages. Au revoir, Jacques. J'espère que nous nous reverrons prochainement.

La carte est au nom d'une société commerciale domiciliée à Bruxelles. Un numéro de téléphone indique également une succursale à Paris.

– Je croyais que vous étiez universitaire ? se hasarde à demander le jeune homme.

– Il s'agit d'un institut de recherche financé par des fonds privés. Venez nous voir. Si cela vous intéresse, je vous expliquerai ce que nous faisons.

– Merci, répond Jacques.

– D'ailleurs, vous pourriez travailler un peu pour nous, suggère-t-il. Cela vous ferait un job. Nous recrutons parfois des étudiants de bon niveau pour assister les chercheurs. Cela ne vous prendrait pas trop de temps sur vos études.

– De quel travail s'agit-il ?

– Notre institut est pluridisciplinaire, c'est ce qui fait sa richesse. En tant que juriste, vous pourriez collaborer à la constitution de dossiers dans le domaine historique et politique. N'hésitez pas à m'appeler. De toute façon, je vous contacterai. Si vous n'y voyez pas d'inconvénient, bien sûr.

C'est ainsi que se noua, un après-midi de janvier 1978, la relation entre l'universitaire flamand et l'étudiant français. Ils se revirent la semaine suivante. Jonas Van Kote invita Jacques Malaivre à déjeuner à La Coupole, sur le boulevard du Montparnasse. Avec beaucoup d'émotion,

Jonas relata les épisodes de la vie de Théodore, des anecdotes professionnelles. Il souligna les qualités humaines et intellectuelles de son ami disparu, son humilité, sa discrétion. Après le déjeuner, il proposa à Jacques de visiter les bureaux de son institut privé situé dans une petite rue, en bordure du parc Montsouris.

Durant tout l'hiver, Van Kote prit l'habitude de s'adresser à Jacques pour lui commander des recherches en bibliothèque. Le plus souvent, il s'agissait de réunir de la documentation de base sur les questions politiques du moment. Parfois, il lui confiait des tâches plus particulières. Compléter la notice biographique d'un homme politique ou d'un haut fonctionnaire. Vérifier un point précis sur le déroulement de sa carrière. Trouver ses coordonnées. Un travail facile et bien payé. Régulièrement, Van Kote l'appelait pour prendre de ses nouvelles et l'inviter au restaurant.

Lors d'un de ces déjeuners au mois de juin, les événements s'accélérèrent. Jonas fit part à Jacques des projets de développement de l'Institut. Sans entrer dans les détails, il l'interrogea sur ses motivations, non sans l'avoir d'abord félicité pour la qualité de son travail. « Je reconnais bien là le fils de Théodore », ajouta-t-il. Puis, de manière elliptique, il lui parla d'une nouvelle activité susceptible de l'intéresser.

– Sache que cela n'a rien à voir avec ce que nous t'avons demandé jusqu'à présent. C'est une mission plus prenante, mais aussi bien plus gratifiante.

– Une mission ? demanda Jacques, intrigué.

– Je t'expliquerai. Mais cela dépend aussi de toi, répondit Jonas, toujours aussi énigmatique. Viens, partons...

Il régla l'addition et, sans rien dire, guida Jacques vers

sa voiture garée rue Delambre. Il l'invita à monter et prit la direction des Gobelins.

– Nous n'allons pas à l'Institut ? s'étonna le jeune homme.

– Non.

– Où allons-nous ?

– A Maisoncelles-en-Brie.

– Mais pourquoi ?

– Pour te montrer quelque chose.

Durant tout le trajet, Jonas garda le silence, laissant l'étudiant ruminer ses questions.

Une fois arrivé sur place, il traversa le village et se dirigea vers le cimetière où il se recueillit un instant devant le caveau familial des Malaivre. Jacques crut deviner un imperceptible mouvement des lèvres, comme si le Flamand prononçait quelque parole secrète.

– Ton père et moi étions vraiment très liés, murmura enfin Jonas après s'être éloigné de la tombe. Et je lui avais fait le serment de te révéler la vérité si par malheur les circonstances ne lui permettaient pas de le faire lui-même.

– Mais quelle vérité ? De quoi s'agit-il ? s'alarma Jacques.

– Sa vérité. Qui est aussi la tienne.

Tous deux franchirent la grille du cimetière, longèrent l'église et s'engouffrèrent dans la rue principale du village, déserte en ce milieu d'après-midi. Ils poursuivirent vers une ruelle et s'arrêtèrent devant une modeste maison à la façade décrépite.

– C'est ici que vivaient tes grands-parents, murmura le Flamand.

– Comment le sais-tu ? Mon père a vendu cette maison il y a des années, après la mort de mon grand-père.

Van Kote ne répondit pas. Il s'immobilisa au côté de Jacques, et le regarda avec gravité.

– Tu sais, j'imagine, que ton père était un enfant adopté ?

– Oui. Je l'ai appris il y a quelques années. J'ai cru comprendre qu'il n'avait jamais connu ses vrais parents. Mais il n'en parlait pas.

– Pourquoi, à ton avis ?

– Je suppose que c'était trop douloureux.

Jonas, lentement, rebroussa le chemin. Jacques lui emboîta le pas.

– Personne ne t'a jamais dit dans quelles circonstances ses parents étaient morts ?

– Dans un bombardement, je crois. Ou sur les routes de l'exode, je ne sais plus, lorsque les avions allemands mitraillaient les civils qui fuyaient. En fait, j'ignore comment mon père s'est retrouvé orphelin. Il m'avait laissé entendre qu'il me le raconterait le jour venu. Il n'a pas eu le temps...

– L'exode, ce n'est pas possible, Jacques. C'était en juin 1940. Ton père, lui, est né en 1942.

– Mais enfin, parle ! Où veux-tu en venir ? explosa soudain le jeune homme.

– On ne t'a jamais expliqué que tes grands-parents avaient été arrêtés par les Allemands ?

Jacques fronça les sourcils et marqua une pause.

– Non. Peut-être. Je ne sais plus, répondit-il d'une voix radoucie.

– C'était un sujet... tabou chez les Malaivre ?

– Bon, ils ont été arrêtés par les Allemands... Et alors, qu'est-ce que ça change ? Ils les ont fusillés, c'est ça ?

– Non. Ils les ont déportés.

– Et ils ne sont jamais revenus ? C'étaient des résistants ?

– Non.

– Mais alors, qu'est-ce qu'ils avaient fait ?

– Rien.

Jacques s'était soudain interrompu, le regard rivé au sol. Puis il avait poussé un long soupir.

– Ils étaient juifs ?

– Oui.

16

Toute la nuit, la jeune femme avait agonisé sur sa paillasse, au fond d'une baraque du camp d'Auschwitz-Birkenau. Marianne s'était approchée d'elle, lui avait pris la main. D'une voix à peine audible, la mourante s'était confiée et avait exprimé un dernier souhait. Elle s'appelait Sonia Wissotzky et était originaire de Vienne. Elle avait quitté l'Autriche avant la guerre et s'était réfugiée en France. Elle avait été arrêtée en 1942 lors d'une rafle près de Paris. Un matin, le curé du village était accouru à la ferme où elle se cachait avec son mari et les avait avertis de l'arrivée imminente de la Gestapo. Il avait fallu partir à la hâte à travers champs sans avoir le temps de rien emporter. Le couple s'était finalement fait prendre sur un chemin forestier, quelques heures plus tard, par une patrouille allemande. Dans la panique, Sonia avait, sur les conseils du curé, laissé aux fermiers son bébé âgé de six mois. Qu'était-il devenu ? avait-il échappé aux griffes des nazis ? Elle avait fait promettre à Marianne d'essayer, après la guerre, si elle survivait à l'enfer du camp, de retrouver la trace de l'enfant.

Au matin, Sonia ne s'était pas levée et avait demandé

qu'on la laisse mourir. L'ordre du kapo avait retenti. Les femmes de la baraque s'étaient rassemblées dehors pour se rendre sur la place centrale du camp, et subir l'interminable appel. Marianne avait tenté de sauver sa camarade d'infortune, de l'encourager à quitter sa paillasse. Mais Sonia avait refusé. Elle n'avait laissé à Marianne que le nom du bébé et celui du village français où elle était cachée avant son arrestation : Maisoncelles, à cinquante kilomètres à l'est de Paris, près de Meaux. Puis elle s'était tournée en silence de l'autre côté de la paillasse.

Marianne survécut. Après la libération du camp d'Auschwitz par l'Armée Rouge en janvier 1945, elle regagna la France avec les tout premiers groupes de rescapés. Sur le quai de la gare de l'Est, à Paris, elle fut accueillie par une troupe de scouts qui la conduisit directement à l'hôtel Lutétia. Ce palace à la façade Art nouveau, siège de l'Abwehr sous l'Occupation, avait été réquisitionné à la Libération pour recevoir tous ceux qui rentraient d'Allemagne, les prisonniers de guerre, les déportés politiques et ceux que l'on appelait les déportés « raciaux ». Dans une chambre de l'hôtel transformée en bureau, elle fut brièvement interrogée par un fonctionnaire français qui enregistra son état civil et s'enquit des circonstances de sa déportation. Ces formalités effectuées, il lui indiqua son numéro de dossier, lui annonça qu'elle aurait sans doute droit à une pension, et lui offrit un ticket de métro pour rentrer chez elle.

Rentrer, mais où ? Cette fille d'immigrés polonais avait été arrêtée à 17 ans avec ses parents et ses frères lors de la grande rafle du Vel-d'Hiv. Étaient-ils encore en vie ? Qui occupait aujourd'hui le modeste appartement familial de la rue Sedaine ? Probablement de nouveaux locataires. Fallait-il se rendre sur place, frapper à la loge de la concierge, saluer les voisins... Bonjour. C'est moi. Eh oui, je suis rentrée... Les autres ? Je ne sais pas. Vous n'auriez pas de leurs nouvelles, par hasard ? Marianne ne s'en sentait pas la force. Sans but précis elle traîna dans le hall du Lutétia aux murs placardés de listes de déportés, où se pressaient des familles tendant une photo, criant un nom, interrogeant ceux qui, hagards, attendaient là dans l'espoir d'obtenir une information sur un proche disparu.

Dans la cohue, une femme se présenta à Marianne. Elle s'appelait Micheline Crémieux et travaillait pour le Service central des déportés israélites, une organisation ayant pour but de localiser les survivants et de réunir les familles.

– Tous les déportés ne sont pas encore rentrés, il y en a encore beaucoup à l'est, en Pologne, en Allemagne, qui attendent d'être rapatriés, lui expliqua cette femme élégante. Il faut espérer que vos parents se trouvent parmi eux.

Micheline l'invita à boire un café dans son petit bureau, lui posa quelques questions sur sa situation personnelle, et lui proposa de l'aider à trouver un logement et un travail.

– Vous êtes une adulte maintenant, vous avez la vie devant vous et vous pouvez vous débrouiller, lui lança-t-elle pour l'encourager. Nous avons des cas plus dramatiques que le vôtre. Il y a des enfants cachés un peu partout, dans les fermes, les couvents, chez des particuliers. Nous ne savons plus où donner de la tête pour les retrouver. Beaucoup n'ont plus ni papa ni maman. Certains étaient tellement jeunes lorsque leurs parents sont partis qu'ils ne les ont jamais connus. Ils ne savent même pas leur nom, rendez-vous compte !

Marianne se rappela alors la promesse faite à Sonia. Elle évoqua devant la bénévole du Service central des déportés israélites le cas de ce nourrisson juif confié à des fermiers de Seine-et-Marne. Micheline Crémieux réagit immédiatement.

– Théodore, dites-vous, mais dans quel village ?

– Je ne sais plus. Je crois que c'était dans la région de Meaux.

– Wissotzky, c'était son nom de jeune fille ou celui de son mari ?

Elle l'ignorait. Micheline l'interrogea longuement et consigna par écrit son témoignage qu'elle glissa dans un dossier. L'enfant, s'il était en vie, avait-il encore de la famille ?

Il fallut plus de deux années d'investigations menées par les organisations juives pour déterminer avec certitude l'état civil des parents de Théodore et retrouver la trace de cousins éloignés vivant aux États-Unis. Puis de patientes recherches dans les archives préfectorales pour identifier le nom du village où l'arrestation avait eu lieu. Les premiers contacts discrets avec le curé de Maisoncelles-en-Brie confirmèrent la présence chez les Malaivre – une famille du village – d'un petit garçon adopté et baptisé correspondant en tout point au profil de l'enfant recherché. Pressé de questions, le curé finit par admettre le rôle qu'il avait joué dans cette affaire. Informé de l'arrestation du couple Wissotzky, il s'était rendu le soir même à la ferme pour faire disparaître toute trace de leur hébergement et mettre le bébé à l'abri. Il avait conseillé aux fermiers de ne pas le garder, jugeant plus prudent de le confier en secret à des gens humbles qu'il connaissait bien et qui sauraient s'en occuper en attendant le retour de captivité de ses parents. Face aux responsables des organisations juives, le curé précisa que le garçon était désormais élevé en bon chrétien et faisait preuve d'excellentes dispositions à l'école comme au catéchisme. Pour le reste, Théodore considérait les Malaivre comme sa vraie famille. Émile et Violette ne demandaient qu'une chose : continuer à élever cet enfant auquel ils avaient su jusqu'à présent prodiguer tout leur amour.

Un soir de février 1955, une discrète délégation se rendit au domicile du père Anglade, le curé de Maisoncelles-en-Brie. Deux hommes et une femme descendirent d'une Peugeot 203 noire, immatriculée à Paris. Peut-être certains habitants du village avaient-ils remarqué depuis quelque temps ces fréquentes visites d'émissaires de la capitale ? Aux plus curieux, le prêtre répondait qu'il s'agissait d'envoyés de l'épiscopat venus régler des problèmes administratifs. Ce soir-là, Émile et Violette Malaivre, accompagnés de leur fils Théodore, assistaient également à la réunion. Après plusieurs années de négociations, un accord confidentiel allait être conclu entre le père Anglade, les Malaivre et les gens de Paris. Ce groupe était constitué de Micheline Crémieux, représentant le Service central des déportés israélites, du délégué en Europe d'une fondation caritative américaine, et de Me Edouard Gluckman, un avocat parisien spécialisé dans le droit de la famille.

La délégation informa les parents Malaivre que les cousins de Sonia Wissotzky, retrouvés en Virginie, n'avaient pas manifesté le désir de faire venir aux États-Unis le jeune Théodore. En revanche, avec le concours d'une fondation américaine, ils se proposaient de financer ses études aussi loin qu'il s'en montrerait capable. Aux termes du protocole, l'adoption de Théodore serait entérinée. Son origine juive ne serait connue que d'Émile et de Violette Malaivre qui demeureraient ses seuls parents officiels. A la rentrée prochaine, le jeune garçon intégrerait un pensionnat pour bons élèves à Fontainebleau, en région parisienne. Tous les week-ends, il aurait la possibilité de revenir à Maisoncelles, mais il était également prévu qu'il puisse régulièrement rencontrer à Paris des correspondants américains afin de maintenir le contact avec ses cousins de Virginie. Ce relatif éloignement du village permettait en outre d'affranchir Théodore de l'emprise du curé qui avait manifesté un peu trop de zèle à susciter chez l'enfant une vocation religieuse. Le père Anglade accepta de bonne grâce ce compromis. En récompense de son dévouement et de sa discrétion, Me Gluckman remit au prêtre une conséquente somme en liquide après lui avoir fait signer un reçu.

– Je pense que vous serez à même d'employer cet argent au mieux, il y a tant à faire dans une église, souligna l'avocat à l'adresse du curé.

Partageant son temps entre la maison familiale de Maisoncelles et l'internat de Fontainebleau, Théodore se révéla brillant. Parfois, le vendredi en fin d'après-midi, Micheline Crémieux venait le chercher à la sortie du pensionnat. Tous deux se rendaient ensuite à Paris, rue Goethe, au domicile des Samuelson, un couple d'Américains établis en France, chargés par les cousins de Virginie d'assurer une sorte de tutorat moral sur le jeune garçon. L'atmosphère qui régnait dans l'appartement cossu de la rue Goethe tranchait avec tout ce que Théodore Malaivre avait connu jusqu'à présent.

Les Samuelson étaient des Juifs pratiquants célébrant tous les vendredis soir le repas du shabbat. Au fil des mois, le lycéen élevé dans un catholicisme campagnard apprit à se familiariser avec un rituel étrange et fascinant. La kippa sur la tête, une coupe de vin à la main, John Samuelson chantait de sa belle voix douce et grave la prière en hébreu, une langue dont Théodore ignorait encore récemment jusqu'à l'existence. Durant le dîner, John racontait à Théodore l'histoire du peuple juif et ses traditions. Sans demander à l'adolescent de renier son baptême chrétien, l'Américain s'attachait à lui faire découvrir la foi qui avait été celle de ses parents assassinés dans les camps nazis.

– C'est la religion d'un peuple qui a failli disparaître au moment précis où il était en train de renaître sur sa terre, lui expliqua Samuelson.

Parfois, il discutait avec d'autres invités, autour de la table du Shabbat, de la situation en Israël. Théodore entendait citer le nom de Jérusalem, une ville qu'il connaissait pour avoir été celle de la passion de Jésus et qu'il imaginait confusément n'avoir existé qu'à l'époque biblique. A l'issue du repas, les convives entonnaient des chants traditionnels. Le lycéen regagnait son internat tard dans la nuit. Le samedi, après les cours, il allait retrouver Émile et Violette à Maisoncelles.

Si singulière fût-elle, l'histoire de Théodore Malaivre ne constituait pas un cas unique. Deux ans auparavant, en 1953, l'opinion publique française s'était déchirée lors du scandale suscité par l'affaire Finaly. Gerald et Robert Finaly, deux frères dont les parents étaient morts en déportation, avaient été confiés durant la guerre à une demoiselle qui, en secret, les avait fait baptiser. Après la guerre, Mlle Brun, arguant de leur conversion au catholicisme, avait refusé de rendre les enfants à leur tante d'Israël et les avait cachés avec la complicité de prélats, au prétexte qu'on ne pouvait rendre des enfants baptisés à une famille qui ne les élèverait pas dans la foi catholique. Ce n'est qu'à la suite d'une campagne de presse et de longues tractations avec les autorités ecclésiastiques que Gérald et Robert Finaly furent retrouvés dans un couvent en Espagne et purent rejoindre leur famille en Israël.

Lors des vacances de Noël 1959, Micheline organisa une sortie pour Théodore. Elle passa le prendre en voiture à Maisoncelles, puis, après avoir roulé plus d'une heure, ils franchirent la grille d'une vaste propriété des environs de Chantilly dissimulant derrière ses marronniers centenaires un château Napoléon III. Le bâtiment et son parc avaient été donnés après la guerre par la famille Rothschild aux institutions juives. L'endroit avait été aménagé en orphelinat destiné aux enfants dont les parents n'étaient pas revenus de déportation. Dans l'un des salons du château, un grand buffet de pâtisseries et de jus de fruit se dressait. Au milieu de la pièce, un lourd chandelier en fer forgé était posé sur une table en bois pour célébrer la fête de Hanoukkah durant laquelle les Juifs commémorent la victoire antique des Maccabées sur les Grecs idolâtres. Un moniteur à peine plus âgé que les pensionnaires de l'orphelinat alluma les huit bougies du chandelier tandis qu'une monitrice dirigeait la chorale, constituée d'adolescents en chemise blanche et pull-over bleu marine.

Théodore resta en retrait durant la cérémonie, et aussi lorsque les enfants du château se ruèrent sur le buffet du goûter. Ils se lancèrent ensuite dans une série de danses collectives en entonnant des chansons en hébreu. Un homme d'une trentaine d'années s'approcha alors de Théodore en souriant.

– Tu ne participes pas à la fête ? lui demanda-t-il en lui tendant une assiette avec un gâteau.

– Je ne sais pas très bien danser, s'excusa Théodore. Et je ne connais pas ces chansons... Mais vraiment, c'est une très belle fête, merci de votre invitation, ajouta-t-il poliment. Que chantent-ils, ce sont des prières ?

– Ce sont des chants israéliens.

– Ils sont israéliens ? s'étonna le lycéen.

– Non, mais ils le deviendront peut-être un jour. Aujourd'hui, ils fêtent Hanoukkah comme on le fait dans les kibboutz, des sortes de villages collectifs créés en Israël.

L'homme se présenta. Il s'appelait Jonas Van Kote et travaillait en Europe pour l'Agence juive, une institution dépendant du gouvernement israélien chargée d'inciter les Juifs à immigrer en Israël.

– Les enfants de cet orphelinat reçoivent une éducation juive mais aussi sioniste, expliqua Jonas. Certains parmi les plus âgés ont déjà fait le choix d'aller bâtir leur vie en Israël. A la fin de l'année scolaire, un groupe d'une dizaine d'entre eux prendra le bateau pour Haïfa.

– Quelle aventure ! s'exclama Théodore, presque incrédule, en regardant les autres adolescents. Ils s'en vont, comme ça ? Ils abandonnent leur vie en France ?

– Malheureusement, plus grand-chose ne les retient, rétorqua le fonctionnaire israélien avec un regard appuyé.

– Mais que vont-ils trouver sur place ? qui va s'occuper d'eux ?

– Des gens les attendent, ne t'en fais pas. Ils ne vont pas débarquer dans la jungle.

Jonas lui proposa alors de visiter le parc pour faire plus ample connaissance. Théodore Malaivre avait alors 17 ans et préparait le baccalauréat. Il envisageait de s'inscrire à la rentrée prochaine à la Sorbonne en première année de droit et de s'orienter ensuite vers les sciences politiques. La discussion dériva sur des sujets d'actualité. Le lycéen s'intéressa à Israël.

– Vous êtes né là-bas ?

– Non, à Anvers. Je suis parti en 1947, juste après la guerre.

Jonas remarqua que le visage de Théodore s'était alors rembruni. L'adolescent pinça les lèvres comme s'il hésitait à poser une question.

– Vous étiez en Europe, pendant la guerre ? dit-il enfin.

– Oui.

– En Belgique ?

– Non. En France.

– Vous étiez... caché ?

– Oui. Enfin, pas vraiment.

– Vous étiez...

– Je me battais.

– Ah ! Vous étiez dans l'armée ?

– J'étais dans la résistance juive.

– Je ne savais pas qu'il y avait eu une résistance juive, réagit Théodore Malaivre sans pouvoir dissimuler son trouble.

– Il y a toujours eu une résistance juive, répondit Jonas en souriant. Aujourd'hui elle se bat en Israël.

– Mais, je croyais que la guerre avec les Arabes était terminée ?

– Ce n'est qu'un répit, expliqua le jeune fonctionnaire israélien en marchant sur le sentier s'enfonçant dans la forêt de marronniers. Nos voisins arabes ne nous ont toujours pas reconnus et n'attendent que le moment le plus propice pour nous détruire. Israël est un Etat jeune et qui se renforce un peu plus chaque jour. Mais nous sommes en permanence sur le qui-vive et nous ne pouvons compter que sur nos propres forces.

Il marqua une pause avant de reprendre :

– Nous nous battons pour que ce qui est arrivé à tes parents ne se reproduise jamais.

La rentrée de janvier marqua un changement dans les habitudes de Théodore Malaivre. Un jeudi après-midi, alors qu'il était de sortie, il eut la surprise d'apercevoir Jonas Van Kote qui l'attendait à la porte du pensionnat Hector-Berlioz de Fontainebleau. Il était debout sur le trottoir d'en face, vêtu d'un vieux manteau, le cou protégé par une écharpe en laine. Il portait une toque en astrakan. Dès qu'il aperçut Théodore il lui sourit et attendit qu'il vienne à sa rencontre.

– Bonjour Théodore, tu me remets ?

– Bien sûr. Vous êtes Jonas Van Kote. Bonjour. Micheline n'est pas avec vous ?

– Elle te prie de l'excuser de ne pas t'avoir prévenu. Son travail l'a appelée en Israël. Elle va y rester quelques mois, peut-être plus longtemps.

– Alors je ne la verrai plus ?

– Non. C'est moi qui la remplace. Tu n'y vois pas d'inconvénient ? ajouta-t-il d'un ton amical.

– Pas du tout, au contraire. C'est très aimable de votre part, mais je ne voudrais pas abuser de votre temps.

– Ne t'inquiète pas. C'est Micheline qui m'a demandé de prendre le relais. Cela me fait plaisir de t'aider. Tutoyons-nous si tu veux.

– D'accord. Je ne savais pas que vous... que tu travaillais avec elle. Je te croyais à l'Agence juive.

– Tu avais bien compris. Nous avons des activités communes avec le Service central des déportés israélites. Je t'expliquerai ces subtilités administratives une autre fois, si ça t'intéresse.

– Pourquoi pas ? Et quel est le programme pour aujourd'hui ? Nous allons chez les Samuelson ?

– Pas de chance, ils sont partis eux aussi ! répondit Jonas dans un éclat de rire. Ils sont à New York pour le mariage de leur fille. Nous avons quartier libre. Que dirais-tu d'un cinéma ? On parlera après.

Ils gagnèrent Paris où ils arrivèrent en milieu d'après-midi. Sur les Grands Boulevards, *La Mort aux trousses* était à l'affiche du Rex. Jonas acheta deux tickets. A la sortie de la séance, ils prirent un chocolat au Café de la Paix, place de l'Opéra.

– Comment s'annonce le bachot, tu as commencé tes révisions ? s'enquit le fonctionnaire israélien.

– Au pensionnat, ils nous font trimer. On ne coupe pas aux examens blancs tous les samedis. C'est bon, je suis au niveau. Sauf en grec, il faut que je remonte. Je me sentirai soulagé en juillet.

– Tu as réfléchi pour la suite ?

– Je pense que je vais m'inscrire à la fois en droit et à Sciences Po. Comme ça je gagnerai du temps. Après, ma foi, pourquoi ne pas tenter l'ENA ?

– Tu vises haut, bravo. Dis-moi, quand tu seras étudiant, tu as songé qu'il te faudra trouver un logement ? Tu ne vas tout de même pas retourner vivre à Maisoncelles ?

– Les loyers sont chers à Paris, répondit Théodore, et mes parents ne sont pas riches.

– C'est un problème que nous pouvons régler.

L'Israélien s'était exprimé de manière définitive, comme s'il avait déjà pris la décision à la place du lycéen.

– Comment ça ?

– Je te rappelle que tu es boursier d'une fondation américaine. Ce sont eux qui ont payé depuis quatre ans ta scolarité au pensionnat Hector-Berlioz. Compte tenu de tes résultats plus que satisfaisants, je pense qu'ils ne feront aucune difficulté pour financer ton hébergement au Quartier latin à la rentrée prochaine. Ne t'en soucie pas je vais m'en occuper.

En juillet, Théodore fut reçu haut la main au baccalauréat. Le maire de Maisoncelles-en-Brie organisa un vin d'honneur dans la petite salle des fêtes du village pour saluer l'événement. Après la cérémonie, un déjeuner familial plus intime eut lieu chez les Malaivre. Jonas Van Kote fut invité à partager, autour de la table de la cuisine, le lapin à la moutarde et la tarte aux pommes préparés par Violette. Au dessert, Émile Malaivre sortit une bouteille de champagne du vieux réfrigérateur et tout le monde trinqua à la santé et à la réussite du jeune bachelier.

Après le repas, Violette se mit à la vaisselle, Émile

s'absenta pour aller régler une affaire avec le maréchal-ferrant, Théodore et Jonas s'installèrent dans la petite pièce attenante faisant office de salon.

– Où pars-tu pour les vacances d'été ? interrogea Jonas.

– Je n'ai rien organisé. Je vais passer quelques semaines à Maisoncelles. Cela fait plaisir à mes parents que je reste un peu avec eux. Ensuite, peut-être que j'irai quelques jours en Bretagne, chez un camarade du pensionnat.

Violette entra, portant un plateau avec deux tasses de café. Elle le posa sur un guéridon en formica recouvert d'un napperon. Jonas attendit qu'elle quitte la pièce pour reprendre.

– Ça te dirait de découvrir Israël ?

Théodore resta interdit quelques secondes.

– Bien sûr ! Je ne suis jamais allé à l'étranger. Mais tout de même, Israël... C'est très loin. Je ne connais personne là-bas et je ne sais même pas combien coûte le billet de bateau.

– Ne t'en fais pas. Là-bas tu seras pris en charge. Le département que je dirige à l'Agence juive organise cet été une série de séminaires pour étudiants. Tu seras logé à l'université de Tel-Aviv. Tu auras aussi l'occasion de visiter le pays. Repose-toi quelques jours chez tes parents. Et passe à mon bureau à Paris. J'ai un billet d'avion pour toi.

– C'est fantastique, merci beaucoup ! Quel est le programme du séminaire ?

– Histoire juive et politique. Cela te permettra de te faire une idée sur les conceptions israéliennes en matière de relations internationales. Je pense que cela constituera une excellente préparation avant ton entrée à Sciences Po. C'est un cursus destiné aux étudiants étrangers que nous avons sélectionnés. Tu verras, Israël est en pleine construction mais les universités sont déjà d'un très bon niveau. Je vais te faire une lettre de recommandation. Tu seras bien reçu.

17

Comme tous les mardis après les cours, Théodore rentra chez lui à bicyclette, en empruntant la rue Guynemer qui longe les grilles du jardin du Luxembourg. C'était le moyen de transport le plus pratique qu'il avait trouvé pour effectuer les trajets quotidiens entre l'école des Sciences Politiques, rue Saint-Guillaume, et la chambre d'étudiant qu'il louait chez une vieille dame, dans un grand appartement boulevard de Port-Royal. En passant devant le café le Lufac, au carrefour des rues d'Assas et Vavin, l'attention de Théodore fut attirée par une fenêtre allumée au deuxième étage de l'immeuble situé au numéro 36. Le rideau à moitié tiré ne laissait apparaître qu'un détail de la moulure du plafond. Selon le signal convenu, Van Kote l'informait qu'il souhaitait le rencontrer. Sans s'arrêter, le jeune homme continua sa route.

Le lendemain, aux alentours de 11 heures, il retrouva Jonas à proximité de l'Orangerie du jardin du Luxembourg. L'Israélien était vêtu d'une veste en tweed et d'un pantalon de velours qui lui donnaient l'allure d'un thésard de la Sorbonne. Comme deux étudiants profitant d'un moment de détente et des premiers rayons du printemps, ils traversèrent le jardin d'un pas nonchalant, puis s'assirent sur des chaises faisant face à une pelouse.

– Je voulais te voir pour une affaire importante et très urgente, expliqua Jonas. Il s'agit d'une mission un peu plus délicate que ce que nous t'avons demandé jusqu'à présent.

Van Kote avait parlé à mi-voix mais sur un ton impérieux. Il paraissait presque soucieux. Il poursuivit :

– Jacques Minvielle, tu connais ?

– Bien sûr, c'est mon prof de relations internationales.

– Qu'est-ce-que tu sais de lui ?

– C'est une des grosses pointures de Sciences Po. Une sommité. Il signe parfois des tribunes dans *Le Monde.*

– Sur quoi porte son cours ?

– Coopération et développement en Méditerranée.

– Idéologiquement, tu le situes où ?

– Pas évident. Ses analyses sont plutôt pro-soviétiques. Mais il n'est pas marxiste. En tout cas, il n'est pas au parti communiste. On dit qu'il a l'oreille du Quai d'Orsay. C'est le genre de type très brillant mais inclassable.

– Que fait-il en dehors de Sciences Po ?

– Il a publié plusieurs ouvrages aux PUF. Je crois qu'il voyage pas mal aussi.

– Où ça ?

– Je ne sais pas. Il ne nous raconte pas sa vie.

– Eh bien, tu vas nous aider à mieux la connaître. Je te donne une semaine pour entrer chez lui et nous dresser un descriptif complet de son bureau et de son appartement.

– Entrer, tu veux dire... ?

– C'est ton prof, oui ou non ? Tu es le mieux placé pour te faire inviter chez lui sans éveiller ses soupçons. A toi de trouver une raison valable. Je crois qu'on t'a enseigné ce genre de techniques en Israël. C'est le moment de les mettre en pratique.

– Minvielle est assez distant, hautain même. Il va se méfier.

– Nous le connaissons. C'est d'ailleurs pour ça que nous faisons appel à toi. Nous avons essayé à plusieurs reprises de nous introduire à son domicile en son absence. Mais il y a toujours quelqu'un chez lui. Nous avons réussi à envoyer un faux technicien des P&T pour une intervention sur son téléphone. Minvielle ne l'a pas lâché d'une semelle. Notre agent est reparti bredouille.

– Que devait-il faire ?

– Dissimuler un micro-émetteur dans son bureau. Mais le gars est vraiment trop méfiant. Nous sommes obligés de changer de méthode.

– Pourquoi vous intéresse-t-il ?

– Il semble avoir des activités beaucoup plus sensibles qu'il ne veut le laisser paraître dans les milieux universitaires. Son bureau sert de lieu de rencontre à toutes sortes de gens et nous aimerions pouvoir entendre ce qui se trame. Il a organisé dernièrement une entrevue entre des diplomates égyptiens et des industriels français de l'armement. Les Arabes doivent revenir le mois prochain. Tu as saisi, c'est urgent.

– Je vois.

– Comment comptes-tu t'y prendre ?

– J'ai peut-être une possibilité. Chaque étudiant doit se débrouiller pour décrocher un stage d'été à l'étranger dans une grande entreprise ou un organisme international. Minvielle accepte de recevoir les meilleurs pour les conseiller. Mais il faut d'abord trouver son stage et disposer d'un engagement écrit de l'entreprise.

Van Kote réfléchit quelques instants.

– Ça me paraît cohérent. Après-demain, je t'apporte deux propositions d'embauche.

– Pourquoi deux ?

– Parce que tu hésites. Nous sommes en avril, et tu es le premier de ses étudiants à avoir reçu des réponses. Bravo ! Tu appelles ton professeur et tu lui demandes son avis. Que vaut-il mieux accepter, un stage d'un mois et demi à la Chambre de Commerce franco-britannique à Londres ou quatre semaines à l'OCDE à Bonn ? S'il te propose de te rencontrer à Sciences Po, invoque un problème d'emploi du temps. Suggère-lui un jour où il ne donne pas son cours rue Saint-Guillaume. Attends qu'il t'invite lui-même à venir chez lui. Il n'a aucune raison de se méfier de toi.

– Mais tu penses sérieusement que j'ai une chance de pouvoir planquer un micro chez lui ?

Jonas secoua la tête.

– Il n'en est pas question. C'est beaucoup trop risqué. Ta mission est de nous renseigner au maximum sur le bonhomme et son cadre de vie. Quelles sont ses lectures, ses hobbies, ses centres d'intérêt en dehors de l'université. Si tu parviens à aller chez lui, observe avec attention, intéresse-toi aux bibelots, aux gravures, aux souvenirs et aux objets qu'il a pu disposer sur sa table de travail. Je suis conscient que le gars n'est pas facile. Mais tu verras, lorsqu'un professeur reçoit un étudiant à son domicile, l'ambiance est d'emblée différente. C'est à toi de faire passer le courant, de forcer sa sympathie. Sache le flatter. Tu n'imagines pas à quel point les hommes ont besoin d'être rassurés sur leur propre compte. Une fois sur place, fais preuve de sagacité et d'imagination.

C'est Jonas qui, le premier, eut l'idée de la pipe à opium. Lorsque, dix jours plus tard, il rencontra à nouveau Théodore dans les allées du jardin du Luxembourg, l'étudiant lui rapporta son entrevue avec son professeur de droit international. Il lui décrivit le pavillon de Jacques Minvielle situé dans un quartier résidentiel des bords de Marne et son bureau donnant sur le jardin. Comme l'avait prévu Van Kote, l'universitaire l'avait invité sans difficulté à son domicile. L'entretien s'était déroulé dans une atmosphère cordiale et décontractée. Minvielle l'avait reçu dans le salon attenant au bureau dont les doubles portes avaient été laissées ouvertes. Il lui avait offert un café et l'avait félicité pour la qualité des propositions de stage qu'il avait réussi à obtenir. Il lui avait conseillé d'opter pour le stage en Allemagne, puis l'avait interrogé sur ses projets professionnels à plus long terme. La conversation avait dérivé. Ils avaient évoqué l'actualité politique, la situation internationale. Le professeur lui avait montré sa bibliothèque et sa collection de pipes à opium disposées sur l'une des étagères du bureau.

– J'ai passé deux ans en Extrême-Orient comme coopérant, avait-il confié. J'y ai découvert une civilisation fascinante. Ces gens-là sont d'une rigueur et d'une discipline incroyables, incompréhensibles pour un Occidental. Mais ça ne les empêche pas de fumer le pavot. Je vous assure, Malaivre, il faut avoir eu au moins une fois dans sa vie l'occasion de pousser la porte d'une fumerie d'opium, ne serait-ce que pour contempler la scène. Rassurez-vous je ne suis pas devenu opiomane. Mais mon péché mignon, c'est cette collection. Certains de ces objets sont d'authentiques œuvres d'art. La plupart de ces pipes viennent de la province du Yunnan, au sud de la Chine. Ce sont les marchands tibéto-birmans qui les ont répandues au Laos, en Thaïlande, au Cambodge. Regardez, il y en a en porcelaine, en os de buffle sculpté... en métal aussi, ça c'est l'héritage colonial.

– Tu vas lui offrir un cadeau, lâcha brusquement Jonas.

– Pardon ?

L'Israélien continuait de marcher dans l'allée tout en regardant droit devant lui. Il était en train d'échafauder un plan.

– C'est bientôt la fin de l'année universitaire ?

– Oui, mais...

– Tu vas lui offrir une pipe ancienne pour sa collection.

– Moi ? Comme ça, tout seul ?

– Non. Tu réunis un groupe d'étudiants de Sciences Po inscrits au cours de Minvielle. Tu prends l'initiative d'organiser une collecte pour lui offrir un présent de fin d'année. C'est un prof brillant, admiré de ses élèves. Ce n'est pas lui qui te démentira. Tu verras, il sera très honoré. Et c'est toi qui imposes le choix du cadeau. Pas un stylo ou une cravate. Tu as une meilleure idée. Tu es celui qui connaît le mieux Minvielle.

La semaine suivante, Jonas et Théodore se rendirent chez un antiquaire réputé du Village Suisse, avenue de Suffren.

Van Kote examina avec attention une série de pipes à opium avant de fixer son choix sur une pièce en ivoire sculpté ornée d'anneaux de cuivre – un objet rarissime, souligna le marchand. Van Kote sortit une liasse de billets de sa poche et régla en liquide. Ils s'éloignèrent du magasin, Van Kote serrant le paquet sous son bras.

– Je conserve ton cadeau quelques jours... Le temps d'y apporter quelques améliorations, lança-t-il à Théodore d'un air entendu.

– Comment allez-vous vous y prendre ?

– Ne t'inquiète pas. Minvielle pourra examiner sa pipe sous toutes les coutures, la retourner, la soupeser, il n'y verra que du feu. Les techniciens du Mossad réalisent de véritables petites merveilles. Ils n'ont pas leur pareil pour dissimuler un micro-émetteur avec son alimentation dans toutes sortes de planques.

– Tu es sûr que ce sera indétectable ?

– J'en prends le pari. Une fois le micro posé, je retourne chez l'antiquaire et je le mets au défi de déceler la moindre anomalie sur cette pipe qu'il nous a vendue.

En flânant, ils se dirigèrent vers la sortie du Village Suisse. Face à la vitrine d'un vendeur de tableaux et de souvenirs militaires, Théodore s'arrêta quelques instants pour admirer une petite toile représentant un soldat franc, en armes, étendu dans une clairière.

– Ce tableau a l'air de te plaire ? nota Jonas.

– Il est étrange. Ce guerrier est endormi, et pourtant, il émane de lui une force impressionnante.

– Sais-tu pourquoi ? Parce qu'il rêve.

– Et alors ?

– *Le Songe du guerrier*, c'est ce qui lui donne sa force.

– Le songe du guerrier ?

Jonas sourit.

– C'est un jeu de mots en hébreu. *Lokh'em*, *Kh'alom*. Le combattant et le rêve sont formés des mêmes lettres, de la même racine.

– C'est un peu contradictoire, non ? s'étonna l'étudiant.

– Pas forcément. L'hébreu est une langue très mystérieuse qui révèle la nature profonde des choses.

– Ça signifie qu'il y aurait un lien entre la guerre et le rêve ? Curieux tout de même.

– C'est la réalité. Le soldat qui ne rêve pas n'est qu'une brute. Ce qu'il y a d'humain dans le guerrier, c'est précisément sa capacité à rêver, à s'extraire du combat pour imaginer un autre avenir que la guerre. Pour préparer la venue d'un autre monde. Nous poursuivons tous un rêve, Théodore !

Troublé, Théodore contemplait le tableau à travers la vitrine. Les propos de son aîné lui paraissaient un peu obscurs, mais il ne parvenait pas à détacher son regard du guerrier endormi dans la clairière.

Van Kote le prit par la manche.

– Allez, viens. Nous avons encore du travail.

Quelque temps plus tard, Jonas l'informa du succès complet de l'opération. Après s'être vu remettre par ses élèves, à l'issue de son dernier cours, le cadeau soigneusement emballé, Jacques Minvielle avait regagné son domicile de Joinville-Le-Pont. A quel endroit de l'étagère avait-il placé la pipe en ivoire cerclée de cuivre ? La sonorisation était en tout cas parfaite. Une camionnette blanche stationnée sur les bords de Marne, à trois cents mètres de la maison de l'universitaire, avait effectué un test concluant. Van Kote félicita Théodore Malaivre pour l'efficacité dont il avait su faire preuve. Ce fut la première véritable action clandestine de Théodore pour le compte des services secrets israéliens. Depuis son recrutement en Israël et son inscription à Sciences Po, il n'avait été sollicité par Jonas que de manière ponctuelle. Théodore lui avait communiqué quelques renseignements sur l'influence de certains réseaux au sein de l'école. Mais son officier traitant l'avait avant tout incité à se fondre dans la masse des élèves et à faire preuve de discrétion.

– Prends ton temps, lui avait-il conseillé. Sois neutre, ne prends pas parti dans les discussions, écoute les gens. Attends qu'ils t'exposent leurs analyses, leurs opinions. Tu finiras par recueillir leurs confidences, leurs médisances sur les uns et les autres. Tu apprendras vite à comprendre qui fait quoi, à identifier les militants, à repérer les personnes susceptibles de nous intéresser. Nous travaillons sur le long terme.

Le jeune Malaivre s'était conformé aux instructions de Van Kote, le responsable de l'antenne du Mossad à Paris. Et la pose des micros chez le professeur de droit international, sa première véritable mission, Théodore l'avait accomplie parfaitement.

Au mois de juin, Jonas l'informa du prochain départ des Samuelson pour New York où John venait d'obtenir un poste à l'université. Un dîner d'adieu fut organisé rue Goethe. A la fin du repas, John Samuelson se leva de table et alla chercher un paquet qu'il remit à Théodore.

– Jonas nous a rappelé que c'était bientôt ton anniversaire. Comme nous ne serons plus là pour fêter avec toi tes dix-huit ans, nous avons préféré bousculer un peu le calendrier et t'offrir ce cadeau au nom de tous ceux qui sont présents ici autour de cette table.

Théodore se leva à son tour, dénoua avec précaution la ficelle, et déplia le papier kraft enveloppant le présent. Puis, avec une profonde émotion, il contempla un long moment le guerrier franc endormi. Le tableau était accompagné d'une petite carte sur laquelle une main anonyme avait calligraphié : « *De vos amis d'Israël.* »

18

Au fil des mois, après leur première rencontre devant la grille du cimetière de Maisoncelles-en-Brie, des relations de confiance s'établirent entre le jeune étudiant et l'officier du Mossad. C'est ainsi que Jacques Malaivre découvrit la vérité sur son père. Après la révélation de ses origines familiales, il apprit quelle avait été la carrière d'espion de Théodore Malaivre au sein des services de renseignement israéliens. A sa sortie de l'ENA, il avait travaillé comme conseiller technique au ministère de la Coopération. Deux ans plus tard, il avait suivi son ministre qui venait de se voir confier le portefeuille de la Défense. A l'époque, les Israéliens s'inquiétaient de l'évolution de la politique étrangère de la France au Moyen-Orient, qui devait se concrétiser, à la veille de la guerre des Six Jours, par un abandon du soutien à Israël et un revirement spectaculaire en faveur du camp arabe. Grâce à sa taupe infiltrée dans la haute fonction publique française, le Mossad avait eu accès à l'ensemble des documents établissant les filières de livraisons d'armes à la Jordanie, à l'Egypte et à la Syrie. Durant toutes ces années, les services secrets de l'État juif eurent la possibilité d'écouter à distance les conversations sur la ligne téléphonique protégée reliant le ministère de la Défense aux bureaux du Premier ministre et à l'Élysée. Jérusalem était informé de la venue à Paris des envoyés de missions commerciales arabes. Théodore Malaivre transmettait à Jonas Van Kote les dates d'arrivée des délégations et le numéro de leur vol, le nom des hôtels dans lesquels descendaient les diplomates des divers pays du Moyen-Orient, le programme de leur visite à Paris : négociations au ministère, déplacement sur une base aérienne, déjeuner de travail, sans oublier les soirées de détente au Lido ou dans les boîtes de nuit huppées des beaux quartiers.

Après le départ du général de Gaulle, la carrière de Théodore Malaivre s'était poursuivie sous les septennats de Georges Pompidou et de Valéry Giscard D'Estaing. Quelques semaines avant sa disparition, il avait informé le Mossad de la prochaine mise en route du réacteur nucléaire livré à l'Irak par les autorités françaises.

Lorsqu'il avait appris la mort de Théodore, Jonas Van Kote avait aussitôt décidé de rencontrer son fils unique, afin d'établir une relation suivie avec lui. L'idée de tenter le recrutement de Jacques Malaivre avait immédiatement germé dans son esprit. Il avait évalué les risques. Ou bien Jacques se braquait, refusait d'entrer dans le monde du renseignement et Van Kote repartait pour Jérusalem après avoir rompu tout contact avec lui, ou bien il acceptait, et le Mossad saurait tirer grand profit du pedigree de ce nouvel agent totalement fondu dans la société française : étudiant, catholique, baptisé, et originaire d'un village de Seine-et-Marne. Qui pourrait nourrir le moindre soupçon à l'encontre de Jacques Malaivre ? Son père ne lui avait jamais confié ses origines juives et pas davantage qu'il travaillait depuis des années pour les Israéliens. Jonas était convaincu que cette révélation brutale provoquerait chez le jeune homme un choc psychologique de nature à susciter en lui le désir de s'engager secrètement pour la cause d'Israël. L'officier du Mossad avait l'intuition que le fils saurait se montrer l'égal du père.

– Est-ce que tu es prêt à travailler pour nous ?

Jonas posa la question à brûle-pourpoint, à l'issue du traditionnel déjeuner hebdomadaire à La Coupole. Vêtu de son manteau sombre et de sa toque d'astrakan, le petit homme déambulait d'un pas tranquille sur le large trottoir du boulevard Montparnasse.

– Pour vous ? Tu veux dire...

– Tu as très bien compris. Veux-tu continuer l'œuvre de ton père ou préfères-tu passer tes examens, devenir un grand avocat à la cour et ne plus jamais entendre parler de moi ? Auquel cas je respecterais ton choix.

Jacques ne répondit pas. Sans échanger une parole, ils continuèrent à avancer sur le boulevard. Van Kote s'arrêta au kiosque à journaux à l'angle de la rue Delambre, acheta *Le Monde* qu'il plia dans sa poche. Ils poursuivirent comme deux flâneurs en direction de Port-Royal.

– Je suis conscient de ce que je te demande, reprit Jonas. Tu as raison de réfléchir. Je comprends très bien ce que tu ressens. Ce n'est pas un engagement à la légère que je sollicite aujourd'hui. C'est une décision lourde de conséquences, pour toi comme pour nous. Nous ne sommes pas des boy-scouts, Jacques. Nous sommes en guerre et nous avons décidé d'être les plus forts. Il n'y a pas de place pour les faibles au Moyen-Orient.

– Qu'attendez-vous de moi ?

– Tu peux nous aider. Ici en Europe, des contacts ont lieu, des alliances se nouent, des contrats sont signés tous les jours. Nos ennemis cherchent à nous détruire par tous les moyens. Ils viennent négocier en France, en Allemagne, en Angleterre, les appuis dont ils ont besoin. Leur puissance financière leur ouvre bien des portes. Nous devons savoir ce qui se trame dans les ministères, les syndicats, les partis politiques.

– Je ne suis qu'étudiant en première année de droit. Mon père, lui, était un spécialiste des questions d'armement. Il avait accès à des dossiers, à des informations confidentielles. Qui veux-tu que j'espionne, Jonas ?

– Ne te sous-estime pas, répondit Van Kote en baissant légèrement la voix. Ton père lui-même lorsqu'il était à Sciences Po a prouvé qu'il pouvait nous être très utile.

– Oui, bien sûr. Mais très franchement je ne vois pas ce que je pourrais glaner à la faculté de la rue d'Assas et qui serait susceptible de vous intéresser.

– Surtout, pas de précipitation ! Le renseignement est d'abord un long travail de repérage... et d'infiltration.

– Infiltration ? Tu voudrais que j'infiltre un groupe ?

– Oui.

– Un syndicat d'étudiants ?

– Non. Un parti. Un petit parti politique, qui est en train de se créer.

– Quel genre ?

– Genre extrême droite.

– C'est gentil d'avoir pensé à moi pour cette mission, releva Jacques Malaivre un rien pince-sans-rire.

– C'est mûrement réfléchi. Tu viens d'une fac marquée idéologiquement. Ton père était un haut fonctionnaire giscardien. Tu as le parfait profil du fils de famille séduit par l'élitisme de l'extrême droite. Tu ne t'es jamais manifesté avant, personne ne te connaît. Je ne te cache pas que nous avons de grandes difficultés à infiltrer ces milieux-là. Leur antisémitisme est obsessionnel. Ils n'hésitent pas à remonter dans la généalogie des gens pour retrouver d'éventuelles ascendances juives.

– Et que devrais-je faire, une fois inscrit ?

– Devenir un militant modèle. Prendre des responsabilités et progresser dans l'appareil du parti. A terme, nous informer sur l'état d'esprit de ses dirigeants, sur le nombre exact et l'identité de ses adhérents. Sur le programme et les objectifs réels de l'organisation.

– Pourquoi vous intéressez-vous tellement à l'extrême droite française ? C'est une nébuleuse de groupuscules sans aucune influence.

– Tu as raison. Mais ils cherchent des sources de financement auprès de certaines dictatures arabes que nous connaissons trop bien pour savoir qu'elles n'offrent rien sans contrepartie. Et puis, en politique, il ne faut jamais dire jamais. Qui peut prévoir la situation de la France dans dix ans, dans vingt ans ? Nous voulons implanter un agent dans ce parti, précisément parce qu'il s'agit d'un groupuscule. Tous les ténors de la politique ont commencé dans d'obscurs mouvements lorsqu'ils étaient étudiants. C'est à leur création que les organisations sont les plus perméables.

– Tu parles comme si j'avais accepté.

Ils arrivèrent au carrefour de Port-Royal. Van Kote héla un taxi. Avant de monter à bord, il lança :

– J'attends ta réponse, Jacques. Si tu déclines ma proposition, je ne t'en voudrai pas. Nous n'aurons plus l'occasion de nous rencontrer, mais tu auras appris ce que ton père n'a jamais pu te dire. Tu sauras pourquoi il tenait tant au *Songe du guerrier*. Tu conserveras au moins ce souvenir.

La semaine suivante, Jacques Malaivre se rendit dans un local exigu situé au fond d'une cour, dans le quartier des Halles. Après avoir rempli une fiche d'adhésion et s'être soumis à un interrogatoire sur ses motivations, il reçut sa carte provisoire de militant de la Fraternité Nationale.

19

Éclairée par un néon, la guérite se détache au loin dans l'obscurité. A l'approche du check-point, des parpaings de béton et des chevaux de frise aux pointes acérées ont été disposés en chicane sur la chaussée pour contraindre les véhicules à rouler au pas. Les mains d'Ilana se crispent sur le volant. La dernière fois qu'elle s'est trouvée à cet endroit, c'était en compagnie de Fabert, quelques heures avant sa mort. Des images furtives de cette journée lui reviennent en flashes. La voiture de l'ambassade de France bloquée au point de contrôle, l'altercation avec le vice-consul Pierre Marcourt, le départ pour Beth-El.

Ilana marque l'arrêt, baisse sa vitre et montre sa carte de presse à l'un des soldats postés dans la guérite. Il la dévisage d'un air suspicieux avant de lui faire signe de passer. Elle s'engage sur la route cahoteuse qui mène à Ramallah.

C'est en milieu de soirée qu'Ilana a reçu un appel téléphonique d'Anouar. La journaliste et l'universitaire palestinien ne s'étaient plus parlé depuis leur entrevue houleuse à la faculté de Bir Zeit. Comme à l'accoutumée, Anouar a été laconique.

– Quelqu'un voudrait te rencontrer.

– Quand ?

– Ce soir.

– Ça me paraît difficile. Il est tard. Je suis chez moi à Tel-Aviv. On ne peut pas remettre ça à demain ?

– Non. Il prend l'avion très tôt demain. Il veut te parler.

– De quoi s'agit-il ?

– De Fabert.

Ilana a foncé sur l'autoroute. A Jérusalem, elle a pris l'embranchement nord qui descend vers Ramallah et les territoires palestiniens. Durant tout le trajet elle n'a cessé de penser à l'attentat dont elle a été victime et qui a coûté la vie à Bertrand. Six mois déjà, et le Shin Beth semble se désintéresser de l'enquête. En France, plus personne ne parle de l'affaire. Tout le monde a oublié Fabert. Ilana s'est juré de ne pas abandonner. Elle a la conviction de ne pas avoir été prise pour cible au hasard par un sniper palestinien. Bertrand et elle sont tombés dans un traquenard, tendu peut-être hâtivement. Mais un traquenard tout de même. Ils étaient attendus. Lorsque la rafale a atteint de plein fouet la voiture, Ilana n'a pas perdu immédiatement connaissance. Toute sa vie elle se souviendra de ces minutes de terreur. Elle avait attendu l'arrivée des secours, Bertrand inanimé à ses côtés. Pour la première fois de sa vie elle avait eu peur de mourir.

Anouar a fixé le rendez-vous au Paradise, une boîte de jazz qui était à la mode dans les premières années des accords d'Oslo. A l'époque, certains Israéliens ne craignaient pas d'y terminer la soirée autour d'un verre. Avec la reprise de l'Intifada, l'endroit a été déserté. Le Paradise demeure néanmoins l'un des rares établissements ouverts tard le soir à Ramallah.

La journaliste israélienne pénètre dans la ville déserte et gare sa voiture sur l'avenue Salah Al Din. A pied, elle se dirige vers le cabaret situé dans une impasse à proximité. Les lampadaires sont éteints. D'une fenêtre ouverte, on entend le son d'une télévision arabe. Le sol est jonché de débris. Des traces de balles sur les murs témoignent de récents combats entre les milices palestiniennes et les forces d'élite israéliennes. Des effluves pestilentiels s'échappent d'une canalisation éventrée. Ilana pousse la porte du Paradise. Un vestibule baigné d'une lumière rouge tamisée donne sur la grande salle quasiment déserte à cette heure tardive. Dans un coin, près de l'entrée, deux hommes affalés dans des fauteuils de cuir, discutent à voix basse en fumant des cigarettes. L'un d'eux a posé son pistolet-mitrailleur à ses pieds. Il doit s'agir de responsables de la sécurité palestinienne. Anouar est assis au fond de la salle, dans un petit recoin entre le bar et la scène. Un homme d'une cinquantaine d'années est à ses côtés. Ilana reconnaît Pierre Marcourt, le vice-consul de France, engoncé dans l'un de ses sempiternels costumes bleu marine, peut-être un peu plus froissé qu'à l'accoutumée. Il a desserré sa cravate et ouvert le col de sa chemise. Il tient entre ses lèvres l'embout d'un narguilé dont il laisse échapper de petites bouffées.

– Bonjour, monsieur le vice-consul. Je croyais que vous aviez regagné Paris.

– Vous êtes bien renseignée, répond Marcourt d'une voix faussement enjouée. Je vous confirme que je ne suis plus en poste à Jérusalem.

Il se lève pour l'inviter à prendre place. Ilana remarque ses yeux brillants et son haleine alcoolisée. Sur la table basse, deux verres encadrent une bouteille d'arak libanais. Impassible, Anouar salue la jeune femme d'un mouvement discret de la tête. Elle s'assied en compagnie des deux hommes.

– Qu'est-ce que vous buvez ? demande le diplomate.

– Comme vous. Un arak. Avec de l'eau.

Marcourt commande au garçon derrière le bar. Il saisit son verre et boit cul sec le fond d'arak pur. Il transpire. D'un geste furtif, comme s'il cherchait à se donner une contenance, il passe sa main sur la mèche qu'il cultive au sommet du front. Ilana rompt le silence.

– Vous êtes venu dire au revoir à vos amis ?

– En quelque sorte. Et régler quelques affaires privées.

– Où êtes-vous en poste actuellement ?

– Au Quai d'Orsay à Paris. Sans affectation. J'espère être nommé chargé d'affaires à Alger.

– Félicitations.

– Ce n'est pas vraiment une promotion. C'est même, pour ne rien vous cacher, une sanction. Mais enfin, le climat est détestable en France. Autant s'expatrier.

– Une sanction ? relève Ilana en fronçant les sourcils.

– Je paye pour l'affaire Darwish. Le ministre a réclamé une tête. Au départ, tout le monde était d'accord pour couvrir cette opération humanitaire. A l'arrivée j'ai été considéré comme seul instigateur de la venue de Nidal Darwish à l'Hôpital Américain de Neuilly. La presse s'est déchaînée. Il fallait un bouc émissaire.

– Comment va ton frère, Anouar ? demande Ilana en se tournant vers le Palestinien qui demeure silencieux. Il a pu continuer son traitement ?

– Ne faites pas l'innocente, poursuit Marcourt. Je sais que c'est vous qui avez prévenu le journaliste de *L'Euro-*

péen de la présence... Comment dites-vous déjà ? Du *terroriste du Hamas* à Paris.

Ilana regarde le diplomate droit dans les yeux. Elle porte lentement à ses lèvres le verre d'arak blanchi par l'eau fraîche.

– Ça ne sert à rien de nier, reprend-il. A Paris, j'ai lu la transcription intégrale de votre conversation téléphonique avec ce journaliste, Jérôme Drouin.

Un bruit de pas feutrés accompagné d'un cliquetis d'armes se fait entendre. Ilana sent dans son dos la présence de deux membres de la sécurité palestinienne qui se tiennent debout à quelques mètres de sa chaise. Surtout ne pas se retourner, ne pas montrer le moindre signe de peur ou de nervosité. Anouar lève les yeux. L'un des deux hommes se met à parler en arabe, discute brièvement avec Anouar, puis va se rasseoir à l'entrée de la salle.

– Nous n'allons pas pouvoir traîner ici longtemps, traduit Anouar en français à l'adresse d'Ilana et de Marcourt. Les Israéliens sont en opération dans le secteur. Ils recherchent des combattants du Tanzim. Il risque d'y avoir du grabuge.

L'universitaire palestinien a conservé de ses années d'études à la Sorbonne un vocabulaire recherché. Avec une satisfaction non dissimulée, il met un point d'honneur à l'utiliser devant le diplomate français.

– Quel téléphone était écouté, le mien ou celui de Drouin ? interroge Ilana.

– Je l'ignore, chère madame. Peut-être les deux. Ce qui est certain en revanche, c'est que les services de renseignement français s'intéressent de très près à vos activités et à celles de ce journaliste.

– Concernant la mort de Fabert ?

– Probablement.

– Mais pour quelle raison nous écoutent-ils ?

– Peut-être qu'ils n'ont pas de piste, après tout ! lâche Marcourt avec un petit rire sardonique. Alors ils écoutent les journalistes pour essayer de glaner une information. A moins qu'ils vous surveillent pour vous empêcher de trouver la solution, pour protéger un secret d'Etat.

L'ancien vice-consul de Jérusalem tire sur son narguilé dont il aspire longuement la fumée. Il se sert une nouvelle rasade d'arak. Anouar, l'air inquiet, fait un geste en direction des deux Palestiniens qui sortent précipitamment dans la rue.

– Pourquoi m'avoir fait venir ici ce soir ? demande Ilana. Qu'aviez-vous à me dire de plus sur la mort de Bertrand ?

– Je voulais, avant de quitter définitivement la Palestine, que vous sachiez que je ne suis pour rien dans la mort de votre ami.

– Je ne vous ai pas accusé.

– Je connais les rumeurs qui ont couru sur mon compte à Jérusalem et Tel-Aviv. Bien sûr que j'ai immédiatement alerté le Quai d'Orsay dès que je vous ai vus partir pour Beth-El ! J'en avais l'obligation Mais de là à me suspecter d'avoir prévenu les Palestiniens et d'être l'instigateur de l'attentat, ce n'est pas seulement ignoble, c'est absurde. Je veux bien porter sur mes épaules tous les péchés d'Israël, mais je ne suis pas un assassin.

– Vous le détestiez !

– Disons que nous n'avions pas la même sensibilité. Fabert menait sa carrière de manière fort opportune. Si, si... je connaissais le personnage mieux que vous. Depuis plus longtemps en tout cas. En ce qui me concerne, je n'ai jamais eu d'autre ambition que de servir au mieux les intérêts de la France à l'étranger. Et puis moi, je n'ai jamais été militant d'extrême droite.

– Qui était au courant de son passé ?

– A Paris, pas mal de monde en fait, répond le diplomate en coinçant l'embout du narguilé entre ses dents.

– Alors pourquoi personne n'en a parlé pendant des années ?

Une volute de fumée s'élève de la braise incandescente posée sur le foyer. Marcourt toise l'Israélienne d'un air condescendant.

– Vous n'êtes pas au courant qu'on le faisait chanter ? dit-il enfin. Et depuis des années.

– Qui le faisait chanter ?

– Ça, je l'ignore. Mais c'est ce qui se raconte dans les cercles autorisés. Sans doute des adversaires politiques. Peut-être des rivaux au sein de son propre parti. Il faudrait pousser plus avant l'enquête. Je ne doute pas qu'une journaliste talentueuse comme vous, avec tous les contacts dont vous bénéficiez en France, saura à terme démêler l'écheveau.

Des tirs d'armes automatiques résonnent dans le lointain. Le sifflement d'une roquette se fait entendre, suivi d'une déflagration qui fait vibrer les murs et les fenêtres du Paradise.

– Il ne faut plus tarder maintenant, avertit Anouar. Si les tirs continuent, les Israéliens risquent de boucler toute la ville.

– Combien de temps nous faut-il pour arriver à l'aéroport d'Amman ? demande Marcourt.

– Trois heures. En comptant les barrages et le passage de la frontière. Si tout va bien.

L'ex-vice-consul de France jette un coup d'œil à sa montre et se tourne à nouveau vers Ilana.

– Personnellement, je regretterai longtemps la Palestine. Je pense que j'aurais pu continuer à me rendre utile ici, à apporter l'aide de la France à ceux qui en ont besoin. Adieu, mademoiselle Mizrahi, je ne suis pas certain que nous soyons appelés à nous revoir.

20

– David, on ne peut pas embarquer !

David Weinberg se retourne brusquement. Le chef d'escale d'El Al a le visage défait.

– Que se passe-t-il ?

– Le vol est annulé.

– C'est impossible. C'est une catastrophe ! Comment allons-nous annoncer ça aux passagers ?

– Je suis désolé, il n'y a rien à faire. Ils ont refusé à l'avion l'autorisation de se poser à Paris. Nous avons dû le dérouter sur Bruxelles.

– J'appelle l'Agence juive.

Weinberg pianote sur son portable qu'il garde en permanence à la main. Il transpire à grosses gouttes, sa chemise blanche lui colle à la peau. Malgré le hall bondé, la climatisation de l'aéroport ne fonctionne pas.

– Allô, Julia, c'est David. Pensez-vous être en mesure de trouver une société d'autocars capable de venir chercher deux cents passagers bloqués à Orly et de les amener dans la soirée à Bruxelles ?

Le chef d'escale d'El Al scrute le visage de Weinberg. Le

téléphone plaqué contre l'oreille, David lui renvoie une moue dubitative tout en écoutant son interlocutrice.

– Très bien, Julia. Rappelez-moi dès que vous avez du nouveau.

– Qu'est-ce qu'elle a dit ?

– Qu'elle a déjà essayé. Elle est au courant que l'avion n'a plus le droit d'atterrir à Paris. Elle a appelé une dizaine d'autocaristes. Ils ont refusé en prétextant que c'était trop dangereux, que vu la situation, ils ne veulent pas prendre le risque de transporter deux cents Juifs en partance pour Israël. Elle a fait monter les prix, proposé de payer au noir. L'un avait l'air tenté. Mais il n'était pas sûr de trouver des autocars disponibles.

– Et par le train, aucune possibilité de rejoindre un aéroport européen ?

– Les syndicats de cheminots ont lancé un mot d'ordre de grève à partir de minuit. C'est la panique dans les gares. Il y a des rumeurs de grève générale.

Weinberg s'éponge le front et soupire bruyamment. Il se passe la main dans la barbe.

– Si nous ne parvenons pas à faire monter les gens dans cet avion, j'ai bien peur qu'ils restent bloqués pour plusieurs semaines. Et alors là… Quelle sera la situation ?

Il tape du poing sur le comptoir d'enregistrement et explose.

– Putain, quel bordel ! Mais pourquoi ont-ils interdit à l'avion de se poser ! Qu'est-ce qu'ils ont trouvé cette fois, comme excuse ?

– Les responsables du trafic aérien d'Orly m'ont affirmé qu'il y avait trop de problèmes de sécurité.

– Et tu les as crus ?

– Non, bien sûr. La discussion a été tendue. Ils m'ont dit qu'ils ne peuvent plus accepter ces vols spéciaux qui désorganisent l'aéroport depuis une semaine. Un responsable de la Police de l'Air et des Frontières m'a même lancé qu'ils avaient de nouvelles instructions, que ces avions remplis de passagers avec uniquement des billets aller simple, ce n'était pas légal. Que les douanes avaient aussi leur mot à dire. A la fin, il m'a crié : « Vous partez comme des voleurs et vous allez voler la terre des autres. Ne comptez pas sur nous pour vous faciliter la tâche ! »

– Ça commence vraiment à sentir le roussi, marmonne Weinberg à mi-voix en rajustant sa kippa. Demain le week-end commence. Dimanche, c'est le second tour des élections. La Fraternité Nationale va faire un tabac. Si on ne réussit pas à les faire partir cette nuit, c'est foutu !

Dans le brouhaha et la confusion, quelques passagers ont réussi à franchir les barrières de sécurité et à s'approcher du comptoir d'enregistrement.

– Qu'est-ce qui se passe ? s'inquiète un vieil homme appuyé sur son chariot à bagages. Il paraît que nous n'allons pas pouvoir monter dans l'avion ?

– S'il vous plaît, monsieur, lui lance le responsable d'El Al, retournez dans la file d'attente, ça ne sert à rien de s'énerver. Il y a de la place pour tout le monde. L'avion a juste du retard.

– Mais non, vous nous mentez ! proteste le vieil homme. Vous vous fichez de nous ! Nous savons qu'il n'y a plus d'avion.

– Qui vous a dit ça ? demande le chef d'escale.

– Le journaliste.

– Quel journaliste ? s'inquiète David.

– Le type, là-bas.

A une dizaine de mètres, derrière les barrières, Weinberg reconnaît Jérôme Drouin. Le reporter prend une série de clichés de la foule des passagers qui attend de pouvoir embarquer. David fait signe à deux jeunes Juifs du service de sécurité postés dans le hall et se dirige vers le reporter de *L'Européen*.

– Qu'est-ce que vous faites là ?

– Mon métier.

– Je vous signale que vous êtes en salle d'enregistrement. Vous ne pouvez pas rester.

– J'ai mon billet, rétorque Drouin sans se démonter.

– Vous comptiez partir en Israël ?

– Je *comptais*, en effet. *L'Européen* avait décidé d'effectuer un reportage sur le dernier avion d'El Al quittant Paris pour Tel-Aviv. Maintenant, il va vous falloir annoncer à tous les passagers que leur vol est annulé.

– Comment êtes-vous au courant ?

– J'ai été prévenu par ma rédaction.

– L'information est déjà sur l'AFP ? demande Weinberg.

– Non. Mais nous avons d'autres sources d'information.

– Pourquoi prenez-vous des photos puisque vous ne partez plus ? interroge l'un des jeunes Juifs de la sécurité.

– Pour mes archives personnelles, répond Jérôme d'un ton sec.

– David, il faut prendre une décision, presse le chef d'escale. Nous ne pouvons pas laisser les passagers attendre dans le hall comme ça, sans protection.

– Je peux demander que l'on renforce le service d'ordre, que l'on nous envoie une quinzaine de jeunes de Paris ? suggère David.

– Non, de toute façon l'avion ne viendra pas. Le mieux est de leur dire la vérité, soupire le responsable. Leur conseiller de tenter de gagner Bruxelles par leurs propres moyens, s'ils ont une voiture, ou de rentrer chez eux.

Un agent d'El Al apporte un message imprimé en hébreu. Le chef d'escale le parcourt rapidement, son visage se crispe.

– Des problèmes ? demande Weinberg.

– Le Marseille-Tel-Aviv a finalement pu décoller, mais ça ne s'est pas bien passé. Les douaniers ont fait ouvrir toutes les valises, ils ont confisqué l'argent liquide et menacé de retenir certains passagers s'ils ne payaient pas des amendes fiscales.

– C'était le dernier vol prévu sur Tel-Aviv ?

– Avec celui d'Orly, oui.

Le chef d'escale termine de lire le message.

– La direction nous annonce que les bureaux d'El Al à Paris seront fermés pour une durée indéterminée à partir de lundi. Ils nous demandent de prendre nos dispositions et nous conseillent de rentrer en Israël en passant par un aéroport européen.

– C'est le sauve-qui-peut général, ils viennent de siffler l'ordre d'abandonner le navire ! lance Weinberg avec un sourire amer.

– Je ne sais pas. C'est avant tout une mesure de précaution. Après, on verra. Bon, je vais faire une annonce auprès des passagers. Et toi, quel est ton programme ?

– Je rentre à mon hôtel, répond David après un moment d'hésitation.

– Tu ne pars pas ?

– Non.

A travers les vitres du taxi, David regarde défiler le paysage. Le soleil se couche sur Paris, sur l'autoroute étrangement déserte et silencieuse. Généralement, à cette heure, le trafic est chargé. La France paraît tétanisée. Le pays tourne au ralenti, comme dans un mauvais rêve. David se remémore les événements qui se sont accélérés ces derniers jours. La situation des Juifs a empiré. La tension est brusquement montée la semaine précédant le premier tour, lorsqu'un jeune couple et leur petite fille ont été victimes du plasticage de leur appartement à Sarcelles. Les deux parents ont été tués dans l'explosion et la fillette grièvement blessée. L'acte criminel ne faisait aucun doute mais la police a traîné les pieds, au point de nier qu'il s'agissait d'un crime antisémite. Les enquêteurs ont même évoqué la piste d'un règlement de comptes entre truands et se sont répandus dans la presse sur les liens supposés du père avec le milieu. Les Juifs de France ont compris le message. La police n'est déjà plus aux ordres du gouvernement. Aucune autorité ne garantit désormais leur sécurité. En quelques heures, les avions pour Israël et les États-Unis ont été pris d'assaut. Dans les jours qui ont suivi, on a assisté à des scènes de pillage. Au Sentier, à la République, à Saint-Germain, des petits groupes ont rapidement repéré les rideaux baissés des magasins abandonnés par leurs propriétaires. En toute impunité ils ont fait sauter les serrures, brisé les vitrines, et se sont rués sur les marchandises. Pendant une semaine, David s'est démené comme un beau diable au sein de la cellule de crise créée par l'ambassade d'Israël et les responsables de la communauté juive.

Le taxi amorce la dernière descente de l'autoroute A6 à l'entrée de Paris. On aperçoit au loin la tour Eiffel qui scintille et son phare de marine qui balaye le ciel rougeoyant. Le chauffeur asiatique écoute une cassette de chansons sirupeuses. Il a entrouvert la vitre. De l'air frais pénètre dans l'atmosphère confinée de la Mercedes. David n'a pas appelé Rachel de la journée. La veille, ils se sont parlé brièvement au téléphone. Il a tenté de rassurer son épouse en lui expliquant que la situation était confuse, tendue, mais qu'elle n'avait pas de souci à se faire. Il lui a annoncé qu'il devrait rester encore plusieurs jours, peut-être plusieurs semaines, en France. Il incline la tête en arrière sur la banquette et ferme les yeux quelques instants, pour essayer de faire le point.

– Voilà monsieur, hôtel Concorde Lafayette. Nous sommes arrivés. Ça fait trente euros tout rond.

Weinberg règle la course et ajuste la casquette qui dissimule sa kippa avant de sortir du taxi. Par les temps qui courent, mieux vaut demeurer discret. Il s'engouffre dans le vaste hall de l'hôtel et se dirige vers les ascenseurs au pied desquels attendent une dizaine de personnes, des hommes d'affaires et quelques touristes. Il parvient au seizième étage. Le couloir est désert. Il pénètre dans sa chambre, referme la porte, retire ses chaussures de sport et s'allonge sur le lit. Il est épuisé. Il a passé sa journée à effectuer des navettes entre Paris et Orly, à tenter de régler mille problèmes, à téléphoner à l'ambassade, à l'Agence juive et aux tour opérators. Sa chemise sent la transpiration et la fumée de cigarettes. Il a faim. Il prend un whisky et des cacahuètes dans le minibar. Il retourne sur le lit, actionne la télécommande de la télévision. CNN consacre une page spéciale à la probable arrivée de l'extrême droite au pouvoir en France. Sur LCI, des éditorialistes de la presse écrite débattent de la nouvelle donne politique. On frappe à la porte.

David sursaute. Il n'attend personne. Il se lève en chaussettes sur la moquette et enfile rapidement ses baskets. Il se dirige vers la porte et, à travers le judas, aperçoit deux hommes dans le couloir.

– Qui est là ?

– Ouvrez, police !

Des flics ! Que viennent-ils faire ici, que veulent-ils ? David se sent gagné par la panique. Ils devaient être en planque dans le hall lorsqu'il est arrivé. Ils l'avaient sans doute repéré et l'ont laissé monter dans la chambre pour le cueillir en douceur. Il n'y a aucune possibilité de fuite, ni par le balcon, ni par les escaliers. L'espace de quelques secondes, Weinberg essaie de se concentrer et de reprendre son sang-froid. Sur quoi enquêtent-ils, que vont-ils lui demander ? Il cherche à reconstituer ces trois semaines qu'il vient de passer en France. Des images, des flashes défilent en accéléré. Il revoit son arrivée à Roissy, le taxi, l'hôtel, les réunions à l'Agence juive, la soirée au pavillon d'Armenonville. A-t-il commis une erreur ? Et si... ? Les coups contre la porte redoublent de violence. Les flics s'impatientent.

– Ouvrez, ou nous faisons sauter la serrure !

– Un instant, s'il vous plaît. J'arrive.

David enfile un pull-over et tape le code d'ouverture du petit coffre-fort installé dans le fond du placard. Il en extrait un pistolet automatique Beretta qu'il glisse derrière son dos entre son jean et sa chemise, dissimulé sous son pull. Les flics tambourinent de plus belle. Il ouvre la porte. Les deux hommes le dévisagent d'un air soupçonneux. Ils sont en civil. Le plus âgé, un costaud à la tignasse poivre et sel, porte une veste en cuir. Le plus jeune, vêtu d'une parka, est trapu et basané. C'est sans doute un Arabe. Un Méditerranéen en tout cas.

– David Weinberg ?

– C'est moi.

L'homme à la veste de cuir exhibe une carte de police.

– Direction de la Surveillance du Territoire. Nous aimerions vous poser quelques questions, monsieur Weinberg.

Ils entrent dans la chambre et referment la porte avec précaution. Le petit basané reste planté debout, adossé à la porte, comme pour signifier à David que toute sortie lui est pour le moment interdite. L'autre inspecte la pièce.

– Vous avez des papiers d'identité ?

David ouvre le tiroir de la table de chevet et en sort son passeport français dont il ne s'est jamais départi et qu'il a toujours pris soin de renouveler depuis des années. Il le tend au flic qui le feuillette soigneusement tout en lisant à haute voix :

– Weinberg David, né le 23 octobre 1959, à Boulogne-Billancourt. Bien, bien.

Le policier de la DST s'approche du tiroir, l'ouvre à nouveau et se saisit d'un étui en plastique. Il en extrait un passeport israélien.

– Eh bien, voilà ! Un deuxième titre de voyage tout aussi intéressant. On va vérifier tout ça.

David s'insurge :

– Cette perquisition est illégale.

Le flic ne répond pas. Il a perçu dans sa voix mal assurée que Weinberg a peur. Il prend son temps. Il examine le passeport page par page. Semble s'intéresser aux différents visas et tampons qui y figurent. Les yeux toujours baissés, il interroge :

– Quelle est la raison de votre séjour en France ?

– C'est un voyage pour des raisons privées. Je vous signale que je n'ai aucune obligation de répondre à vos questions.

L'autre demeure impassible. Il fait quelques pas dans la chambre, ouvre le placard et inspecte une pile de chemises. Il soupèse une pochette en velours brodé puis en fait glisser la fermeture Éclair. Il contemple le contenu en esquissant une petite grimace.

– Qu'est-ce que c'est que ça ?

– Ce sont des téphilines, des phylactères, si vous préférez. Ce sont des objets rituels pour la prière. Ça ne peut être d'aucune utilité pour votre enquête.

Le fonctionnaire de la DST jette sans précaution la pochette de velours sur le lit. Il reprend les deux passeports qu'il compare attentivement.

– Quelle est votre adresse actuelle ?

– J'habite en Israël.

– Où ça ?

– A Beth-El. C'est une localité de Samarie.

– Vous êtes titulaire d'un passeport israélien mais vous habitez en Palestine, rectifie le policier sur un ton peu amical.

– Je suppose que vous n'êtes pas montés dans ma chambre pour me faire un cours de géographie.

Le flic relève la tête, l'air mauvais. Visiblement, il n'a pas apprécié la remarque. Il reprend :

– Pour le compte de quelle organisation menez-vous vos activités sur le territoire français ?

– A quelles activités faites-vous référence ?

– Vous vous êtes beaucoup démené ces derniers temps, monsieur Weinberg, poursuit le policier. Suffisamment pour attirer l'attention de nos services. Vous prenez la parole dans des réunions publiques, vous organisez des charters pour Tel-Aviv, on vous a vu aller et venir à l'ambassade d'Israël, au consulat. Vous téléphonez beaucoup, aussi. Qui finance vos activités, qui vous envoie en France, monsieur Weinberg ?

– Le Conseil des localités juives de Judée-Samarie. Mes activités en France sont parfaitement légales.

– Ce n'est pas à vous d'en décider. Vous êtes un agent d'influence d'un État étranger et, compte tenu des événements qui se déroulent en France, vos agissements peuvent éventuellement être constitutifs de menées subversives. Faites attention, monsieur Weinberg, je peux très bien vous mettre en garde à vue.

– Vous n'en n'avez pas le droit.

Le flic de la DST se met à ricaner.

– C'est quand même pas un colon juif qui va nous donner des leçons ! Vous violez la loi internationale et les droits de l'homme depuis des lustres et vous voudriez qu'on vous laisse venir tranquillement faire votre marché en France. Vous vous croyez vraiment tout permis ! Mais, au cas où vous ne l'auriez pas remarqué, les temps sont en train de changer. Il faudrait peut-être que le lobby sioniste s'en rende compte et qu'il se résolve à adopter un profil bas...

Il se tourne vers son acolyte toujours adossé à la porte.

– Tu te rends compte, Farid ! Ces Israéliens ne manquent pas de culot. Ils débarquent à Paris, hôtel Concorde Lafayette s'il vous plaît – la piaule à deux mille balles – et en plus, ils veulent faire la loi. Ils se croient déjà dans une nouvelle colonie. Territoire occupé, mon zami ! (Il éclate d'un rire sonore). Vous avez tout ce qu'il vous faut monsieur le colon juif ? Le personnel est à la hauteur, les femmes de ménage arabes ne vous dérangent pas trop ? Peut-être faut-il vous faire monter une call-girl palestinienne avant que vous ne repreniez l'avion ?

Un rictus de rage vient figer le sourire du policier. Par moments, il échange de brefs regards avec son collègue. Il lui lance :

– Bouge pas, Farid, bouge pas. Le laisse pas filer. Moi je te le dis, on n'est pas venus pour rien. On va trouver ce qu'on cherche.

Farid ne répond pas. Adossé à la porte, il se contente de manipuler négligemment un poing américain en acier qu'il a sorti de sa parka.

– Tiens, je te l'avais dit qu'on allait trouver !

Le policier à la veste de cuir vient d'entrouvrir la porte du petit coffre-fort que David n'avait pas verrouillée. Avec une lueur de satisfaction dans les yeux il s'empare des liasses de billets de banque maintenues par des élastiques et les fourre dans sa poche.

– Allez, fini les trafics. Terminé le blanchiment. Plus d'argent sale pour les colons. On coupe le robinet.

Il se tourne vers David avec un air de commisération feinte :

– Vous n'êtes pas d'accord ? Vous voulez porter plainte, vous avez des témoins ? Suivez-nous, nous allons enregistrer vos dépositions. Dépêchez-vous, le commissariat ferme à 22 heures et la République à minuit. Lundi, c'est un nouveau patron qui arrive avec un nouveau règlement. Vous ne pourrez plus bénéficier des mêmes conditions. Ça vous coûtera plus cher.

Farid s'est avancé dans le couloir. Il a enfilé le poing américain sur sa main droite.

– Vous ne voulez pas venir avec nous ? poursuit le flic de la DST. C'est comme vous voudrez. Vous savez, personne ne se souciera de vous. Un Juif extrémiste tombé d'une fenêtre lors d'une tentative d'interpellation, par les temps qui courent, c'est une broutille. Pour nous ce sera surtout une corvée. Il faudra se coltiner un rapport circonstancié. Expliquer en langage administratif que vous avez préféré sauter du seizième étage plutôt que de répondre de vos agissements. Que nous avons tenté de vous en empêcher mais que votre fanatisme a eu raison de notre souci de mener l'enquête dans les règles.

D'un geste précis, sans l'ombre d'une hésitation, Weinberg dégaine son Beretta et met alternativement les deux policiers en joue.

– Toi, devant la porte, dégage !

Du coin de l'œil, David aperçoit l'autre qui glisse sa main sous sa veste de cuir. Il se retourne et fait feu. Touché au genou le flic roule sur la moquette en hurlant de douleur. David bondit vers la porte, saisit Farid à la gorge et lui assène un coup de crosse sur la tempe. Le type s'affaisse. Weinberg traîne le corps sur le sol pour dégager la sortie et se rue dans le couloir. Alerté par le coup de feu et les hurlements du policier, un client de l'hôtel est sorti dans le couloir. Weinberg se précipite vers l'issue de secours qui mène à la cage d'escaliers. Il court à perdre haleine, dévale les marches de béton quatre à quatre et parvient au rez-de-chaussée. Il entrouvre la porte qui donne sur le hall.

Tout est calme. Quelques clients sont installés sur les canapés du salon. A la réception, les trois concierges sont en train d'accueillir un petit groupe qui vient de débarquer avec ses valises. David tente de reprendre son souffle. La voie est libre mais il n'y a pas une seconde à perdre. En haut, on a dû donner l'alerte. La police sera là dans quelques minutes. Elle bouclera les issues et quadrillera le quartier. David coince à nouveau le Beretta dans son dos entre le pantalon et la chemise, sous le pull-over. Il retire sa kippa et la fourre dans sa poche. Surtout, ne pas attirer l'attention. D'autres flics de la DST doivent être en planque dans l'hôtel. Les derniers mètres avant la sortie sont les plus dangereux. Il faut faire vite mais sans précipitation excessive. Malgré la peur qui lui noue le ventre, il traverse le hall, d'un pas presque nonchalant, et se dirige vers la sortie à la manière d'un touriste en goguette. Il pousse le lourd battant de la porte à tambour et parvient sur le trottoir du boulevard Gouvion-Saint-Cyr. Il fait nuit. Des sirènes de police retentissent au loin et semblent se rapprocher.

David accélère le pas et s'éloigne en direction du bois de Boulogne.

21

Le nouveau patron des services de renseignement français se lève et s'approche de la fenêtre. De son bureau de l'hôtel des Invalides, Jacques Malaivre contemple les pelouses de l'esplanade qui s'étend jusqu'au pont Alexandre-III. Les rues de Paris sont calmes. Après dix jours d'effervescence, la situation dans la capitale et dans les grandes villes de province est sous contrôle. La grève générale s'essouffle et les manifestations n'ont pas tourné à l'insurrection comme l'espéraient les organisations d'extrême gauche. A l'entrée du pont Alexandre-III, une chenillette blindée de la gendarmerie dissuade d'éventuels émeutiers de se diriger vers le palais de l'Elysée. Un second véhicule du même type est stationné à l'angle de la rue de Varenne afin de protéger Matignon. Mais l'opposition, sonnée, ne tentera rien dans l'immédiat. Après le raz de marée électoral de la semaine passée, la Fraternité Nationale est entrée en force au gouvernement. Jacques Malaivre a été chargé de réorganiser les services secrets au sein d'une structure unique regroupant la DGSE, la DST et les Renseignements généraux. Il s'est installé provisoirement aux Invalides, siège du gouverneur militaire de Paris. L'endroit est jugé plus sûr que la caserne du boulevard Mortier qui abrite la Direction Générale des Services Extérieurs. Trop proche des banlieues et des quartiers sensibles. Et puis on n'est jamais assez prudent. Les socialistes ne se sont pas contentés de déménager la moitié des archives et de détruire les disques durs des ordinateurs. Ils ont sans aucun doute truffé la caserne de micros et de systèmes d'écoutes en tout genre. Il vaut mieux attendre que les techniciens de la Fraternité Nationale terminent leur inspection des lieux.

Depuis les Invalides, Malaivre dirige déjà son réseau. Il a placé des hommes sûrs à la tête des différents services de police et de renseignement. A la Fraternité Nationale, le DSP continuera d'œuvrer de manière autonome tout en centralisant l'information. Cette structure parallèle est la meilleure garantie pour le parti d'extrême droite d'avoir la mainmise sur les services français.

Il retourne s'asseoir à son bureau et pianote sur son ordinateur portable. Il achève de relire la note confidentielle qu'il vient de rédiger, consacrée à la nouvelle ligne diplomatique de Paris. Au lendemain des élections législatives, des émissaires français se sont rendus dans plusieurs capitales du Moyen-Orient pour proposer aux dirigeants arabes une nouvelle alliance anti-américaine basée sur la relance de contrats d'armements. La France est prête à soutenir discrètement certaines organisations et milices islamiques dans leur lutte contre Israël. En échange, les imams s'engageraient à préserver les intérêts français et à ne recruter dans les cités que pour des opérations à l'étranger. La note se conclut par un rapide descriptif de l'organigramme des réseaux de la DGSE dans le bassin méditerranéen et le golfe Persique.

Il referme l'écran de son portable et le glisse dans la sacoche. Cette note parviendra dans la soirée à Jérusalem selon la procédure élaborée par les techniciens du Mossad. La transmission est programmée pour se déclencher de manière automatique, lorsque le patron du renseignement français rentre chez lui le soir à bord de sa voiture de fonction. Pour des raisons de sécurité, il n'en sait guère plus. La seule consigne que lui ont donnée ses interlocuteurs israéliens est de placer l'ordinateur dans le coffre de la voiture et de ne pas se préoccuper du reste.

Un huissier apporte le courrier et *Le Monde* de l'après-midi. Jacques Malaivre s'accorde quelques instants de lecture. Le quotidien titre sur l'inquiétude des marchés financiers et de l'Union européenne après la victoire de l'extrême droite en France. L'éditorial intitulé « Résistance citoyenne » s'interroge sur l'attitude à adopter face au nouveau pouvoir démocratiquement élu. Un court article évoque les suites de la fusillade de l'hôtel Concorde Lafayette : le colon juif qui a grièvement blessé deux policiers de la DST est toujours en fuite. Selon le correspondant du journal à Jérusalem, Weinberg ne serait pas encore parvenu à regagner Beth-El. L'Israélien qui a échappé à son interpellation a quitté l'hôtel en abandonnant dans sa chambre ses passeports et une importante somme d'argent. Il se cacherait aujourd'hui quelque part en France en attendant de pouvoir passer une frontière par ses propres moyens.

Le petit voyant vert de la ligne interne se met à clignoter. L'appel provient du secrétariat. Malaivre décroche.

– Monsieur le Directeur, monsieur Sobanski demande à vous voir. Il me dit que c'est urgent.

– Faites-le patienter un instant, s'il vous plaît. Je vais le recevoir.

Il range l'ordinateur dans un tiroir, débarrasse la table des dossiers qui l'encombrent, puis va ouvrir la double porte qui donne sur le petit salon attenant au secrétariat. Sobanski attend debout dans la pièce. Il est sanglé dans son pardessus anthracite qu'il n'a pas pris la peine de retirer.

– Bonjour Sobanski, si vous voulez bien vous donner la peine d'entrer.

L'ancien légionnaire avance de sa démarche claudicante et s'assied dans le canapé installé, face à la table basse, dans un coin du bureau aménagé en salon. Il extrait une chemise cartonnée de sa sacoche.

– Nous commençons à avoir le contrôle de la situation. Je pense que la semaine prochaine tout sera rentré dans l'ordre. Nous avons sécurisé les locaux de la caserne Mortier. Je peux vous garantir que tous les systèmes d'écoute laissés par les locataires précédents ont été mis au jour.

– Le système informatique ?

– On le remet doucement en marche. Il faut traiter les virus un par un. Certains sont vraiment méchants. Ça prend un peu de temps.

– Parfait.

Malaivre esquisse un sourire de satisfaction. Sobanski fait partie du premier cercle de ses collaborateurs. Lorsque, au soir de la victoire électorale, le patron des services secrets a constitué son équipe, il a jugé que *le Polonais* était certainement le plus compétent de tous les dirigeants de la Fraternité Nationale pour le seconder dans ses nouvelles responsabilités.

– Vous vouliez me voir pour une affaire urgente ? relance Malaivre.

– Oui. Nous venons de recevoir un signal de détresse. Un agent de la DGSE demande à être secouru.

– Où ça, à l'étranger ?

– Non, à Paris.

– Que sait-on de lui ?

– Peu de chose si ce n'est qu'il répond au nom de code de Kléber. Il est en poste au Moyen-Orient. Son dossier est archiprotégé. Sous le précédent gouvernement, l'accès en était réservé au seul responsable du département chargé de l'infiltration de taupes en milieu hostile. Lui seul était en mesure de connaître son identité véritable, sa couverture, sa zone d'activité et l'objet de sa mission. Depuis les élections, ce responsable est injoignable et ses dossiers introuvables. Une chose est sûre : si Kléber essaie d'entrer en contact avec nous selon la procédure d'urgence, c'est qu'il est en difficulté.

– Quel code a-t-il employé pour nous contacter ?

– Il a pris le risque de se faire repérer en appelant un numéro d'urgence de la DGSE. La communication n'a duré que quelques secondes. L'appel venait d'une cabine de la rue de Miromesnil. Kleber a transmis son message en morse, en tapotant le combiné téléphonique avec un petit objet métallique, probablement une pièce de monnaie. Il a décliné son nom de code et a fixé le lieu du rendez-vous : l'église Saint-Augustin, dans le 8e arrondissement. Il nous attend.

Accompagné de Sobanski et de deux gardes du corps, Malaivre fonce à bord d'une voiture banalisée. Ils traversent le pont Alexandre-III et atteignent la place Saint-Augustin en remontant le boulevard Malesherbes. Au volant du véhicule, l'un des gardes du corps se gare en double file derrière la basilique, prêt à intervenir dès que le signal sera donné. Sobanski se met en couverture. Pas sous l'abribus, ni à une terrasse de café. Trop voyant. Il opte pour un magasin de livres et d'objets religieux face à l'église. Une boutique calme où on laisse le client faire tranquillement son choix. De sa planque, en examinant les reproductions d'icônes et les crucifix à travers la vitrine, Sobanski surveille le parvis. D'un pas décidé mais sans précipitation Malaivre gravit les marches de Saint-Augustin. Il passe sous le porche, suivi du second garde du corps chargé de sa protection. La nef est déserte, hormis une vieille femme assise au milieu d'une rangée de chaises. Le patron des services secrets français progresse vers le chœur en restant dans l'allée collatérale baignée de pénombre. Au fond, de la galerie, dans un recoin du déambulatoire, un homme se tient debout, à moitié dissimulé derrière une colonne. Visiblement à bout, il a un regard de bête traquée. Barbu, hirsute, il est vêtu d'un jean et d'un pull-over taché. Il émane de lui cette odeur de crasse et de sueur que l'on retrouve chez les clochards et les pauvres hères contraints de coucher dehors.

– Où se trouve le vitrail du supplice de Lazare ? lui demande Malaivre à voix basse comme s'il voulait un renseignement.

– Ce n'est pas un vitrail. C'est un retable. Et il n'est pas ici mais dans un musée. Au Prado je crois, répond sans hésitation le barbu, récitant presque mécaniquement le code appris de longue date.

– Kléber ?

– Oui.

– Vous avez cherché à entrer en contact avec nous.

– Depuis plusieurs jours, et avec quelques difficultés.

Malaivre inspecte les alentours. Il balaye du regard la nef et les bas-côtés déserts, appelle sur son talkie-walkie les deux autres restés à l'extérieur, pour s'assurer que la voie est libre, puis il adresse un signe de tête à son garde du corps avant de se tourner de nouveau vers Kléber.

– Vous êtes armé ?

– Oui. Un Beretta.

– Nous allons sortir calmement de l'église. Une voiture nous attend en bas des marches.

Aux Invalides, Kléber a pu prendre une douche, passer des habits propres et se reposer quelques instants avant son débriefing. On lui a fait porter des sandwiches et du café. Ce laps de temps a également permis à Malaivre de consulter quelques éléments du dossier de carrière de l'espion, retrouvés par les limiers de la Fraternité Nationale dans les ordinateurs piratés de la caserne Mortier. Kléber est-il au courant qu'une bonne partie des archives du Renseignement tricolore a disparu et que ses nouveaux chefs ignorent l'essentiel de ses états de service ? Malaivre est bien décidé à n'en rien laisser paraître et à conduire l'interrogatoire sans lui offrir la possibilité de ne pas tout révéler.

Les deux hommes sont maintenant face à face. L'agent de la DGSE s'est rasé de près, lavé les cheveux, et a revêtu un polo de sport gris clair. Son allure contraste avec celle du fugitif hagard qui se cachait une heure plus tôt dans un recoin obscur de l'église Saint-Augustin. Mais son visage conserve une expression de lassitude mêlée d'anxiété. Il est assis sur une chaise au milieu d'une pièce aveugle éclairée par des petits spots halogènes.

Jacques Malaivre se tient derrière une table constituée d'un plateau de verre fumé reposant sur des tréteaux chromés. Sur la table, une Thermos avec des gobelets en plastique. La voix chaleureuse et le sourire amical, il se lance :

– Vous vous sentez mieux, à présent ?

– Oui, je vous remercie.

– Encore du café ?

– Non. Ça ira.

– Bon. N'hésitez pas à en redemander. Parce que notre entretien, vous vous en doutez, risque de durer un certain temps.

Il marque un temps d'arrêt, regarde l'agent droit dans les yeux sans se départir de son regard bienveillant et poursuit :

– Alors, racontez-moi ce qui s'est passé ?

– Depuis... le début ?

– Oui, bien sûr. Pour des raisons de sécurité et compte tenu des conditions dans lesquelles nous vous avons récupéré, il est impératif que vous ne laissiez rien dans l'ombre. Je vous signale tout de même que la justice française vous recherche et que la DST est à vos trousses. Ils veulent avoir une franche explication avec vous. Vous avez tiré sur un type de chez eux et vous avez salement amoché l'autre. Nous sommes prêts à ne pas vous laisser tomber mais nous avons besoin de votre coopération. Il faut tout nous dire. Tout. Même ce que nous sommes censés savoir. C'est la procédure du débriefing qui l'exige. Dans un premier temps je vais demeurer silencieux. Je vais vous demander de me faire le récit de vos activités sans vous interrompre ni attendre de relance de ma part. Quand je le jugerai utile, je vous poserai des questions. Inutile de vous préciser que tout est enregistré.

L'agent de la DGSE se redresse sur sa chaise et ferme les yeux un court laps de temps. Il se concentre, cherche à rassembler ses idées pour ordonner son récit :

– Je m'appelle Éric Gandier. Je suis entré dans les services secrets français en 1979, après avoir été recruté alors que j'étais militaire, engagé volontaire dans les commandos parachutistes. A l'époque, la DGSE – qui s'appelait le SDECE – était à la recherche de jeunes Français mus par un patriotisme sans bornes et prêts non pas à sacrifier leur vie (ce qui est une chose banale et facilement envisageable pour un soldat) mais à bouleverser leur existence d'une manière quasi irrémédiable. En clair, le Renseignement français avait lancé une opération visant à implanter d'authentiques taupes dormantes dans divers pays étrangers. Pas des agents classiques bénéficiant d'une couverture diplomatique ou d'une activité de façade le temps d'accomplir leur mission. Mais de vrais clandestins, intégrés au sein des populations locales, fondus dans le paysage, installés pour de longues années voire toute leur vie dans des contrées souvent inhospitalières. Ceux qui étaient disposés à s'embarquer pour un tel voyage sans garantie de retour devaient savoir qu'ils allaient désormais vivre sous une fausse identité, changer de nationalité, s'inventer une origine, un passé, parler, penser dans une autre langue, bouleverser leurs références culturelles, religieuses. Ils mentiraient à leurs voisins, leurs amis, leur fiancée, leur femme et éventuellement à leurs enfants. Ne me demandez ni combien furent recrutés ni dans quels pays. Je l'ignore totalement. Cette structure mise en place au sein du Renseignement français relevait du secret d'État. Tout était cloisonné. Je n'ai jamais rencontré les autres candidats ni lors des épreuves de sélection ni durant l'année de ma formation. Je ne pourrai vous parler que de mon propre cas.

« Après avoir effectué une série de tests psychotechniques et subi des entretiens de motivation, j'ai appris que ma candidature chez les espions français était acceptée. Mon profil les intéressait : "Personnalité atypique, goût du risque, sens de l'initiative et très bonnes capacités intellectuelles", paraît-il. Pendant un an, j'ai été formé aux techniques de la clandestinité. Ils m'ont inculqué les bases du métier. Savoir déjouer une filature, répondre à un interrogatoire, participer à une discussion sans se trahir. Ne jamais se trouver en difficulté sur son passé. Pouvoir justifier de ses activités sans éveiller les soupçons. Être en mesure d'expliquer à chaque instant ce que l'on fait sur cette route, dans cette rue, devant ce bâtiment. Les mille manières de transmettre et de recevoir des messages. On m'a enseigné toutes les méthodes d'infiltration et de manipulation. Comment nouer des contacts avec les habitants d'une ville, d'un quartier, comment identifier et pénétrer les différents réseaux d'influence qui constituent une société. J'ai appris à me lier d'amitié avec toutes sortes de gens, à forcer leur sympathie, à entrer dans leur vie, à découvrir leurs manies, à savoir exploiter leurs points faibles et leurs petits secrets inavouables, mais sans jamais user de chantage à leur encontre. Toujours agir avec doigté, subtilité. C'est la meilleure façon pour glaner une information, se faire ouvrir une porte, obtenir un service ou une faveur.

« Tout s'est accéléré un matin de septembre 1980. Mon officier traitant me convoqua dans son bureau. Il m'annonça que mes résultats étaient excellents et que le grand moment était enfin arrivé. J'allais bientôt m'expatrier pour une destination lointaine. Lorsque je lui demandai de quel pays il s'agissait, il me répondit : Israël. J'ai manifesté mon étonnement.

« – J'ignore tout de ce pays. Je ne parle même pas l'hébreu.

« – Nous avons eu le loisir de tester vos capacités d'adaptation, m'a rétorqué l'officier. Pour la langue, ne vous inquiétez pas. Vous allez suivre la filière la plus simple, celle de tout immigrant juif faisant son Alyah. Vous irez à l'oulpan.

« Il me tendit une carte d'identité et un passeport français au nom de David Weinberg, né le 12 février 1957 à Montreuil. Un vrai faux passeport, bien entendu. État civil fictif mais certifié conforme par la République. Il brossa à grands traits ma nouvelle identité : David Weinberg est un jeune Français de 23 ans qui traîne à Paris et s'ennuie sur les bancs de la Sorbonne. La rentrée universitaire commence.

« – Vous allez vous inscrire en fac et y glandouiller comme la plupart de vos congénères. La seule chose importante que vous devez y faire est d'y laisser une trace. Inscrivez-vous à l'Union des étudiants juifs, sympathisez avec eux, faites en sorte que certains d'entre eux gardent un souvenir de vous. Soyez l'étudiant juif lambda, fréquentez les amphis, les bibliothèques, les cafétérias, le resto universitaire casher de

Port-Royal, les meetings de solidarité avec les Juifs d'URSS, les cours d'initiation au Talmud. En juin prochain, ratez vos examens et décidez de tenter votre chance en Israël. Prenez contact avec l'Agence juive. Vous serez accueilli à bras ouverts. Votre mission commencera alors réellement.

« Il s'était exprimé à la manière d'un militaire, sur un ton expéditif. Les consignes qu'il m'avait données sonnaient comme des ordres et ne souffraient aucune contestation. J'ai pourtant insisté.

« – Mais je ne suis même pas juif ! Et j'ignore tout de leur religion.

« – Si, vous êtes juif ! me lança l'officier du SDECE avec un air triomphant. Quant à votre ignorance de la foi de vos ancêtres, elle se situe dans la moyenne parisienne – j'allais dire *pharisienne* – des jeunes Israélites d'aujourd'hui.

« Il semblait ravi de son bon mot. Il sortit une fiche de mon dossier et se mit à la lire méthodiquement : David Weinberg, voici votre cursus. Vous avez fait votre barmitsva en 1970 dans la synagogue de la rue de Bellechasse qui était dirigée à l'époque par le rabbin Meyerson. C'est ce même rabbin qui quinze ans auparavant avait marié vos parents. Et c'est toujours lui qui malheureusement a procédé à leur inhumation à quelques années d'intervalle. Votre père, lorsque vous étiez encore enfant. Votre mère l'hiver dernier. Leur sépulture est située dans le carré israélite du cimetière de Pantin. Je peux vous assurer que l'ensemble des certificats concernant les étapes essentielles de votre vie juive et celle de votre famille figure dans les fichiers du Consistoire israélite de France. Nous y avons veillé personnellement. Vous êtes désormais un Juif casher. Personne, je dis bien personne, ne pourra jamais mettre en doute votre appartenance au peuple élu. Ah, j'oubliais ! Nous allons vous faire subir une légère rectification chirurgicale. Rassurez-vous, sous anesthésie générale et sans douleur, ajouta l'officier traitant avec un sourire goguenard. L'an prochain, vous serez à Jérusalem.

Malaivre se renverse légèrement sur le dossier de son siège et fronce les sourcils. Il interrompt son interlocuteur.

– Quelle était la nature de vos relations avec le rabbin Meyerson ?

– Nous ne nous étions jamais rencontrés. Moi, je devais être capable de le reconnaître si d'aventure nous nous croisions en public. Mais lui était censé ignorer mon visage et avoir oublié jusqu'à mon existence. C'était en tout cas le stratagème imaginé par les responsables des services secrets français de l'époque.

– Il avait pourtant participé à l'opération consistant à vous donner une fausse identité ? relance Malaivre, interloqué.

Gandier marque une pause. Il réclame du café. Et des cigarettes. Malaivre prend la Thermos, verse un demi-gobelet, le lui tend avec un paquet de Marlboro Light. L'agent français allume d'abord la cigarette. Il inspire longuement la fumée et reprend.

– Le SDECE tenait Meyerson à cause d'une histoire d'argent.

– *Une* histoire d'argent ? relève Malaivre, ironique.

– Le rabbin Meyerson avait la réputation d'être gourmand. Très gourmand. Il menait grand train et touchait des commissions sur à peu près tout ce qu'il pouvait. Les mariages, les enterrements, les bar-mitsvas, les coups de pouce à la conversion, les certificats bidons, la viande casher, les petits services en tout genre. Son entourage était plus ou moins au courant, mais la plupart s'en fichaient. Meyerson était une forte personnalité, respectée dans la communauté juive. Il pouvait tout se permettre. Du moins il le croyait. Un jour, le fisc lui est tombé dessus. Ils ont commencé à éplucher les comptes de la synagogue, ils ont perquisitionné dans son bureau. Et là, ils ont découvert sa comptabilité occulte. Meyerson était un rabbin méticuleux qui depuis des années consignait avec application toutes ses rentrées en liquide sur un petit cahier à spirale. Il en avait besoin pour ne pas oublier de réclamer l'argent à ses débiteurs. Pour ne pas laisser passer une échéance. Ce cahier, c'était de la dynamite. Tous les trafics de Meyerson y étaient détaillés. Tous les passe-droits accordés étaient notés noir sur blanc. Avec la complicité d'une secrétaire, il avait organisé un système de conversion au judaïsme au prix fort. Payez, nous ferons le reste. C'est fou le nombre de gens qui veulent devenir juifs. Meyerson avait aussi réussi à corrompre des responsables de l'abattage rituel afin de vendre de la viande faussement estampillée casher. Mais, en garde à vue, il n'a pas craqué. Malgré les éléments accablants réunis par les enquêteurs, il s'est refusé à toute déclaration et s'est retranché dans un mutisme total. Jusqu'à ce que l'enquête bifurque.

– Dans quel sens ? s'étonne Malaivre.

– Les turpitudes du rabbin étaient suffisantes, non seulement pour l'envoyer quelques années en prison, mais aussi pour provoquer un gigantesque scandale dans la communauté juive. C'est à ce moment-là que le SDECE est intervenu. Qui avait prévenu les services secrets français ? Peut-être le procureur général qui avait la réputation d'être un honorable correspondant. En tout cas, l'affaire s'est brusquement arrêtée. Du contrôle fiscal, des poursuites, de la garde à vue, il ne restait plus rien. Le dossier s'était comme évaporé. A l'époque, la justice était plus docile qu'aujourd'hui et ce genre d'intervention était chose courante. Les policiers et les rares magistrats qui avaient eu à connaître de l'affaire ne se sont pas interrogés plus que ça. En fait, le SDECE avait passé un marché avec Meyerson.

– Ils lui ont demandé de faire de vous un vrai Juif ?

– Exactement ! Mieux qu'une conversion bidon trop facilement repérable. Pour implanter une taupe en Israël, mes officiers traitants butaient sur une difficulté : ils voulaient envoyer un agent, recruté au sein de l'armée française, mais dont le judaïsme ne pourrait être mis en cause par une éventuelle enquête du Mossad. Ils savaient que les services de renseignement israéliens ont accès aux archives consistoriales constituées par les rabbins français depuis des générations. D'où l'idée du SDECE de faire pression sur Meyerson pour faire entrer dans les fichiers du consistoire le nom de David Weinberg ainsi que celui de ses parents et de ses aïeux.

– Quels étaient les objectifs de votre mission en Israël ? demande Jacques Malaivre.

– Il s'agissait d'une mission à très long terme. Les services français étaient partis du constat qu'ils ne disposaient d'aucune source de renseignement véritablement fiable, côté israélien, au Moyen-Orient. Bien sûr, l'antenne du SDECE à l'ambassade de France à Tel-Aviv était parvenue à mettre sur pied un réseau d'informateurs palestiniens. Les agents du SDECE avaient également su développer des contacts avec la société israélienne. Leurs agendas étaient remplis de noms d'hommes d'affaires, de politiciens, de journalistes, et même de militaires flattés de livrer leurs analyses à des diplomates européens et disposés à l'occasion à révéler tel ou tel potin glané dans le cadre de leurs activités. Mais les Français se prirent à rêver. Plus que d'un informateur, ils souhaitaient disposer d'une véritable taupe infiltrée dans les rouages les plus sensibles de l'État juif : un agent implanté au sein du Mossad, capable de recueillir l'information et de la transmettre en temps réel à Paris. L'objectif des espions français était multiple. Dans un premier temps, ils avaient imaginé ce stratagème pour bénéficier de la connaissance que les services secrets israéliens avaient du monde arabe. Ils espéraient ainsi être plus au fait des intrigues de palais et des luttes d'influence agitant les monarchies pétrolières du Golfe et des régimes aussi opaques que la Syrie, l'Irak ou l'Iran. Ils pensaient aussi qu'en disposant d'un agent au cœur du Mossad, ils pourraient être informés des intentions réelles des dirigeants israéliens et anticiper sur les décisions stratégiques prises à Jérusalem.

– C'est ainsi que vous êtes parti vivre en Israël.

– Oui. Je devais m'intégrer le plus naturellement du monde comme n'importe quel jeune Juif débarquant de Paris. Suivre le programme d'immigration proposé à tout Juif arrivant en Israël, apprendre l'hébreu, faire mon service militaire et saisir la première opportunité pour entrer dans les services secrets israéliens. D'après des confidences recueillies par des diplomates en poste à Tel-Aviv, nous savions que le Mossad examinait systématiquement les dossiers des jeunes appelés originaires des pays européens. Les plus talentueux, parmi ceux dont le profil correspondait aux critères de recrutement des maîtres espions, étaient discrètement contactés et – après une nouvelle sélection – se voyaient proposer d'embrasser une carrière dans le Renseignement au service de l'Etat juif. C'est ce qui m'est arrivé quelques semaines après la fin de mon service militaire. Un matin j'ai reçu par courrier une convocation d'un institut universitaire rattaché aux bureaux du Premier ministre. Une lettre de type administratif – mais avec un je-ne-sais-quoi de comminatoire – qui m'invitait à me présenter pour un entretien. Il y était vaguement question de proposition d'embauche, de perspectives de carrière, mais rien de clairement défini. J'ai tout de suite compris que la machine s'était mise en marche et que le Mossad souhaitait me rencontrer.

– Mais au bout du compte, ils ne vous ont pas recruté, souligne Malaivre sans relever les yeux de ses notes.

– Non. L'entretien n'était qu'une prise de contact préliminaire. Ils m'ont posé une série de questions, m'ont demandé si j'étais prêt à m'expatrier, à travailler en Europe voire en Asie sous couvert d'activités commerciales ou culturelles. Ils m'ont fait passer une batterie de tests et remplir un formulaire de candidature. En fait, j'ai compris plus tard que mon dossier avait rejoint les milliers d'autres qui constituent le vivier des recrues potentielles du Mossad. « Si nous avons besoin de vous, nous vous contacterons », m'a indiqué la jeune femme qui m'avait reçu et qui avait dirigé tout au long de la journée les épreuves de sélection. Durant plus de deux ans, j'ai attendu en vain mon ordre de rappel. Entre-temps, ma vie en Israël avait changé et ma mission avait évolué. Pressentant que je ne parviendrais pas – dans l'immédiat du moins – à être embauché par le Mossad, les services secrets français s'étaient intéressés au mouvement des colons qui commençait à prendre de l'importance dans les territoires occupés. Un mouvement comprenant une forte communauté francophone et assez facile à pénétrer. Selon les experts de la DGSE, les réseaux colons constituaient la porte d'entrée idéale pour infiltrer la droite israélienne et collecter des informations sur une bonne partie du personnel politique et du gouvernement d'union nationale. A cette époque, j'avais sympathisé à l'université avec une jeune Israélienne d'origine française. Rachel était pratiquante, souhaitait fonder une famille juive et s'installer en Judée-Samarie. C'est ainsi que je me suis marié et que je suis allé vivre à Beth-El. Je me suis laissé pousser la barbe, je me suis mis à porter la kippa. J'ai appris à organiser mes journées au rythme de la prière et de l'étude. J'ai pris l'habitude de manger casher, de respecter le Shabbat. Avec l'aide de ma femme, je suis devenu un Juif religieux au-dessus de tout soupçon. Mon itinéraire n'était, somme toute, que celui très classique d'un Juif parisien assimilé revenant aux sources à un moment de son existence. C'est ce que la tradition juive appelle la Téchouva. Très vite, mon influence grandissante chez les colons a été jugée comme une totale réussite par la DGSE. Les services secrets français semblaient très satisfaits des renseignements que je leur communiquais sur les hommes politiques israéliens, mais ils avaient une vision plus spécifique de ma mission. Ils m'ont demandé de concentrer mes efforts sur le mouvement colon, d'y prendre des responsabilités et d'étudier les possibilités de manipuler à notre profit les extrémistes juifs.

– De quelle façon ? interroge Malaivre en se redressant dans son fauteuil.

– Les analystes de la DGSE tablaient sur une révolte des colons opposés au processus de paix. Certains pronostiquaient même une sorte de guerre civile juive déclenchée par des groupes armés en Judée-Samarie. Mes officiers traitants avaient suggéré que je prenne un rôle prépondérant dans la constitution de cellules clandestines armées. Ils pensaient ainsi m'utiliser au moment opportun pour mettre en difficulté le gouvernement israélien et peser sur le cours des événements. Je devais réfléchir et préparer des actions violentes, des attentats visant des militants de la gauche israélienne et des notables palestiniens. Voilà le plan génial concocté par les experts de la caserne Mortier.

– Vous n'avez pas l'air enthousiaste. C'est pourtant le genre de scénario qui aurait pu vous plaire ?

– Pourquoi dites-vous ça ?

– Je ne sais pas, une intuition. Vous êtes militaire. Vous avez été formé aux techniques de sabotage, à l'action violente. Il n'y a rien de honteux à aimer ça.

Gandier ne relève pas. Il poursuit.

– Ce plan n'avait aucune chance de réussir. Le Shin Beth surveille de trop près les colons. Les colonies sont bourrées d'indics. Et de provocateurs. Les services de sécurité israéliens les utilisent à leur gré pour susciter des incidents, lorsque ça s'inscrit dans leurs visées.

– Mais alors, reprend Malaivre, que comptiez-vous faire ? Expliquez-moi comment, après toutes ces années d'infiltration – réussie –, vous envisagiez la suite de votre mission ?

– Moi, mon travail, c'était le renseignement.

– Vous vouliez vous concentrer sur des tâches nobles, c'est ça, hein ? Ne vous livrer qu'à des activités dignes d'un véritable espion ? Mais le Mossad vous avait déjà fermé ses portes, il ne vous restait guère qu'à aller grappiller des confidences dans les couloirs de la Knesset. Pour ce type d'informations, mon cher ami, on n'a pas besoin d'implanter une taupe avec un luxe de moyens dans les colonies. Il suffit de lire le *Jerusalem Post* et le *Ha'aretz*. Vous le savez aussi bien que moi. L'antenne officielle de la DGSE à l'ambassade de France passe le plus clair de son temps à éplucher la presse israélienne et à entretenir des contacts avec les officiels.

Le visage de Gandier se ferme. Le patron des services de renseignements français perçoit qu'il vient de toucher un point sensible, une faille dans la cuirasse de l'agent secret. Il insiste.

– A moins que vous n'ayez préféré continuer à vivre tranquillement à Beth-El ? A mener votre existence pépère de colon juif, avec Rachel et les enfants, à faire vos prières le matin, l'après-midi, le soir ? A étudier le Talmud avec les autres pour donner le change, à goûter le plaisir de la sieste du Sabbat ?

– Non, bien sûr, mais...

– Mais ?

Gandier ne répond pas.

– Je commence à me demander si vous n'étiez pas un peu coincé, Weinberg. Cette existence faite de faux-semblants vous pesait mais vous ne pouviez plus faire marche arrière. Sinon, tout ce que vous aviez bâti s'effondrait.

Malaivre a parlé de manière autoritaire. Mais sans agressivité. Il l'a volontairement appelé par son nom israélien pour le déstabiliser. Il le regarde droit dans les yeux, d'un regard à la fois dur et empreint d'une certaine compassion, comme s'il cherchait à lui venir en aide.

– Ai-je tout à fait tort ou un peu raison, Gandier ? Expliquez-moi. Je ne demande qu'à comprendre.

Gandier allume une seconde cigarette. Il se lève et se met à faire quelques pas dans la pièce. Malaivre aurait pu lui intimer l'ordre de rester assis. Mais il a bien senti que l'agent ne tarderait plus à se livrer. Il le regarde tirer sur sa cigarette et venir se rasseoir.

– Vous connaissez l'histoire des *mista'aravim* ? lance-t-il à Malaivre.

– Les quoi ?

– Les *mista'aravim*. Des espions du Mossad envoyés dans les territoires palestiniens dans les années 50. On les désignait sous cette expression difficilement traduisible. C'est un jeu de mots qui signifie grosso modo « mêlés aux Arabes ».

– C'est logique, pour des espions israéliens.

– Oui, mais attendez la fin de l'histoire. Logique et tragique. A l'issue de la guerre d'indépendance, en 1949, les Jordaniens avaient envahi et annexé la Cisjordanie qui devait revenir aux Palestiniens. A l'époque, il n'y avait ni satellite espion ni moyens de surveillance électronique. Et les Israéliens avaient un besoin vital de savoir ce qui se tramait dans ces territoires. En quelques mois, le Mossad est parvenu à infiltrer derrière les lignes ennemies une dizaine d'agents recrutés parmi les jeunes Israéliens originaires des pays arabes de la région. Des Juifs égyptiens, syriens, libanais, parlant l'arabe avec l'accent palestinien, connaissant le mode de vie, la culture et les mentalités des populations au sein desquelles on allait leur donner la mission de se fondre. C'était après la défaite des armées arabes et l'exode de centaines de milliers de civils. La société palestinienne avait subi un tel traumatisme et était dans un tel état de désorganisation qu'il était possible à un jeune célibataire de débarquer dans un village, d'expliquer qu'il avait été chassé de chez lui par l'armée israélienne. Il avait fui les combats. Une partie de sa famille avait trouvé refuge à Damas, une autre en Égypte. Mais très vite, les taupes du Shin Beth avaient été confrontées à un dilemme. Se marier ou éveiller les soupçons de leur entourage. Dans la société traditionnelle musulmane, il n'était pas concevable qu'un jeune célibataire n'épouse pas une fille du village. Confrontés aux demandes pressantes de leurs futures belles-familles, les espions juifs avaient pour la plupart cédé. L'ordre était d'ailleurs venu d'Israël : Mariez-vous, faites des enfants, ce sera votre meilleure couverture. En juin 1967, après la victoire de la guerre des Six Jours, les Israéliens ont pris la Cisjordanie. Les mista'aravim sont soudainement devenus inutiles. Le Shin Beth a dissous cette unité ultrasecrète et a donné quarante-huit heures à ses agents pour rentrer en Israël. L'épouse disposait du même laps de temps pour prendre sa décision. Imaginez le choc d'une femme palestinienne qui apprend qu'elle va devoir quitter son village. Que son mari n'est pas musulman. Qu'il n'est pas le militant nationaliste qu'elle a toujours connu mais un soldat juif. Certaines ont pourtant accepté de suivre leur époux pour une nouvelle vie à Haïfa, Tel-Aviv, ou Jérusalem. Quant aux enfants, ils avaient parfois seize ans lorsqu'on leur a demandé de devenir des petits Israéliens, d'oublier l'arabe, de parler hébreu et de se convertir au judaïsme avec la bénédiction des autorités rabbiniques mises dans la confidence. Ces gamins avaient été élevés dans la haine du Juif. Du jour au lendemain, il leur a fallu passer de l'autre côté, vivre chez le diable, se construire une nouvelle personnalité. Inutile de vous préciser que ça ne s'est pas toujours très bien passé. Beaucoup de ces adolescents ont versé dans la délinquance ou la drogue. Leurs pères eux-mêmes ont eu beaucoup de mal à sortir de cette double identité sous laquelle le Shin Beth leur avait demandé de servir la patrie. Il faut dire que les ronds-de-cuir du Mossad n'ont rien fait pour leur venir en aide. Ils avaient servi. Ils ne servaient plus. On les a mis à la retraite, au rancart. Sans aide particulière, sans suivi psychologique. Voici votre pension, profitez de la vie et débrouillez-vous ! La plupart n'ont jamais réussi à reprendre une existence normale. Ils ont sombré dans la dépression, parfois la folie.

– C'est ce dont vous aviez peur pour vous, Gandier, et pour votre famille ?

– D'une certaine manière, oui. Je ne savais plus comment tout cela allait se terminer. Vous vous rendez compte ? J'ai mis au monde et élevé de vrais petits Juifs. Que leur père soit un goy caché ne change rien au problème. Depuis leur plus jeune âge, ils pensent, parlent et prient en hébreu, ils lisent la Torah, étudient le Talmud. Il était inconcevable que je rentre un jour en France avec Rachel et les enfants. De toute façon, ils ne m'auraient jamais suivi.

– Vous pouviez partir sans eux, non ?

– Et ne jamais plus les revoir ?

– C'est bien ce que je vous disais. Vous êtes coincé. Prisonnier de la vie que vous avez construite là-bas. Happé par l'identité dans laquelle vous vous êtes glissé, qui vous colle à la peau et dont vous ne pouvez vous défaire. Tout vous échappe, en premier lieu vos enfants. Et vous vivez dans la hantise d'être démasqué, de devoir tout abandonner.

– Admettons, lâche Gandier en baissant les yeux.

Il écrase nerveusement sa cigarette dans le cendrier.

– C'est pour cela que vous avez étranglé le rabbin Meyerson ?

Un silence envahit la pièce. Gandier a relevé la tête et regarde fixement Malaivre.

– Je n'avais pas le choix, dit-il d'une voix blanche. Ce vieux fou avait pété les plombs. Il allait tout déballer. J'étais présent au meeting sioniste au pavillon d'Armenonville. Je l'ai vu prendre contact avec un journaliste. J'ai décidé de l'empêcher de parler.

– C'était risqué tout de même ?

– Non. Le danger était de ne rien faire. Je ne pouvais pas me le permettre. Je l'ai suivi dans le bois de Boulogne. J'ai attendu qu'il s'éloigne et qu'il monte dans sa voiture. Je lui ai fait signe à travers la vitre. Il ne s'est pas méfié et a déverrouillé la portière. Tout s'est joué dans l'obscurité en quelques instants.

– Il est vrai que vous n'en êtes plus à un assassinat près...

L'agent de la DGSE n'a pu dissimuler totalement une réaction de surprise. Il se tait et scrute le visage du patron des services secrets français comme s'il essayait de lire dans ses pensées. Que sait-il de moi ? Que cherche-t-il à me faire avouer ?

– Racontez-moi tout Gandier, reprend Malaivre. Je vous ai donné ma parole que rien ne sortira d'ici.

– Je ne comprends pas à quoi vous faites allusion.

– Je vais vous aider. Je fais allusion à la mort de Bertrand Fabert sur une route de Palestine.

– Fabert a été abattu par un commando palestinien, proteste mollement Gandier. C'était une bavure. C'est ce qu'a conclu l'enquête de l'armée israélienne.

– Une conclusion qui finalement arrangeait tout le monde, relève Malaivre d'un ton blasé. Il faut dire que les Israéliens n'avaient pas tous les éléments du dossier en main...

– Quels éléments ?

– Allons, mon cher Gandier, vous allez finir par me vexer ! Vous ne nous ferez pas l'injure de supposer que nous ne sommes pas en mesure de procéder à certains recoupements. Pour parler clair, les Israéliens n'avaient aucun moyen d'imaginer que le ministre socialiste des Droits de l'homme allait croiser un de ses anciens *Kameraden* des Faisceaux de Défense Européens lors de sa visite-surprise dans la colonie de Beth-El.

– C'est une histoire ancienne, poursuit Gandier, l'air défait. Un truc idiot. C'était un groupuscule auquel j'ai appartenu six mois avant de m'engager dans l'armée.

– Une erreur de jeunesse ! Une histoire oubliée mais qui a resurgi au moment où vous vous y attendiez le moins. Vous avez craint d'être démasqué ?

– Fabert m'avait reconnu.

– En êtes-vous si sûr ?

– Il n'a rien dit. Mais j'ai bien compris dans son regard qu'il se souvenait de moi. Il me dévisageait sans cesse. Il savait qui j'étais, il connaissait mon passé, il savait que je n'étais pas juif. Il risquait d'en parler à Ilana.

– Et pourquoi avoir épargné la journaliste israélienne ?

– J'ai décidé de supprimer Fabert dès son départ de

Beth-El. Il n'avait sans doute pas eu le temps d'en parler à Ilana dans la voiture.

– Rien ne vous autorise à l'affirmer. Vous avez pris un risque en la laissant vivre...

– Alors disons que j'ai pris un risque.

– Pourquoi donc ?

– C'était une source précieuse. Elle faisait partie de mon réseau d'informateurs. Elle me tenait au courant de ce qui se tramait au sein de la gauche israélienne et des milieux pacifistes.

– Oui. Mais si elle avait appris votre véritable identité de la bouche de Fabert, il y a fort à parier que la source se serait tarie. Elle vous aurait dénoncé au Shin Beth, vous le savez bien. Pourquoi l'avoir épargnée ?

– C'était une amie.

– Quel genre d'amie ?

– Une amie.

– Vous l'aimiez ?

– ...

– Mais elle, ne vous aimait plus. Elle en aimait un autre.

– Où voulez-vous en venir ? lance Gandier visiblement agacé.

– Lorsque vous tirez sur Fabert au pistolet-mitrailleur, c'est le ministre qui vous renvoie à votre passé trouble que vous éliminez ou tout simplement un rival ?

– C'est absurde !

– Non. Une hypothèse. Je m'interroge, Gandier. J'examine la situation, je soupèse. J'essaye d'imaginer ce que Ilana a pu représenter pour vous. Si je saisis bien, elle a été votre maîtresse. Mais pas seulement. Une relation très particulière s'est instaurée entre vous. Pourquoi cette journaliste de gauche, athée, est-elle tombée dans les bras d'un colon de droite, religieux, marié, père de famille nombreuse et menant une vie de spartiate au cœur des territoires palestiniens ? Qu'est-ce qui l'a séduite ? Sans doute a-t-elle intuitivement perçu le véritable Eric Gandier sous le masque de David Weinberg. Elle n'a pas percé votre secret, bien entendu, mais elle a deviné en vous l'aventurier, le soldat hors normes. Pour vous, elle est rapidement devenue celle qui vous permettait d'échapper un tant soit peu à l'atmosphère étouffante de Beth-El. A ses côtés, vous redeveniez vous-même. Puis elle a rompu. Ou en tout cas vos relations se sont modifiées. Elle est restée une amie, comme vous dites. Mais lorsque vous l'avez vue repartir avec un autre pour Tel-Aviv, vous n'avez pas supporté. Dans ces moments-là l'esprit se brouille, les sentiments se confondent. La jalousie, la peur, la haine.

– Vous m'accusez d'un crime crapuleux ?

– Non, passionnel. C'est moins grave. Si nous étions devant une cour d'assises – française –, je suppose que vous obtiendriez sans difficultés les circonstances atténuantes eu égard à votre situation particulière et aux services que vous avez rendus à la patrie. Un ténor du barreau parisien n'aurait aucun mal à convaincre les jurés de l'absence de préméditation. Depuis des années, vous étiez une taupe infiltrée chez l'ennemi. Isolé, solitaire, sous tension permanente. Vous étiez parvenu à bâtir un équilibre fragile entre votre vie antérieure et votre nouvelle identité juive. Docteur Weinberg et Mister Gandier. Comme tout un chacun finalement. Vous vous bricoliez votre vie, vous rafistoliez en permanence votre rafiot pour l'empêcher de tanguer et de couler. Vous naviguiez en eaux troubles et vous ne réussissiez pas si mal. Votre mission d'espion, Rachel et les enfants, votre vie de Juif orthodoxe à Beth-El, vos visites de cinq à sept à Tel-Aviv chez Ilana. Bon mari en journée, plus volage en soirée. Au fil des ans, cette vie d'agent dormant avait pris une certaine saveur. Vous n'aviez aucune raison de vouloir la quitter. Mais plus le temps passait, plus vous étiez taraudé par cette interrogation : Comment tout cela va-t-il finir ? C'est l'irruption de Fabert qui a tout fait basculer. Fabert vous avait-il ou non reconnu ? Est-il mort pour rien ? Nous ne le saurons jamais. Je vous accorde que vous avez pu légitimement vous croire démasqué. Vous vous êtes vu arrêté, emprisonné, expulsé après avoir passé des années derrière les barreaux. Si j'étais votre avocat, c'est ce que je plaiderais. Mais le procureur ne manquerait pas de rappeler que vous avez tiré sur le nouvel amant de votre ancienne maîtresse. Il ne resterait aux jurés que leur intime conviction pour trancher. Lourde tâche ! Vous êtes bien placé pour le savoir, Gandier. Obtenir des renseignements sur un individu, connaître ses actes passés, c'est une chose. Mais lire dans ses pensées, comprendre ses motivations profondes, pénétrer dans son jardin secret, c'est impossible.

– Vous allez me déférer à la justice ?

– Non. Je vous ai donné ma parole.

Malaivre ajoute avec un air mi-complice, mi-paternaliste.

– Je tenais à avoir cette discussion avec vous pour qu'il ne subsiste aucune ambiguïté. Si nous étions dans une période normale, je vous sacquerais pour manque de sang-froid et fautes professionnelles. Flinguer un ministre à la barbe des Israéliens, vous auriez pu vous faire prendre ! Et Meyerson ! Sans compter les deux flics blessés la semaine dernière au Concorde Lafayette. Je vous rappelle que la DST vous recherche. Mais, entre vous et moi, je ne vais pas me formaliser de la mort d'un rabbin corrompu et d'un sous-ministre socialiste.

Gandier soupire et ne peut s'empêcher de laisser apparaître une mimique de soulagement.

– A propos de Fabert, poursuit le patron du DSP, j'aimerais que vous m'aidiez à éclaircir un dernier point.

– Lequel ?

– Comment expliquez-vous la disparition du dossier des Faisceaux de Défense Européens des archives des Renseignements généraux ? Qui avait intérêt à dissimuler cet épisode de la vie de Bertrand Fabert ?

– Personne.

– Comment ça, personne ?

– Tout le monde se fichait de l'histoire de Saint-Mérac. Fabert comme la plupart d'entre nous n'avait que dix-sept ans ! Ce n'était qu'une connerie d'adolescents.

– Selon vous, c'est une coïncidence si le dossier s'est évaporé ? interroge Malaivre avec un sourire incrédule. Il s'est perdu, peut-être ?

– Je n'ai pas dit cela.

– Dans ce cas, pour quelle raison l'a-t-on fait disparaître ?

En guise de réponse, l'espion français approche sa main de la table en verre fumé et y appuie le bout des doigts avec application.

– Les empreintes.

– Gandier, je commence à vous suivre mais soyez plus explicite.

– Lorsqu'ils m'ont envoyé vivre en Israël, mes supérieurs de la DGSE craignaient que ma véritable identité puisse être un jour découverte, que le lien entre David Weinberg et Éric Gandier soit un jour établi. Ils ne voulaient prendre aucun risque. Ils avaient envisagé tous les scénarios, tous les cas de figure.

– Et ils en sont logiquement arrivés à l'écueil des empreintes digitales !

– Oui. Lorsque j'ai rempli un dossier de candidature pour intégrer les services secrets israéliens, les fonctionnaires du Mossad ont pris mes empreintes. Simple formalité administrative, m'ont-ils précisé. Mais à Paris, les experts de la caserne Mortier ont tiqué. C'était l'époque où les ministères commençaient à s'informatiser et où se développaient les premiers systèmes de tri et de reconnaissance automatique des fichiers anthropométriques. Que le Mossad parvienne un jour à s'introduire dans les ordinateurs français et procède à des recoupements, j'étais mort ! Pour plus de sécurité, la DGSE a préféré détruire l'ensemble des documents où figuraient mes empreintes digitales. Le dossier des Faisceaux de Défense Européens a été retiré des archives des RG et les procès-verbaux dressés lors de l'interpellation de Saint-Mérac ont été passés au broyeur. Les informaticiens de la DGSE ont poussé le zèle jusqu'à faire disparaître toute trace d'Éric Gandier des fichiers de l'état-civil et de la Sécurité sociale. Je n'existais plus. Je n'avais jamais vécu.

– Mais vous vous êtes magnifiquement reconstruit une

nouvelle personnalité. Vous avez les ressources nécessaires en vous, Weinberg.

– Que me proposez-vous ?

– Je ne vous propose rien. Je vous donne un ordre. Vous regagnez Israël dans les plus brefs délais et poursuivez votre mission.

– Vous me faites encore confiance ?

– Plus que jamais. Je vous l'ai promis. Tout ce qui s'est dit dans ce bureau est frappé du sceau Secret Défense. Nous repartons sur de nouvelles bases. Le service a besoin de vous. Vous êtes notre agent le plus précieux en Palestine.

22

La route qui mène à la frontière est déserte. Le jour se lève sur les Ardennes. Un peu avant d'arriver au sommet de la côte, Malaivre ralentit, met son clignotant et bifurque dans un chemin forestier. Il coupe le moteur et s'adresse à Gandier.

– La Belgique est à moins d'un kilomètre. Je vous conseille de couper à travers bois. La douane volante surveille parfois le sentier.

Les deux hommes se regardent. Gandier a les traits tirés. Il a remis les vêtements sales qu'il portait lors de sa fuite de l'hôtel et durant ses deux semaines de cavale. L'agent secret s'apprête à sortir du véhicule. Malaivre le retient par le bras.

– Le premier village est à une demi-heure de marche. Prenez ensuite le car pour Bastogne, puis le train pour Bruxelles. Lorsque vous contacterez l'ambassade d'Israël, tenez-vous-en au scénario que nous avons fixé.

– Ne vous inquiétez pas. J'ai l'habitude.

– Ayez toujours présent à l'esprit que l'incohérence d'un récit apparaît souvent dans les détails. Les Israéliens vont forcément vous poser quelques questions sur ce qui vous est arrivé et la manière dont vous êtes parvenu à quitter la France.

Gandier se met à réciter, avec une pointe de lassitude dans la voix :

– J'ai quitté précipitamment l'hôtel Concorde Lafayette après avoir blessé deux flics antisémites de la DST qui me menaçaient. Sans papier ni argent ni téléphone, j'ai décidé de quitter la France en remontant vers le Nord. Il n'était pas question de voyager en train ni de faire du stop. Trop dangereux, trop de contrôles. J'ai donc marché à pied en empruntant des routes secondaires, après m'être rasé la barbe pour échapper à mon signalement.

– Vous n'aviez pas d'argent pour vous acheter un rasoir, comment avez-vous fait ?

– Je suis allé dans les toilettes d'une grande gare parisienne. Il y avait là plusieurs types en train de se laver dont pas mal de SDF. J'ai récupéré un rasoir jetable abandonné sur un lavabo.

– Quelle gare était-ce ?

– La gare du Nord.

– Vous avez fui de l'hôtel situé porte Maillot avec la police à vos trousses. Vous venez de me dire que vous aviez décidé de partir vers la Belgique. Pourquoi alors être rentré dans Paris, jusqu'à la gare du Nord ?

– Dans un premier temps, j'ai pensé me réfugier chez des amis habitant boulevard Magenta.

– Quels amis ?

– Les Hutman, un couple franco-israélien. Mais ils n'étaient pas là.

– Vous n'avez pas pensé à faire appel aux organisations juives ?

– Si. Mais c'était le meilleur moyen de me faire prendre. La police française avait probablement disposé des surveillances aux abords de l'Agence juive et des principales institutions communautaires. Le soir de la fusillade, je revenais d'Orly où j'avais appris que tous les vols El Al étaient désormais supprimés. J'ai pris la décision de quitter la France coûte que coûte avant d'être prisonnier dans une nasse.

– Comment avez-vous subsisté pendant tout ce temps ?

– Grâce aux restos du cœur et aux soupes populaires. En faisant un peu la manche aussi.

– Pourquoi être passé par les Ardennes ?

– Le trajet est plus long, mais la frontière au niveau de Sedan est moins surveillée.

– Parfait, conclut Malaivre. Il ne me reste plus qu'à vous souhaiter bonne chance et un bon retour en Israël. J'imagine qu'une fois sur place vous allez faire la Une des journaux : le colon juif poursuivi par la police fasciste française a réussi à s'échapper et à regagner la terre promise ! Vous allez être très sollicité. Interviews, émissions de radio, plateaux de télé. Ça ne devrait pas mettre en péril votre couverture, bien au contraire. Jouez le jeu, restez modeste, et profitez-en pour développer de nouveaux contacts. A partir d'aujourd'hui, votre mission va connaître un second souffle, Gandier. Nous allons travailler ensemble et rester en relation. Je serai votre officier traitant et vous n'aurez à en référer qu'à moi. J'ai besoin de types de votre trempe.

– Merci.

La détonation d'un fusil de chasse retentit au loin.

– Allez-y maintenant. Il ne faut plus traîner. Passez à travers bois. Le terrain est un peu escarpé mais sans difficulté. Laissez-vous guider par la pente. La frontière belge est tout en bas. Vous ne pouvez pas vous égarer. Faites juste attention aux chasseurs de sangliers.

Les deux hommes échangent une poignée de main vigoureuse. Malaivre démarre le moteur de sa voiture. Mais il se ravise et, une dernière fois, appelle l'agent secret qui s'apprête à s'enfoncer dans la forêt.

– Gandier !

L'autre se retourne.

– Quand vous arriverez en Israël, ne vous fatiguez pas à nous prévenir. Nous suivrons vos pérégrinations par l'intermédiaire de la presse israélienne. Pour nous l'essentiel est que vous parveniez à bon port. Votre mission demeure prioritaire. Vous travaillez pour la France et la France sait ce qu'elle vous doit. Elle ne vous oubliera pas.

Gandier ne répond pas. Il fait un signe d'adieu de la main, s'en va, et disparaît à travers la forêt ardennaise.

Epilogue

Que sont-ils devenus ?

Eric Gandier – A son retour en Israël, David Weinberg est devenu un héros national. La photo du porte-parole des colons a fait la Une de tous les journaux du pays. David a donné de nombreuses interviews pour raconter comment il avait échappé à la DST et était parvenu à quitter la France. Informé par Jacques Malaivre, le Mossad a préféré ne pas arrêter l'agent de la DGSE. Les Israéliens ont jugé que sa présence à Beth-El ne constituait pas une menace pour la sécurité nationale. Ils ont en revanche recommandé que Weinberg soit utilisé à l'occasion et à son insu pour intoxiquer l'Elysée, le Quai d'Orsay et l'Union européenne. David a repris sa vie à Beth-El. Ses enfants ont grandi. Ses fils ont fait leur bar-mitzva. Deux d'entre eux étudient nuit et jour le Talmud à la Yéchiva. Le troisième, au désespoir de ses parents, s'est quelque peu éloigné de la pratique religieuse et a préféré à l'issue de son service militaire aller vivre à Tel-Aviv. L'une des filles de David s'est mariée avec le fils du rabbin de l'implantation. Le jeune couple s'est fait bâtir un pavillon dans un nouveau quartier de Beth-El, contribuant ainsi à la croissance naturelle des localités juives de Judée-Samarie.

Jacques Malaivre a poursuivi sa carrière aussi discrètement qu'il l'avait menée jusqu'à présent. Dans les années qui ont suivi, il a été le principal artisan de la réorganisation des services secrets français. Grâce à son action, le gouvernement israélien a été constamment informé de l'état et de l'évolution des relations complexes entre la France et le monde arabe.

Les articles de **Jérôme Drouin** n'ont jamais cessé de faire autorité durant toute la période où la Fraternité Nationale a assuré la direction des affaires du pays. Sans se compromettre sur le plan idéologique, le journaliste de *L'Européen* a toujours su exploiter au mieux les informations – vraies ou fausses – dont lui a fait bénéficier sa principale source au sein du nouveau pouvoir.

Ilana Mizrahi n'est jamais parvenue à identifier les auteurs de l'attentat dont elle a été victime en compagnie de Bertrand Fabert. Un de ses confidents au Mossad lui a néanmoins indiqué que certaines informations concernant cette affaire relevaient du secret d'État, et qu'elle ne pourrait jamais y avoir accès. Après de longs mois d'enquête, la journaliste du *Ha'aretz* a pourtant recueilli quelques détails troublants. Elle envisage de s'en inspirer pour écrire un roman.

DU MÊME AUTEUR

Aux Éditions du Cerf

LE TOMBEAU DE RACHI, 1998.

Composition IGS
Impression : Imprimerie Floch, février 2006
Éditions Albin Michel
22, rue Huyghens, 75014 Paris
www.albin-michel.fr
ISBN : 2-226-17000-6
N° d'édition : 24082. – N° d'impression : 64983
Dépôt légal : mars 2006
Imprimé en France